Veröffentlicht von
DREAMSPINNER PRESS

5032 Capital Circle SW, Suite 2, PMB# 279, Tallahassee, FL 32305-7886 USA
www.dreamspinnerpress.com

Feuer und Wasser
Urheberrecht der deutschen Ausgabe © 2016 Dreamspinner Press.
Originaltitel: Fire and Water
Urheberrecht © 2014 Andrew Grey.
Original Erstausgabe. Dezember 2014
Übersetzt von Jutta Grobleben.

Umschlagillustration
© 2018 Kanaxa.
Die Illustrationen auf dem Einband bzw. Titelseite werden nur für darstellerische Zwecke genutzt. Jede abgebildete Person ist ein Model.

Deutsche ISBN. 978-1-64080-533-0
Deutsche eBook Ausgabe. 978-1-63477-522-9
Deutsche Erstausgabe. März 2016
Deutsched Buchausgabe. Dezember 2017
v 1.2

Gedruckt in den Vereinigten Staaten von Amerika.

FEUER UND WASSER
ANDREW GREY

Für Dominic. Ohne seine Liebe und Unterstützung wäre es mir nicht möglich, meine Geschichten zu schreiben.

1

Red Markham hörte über Funk den Ruf nach Verstärkung, schaltete das Blaulicht an und raste die High Street hinunter. Er bog Richtung Norden ab und fuhr zwei Blocks weiter, dabei überfuhr er ein Stoppschild. Red hielt hinter dem anderen Polizeiwagen an und stieg aus dem Auto. Er erkannte sofort, was das Problem war, und ging zu den beiden Polizisten, die mit einem Verdächtigen rangen.

„Nehmt eure Hände von mir! Ich hab nichts gemacht!", schrie der Mann lauthals und versuchte, sich von Smith loszureißen. Er schaffte es und schlug mit der freien Hand nach Rogers. „Dazu habt ihr kein Recht!" Smith bekam ihn wieder zu fassen. Der Kerl war nicht allzu groß, aber er schien irgendetwas genommen zu haben, das war offensichtlich. Red erkannte, dass seine Augen gerötet, seine Pupillen extrem erweitert und so wild waren wie die einer Raubkatze.

„Das reicht jetzt!", fauchte Red und benutzte seine Stimme wie eine Waffe. Der Mann wehrte sich weiterhin.

„Nimm den Taser, verdammt noch mal", rief Rogers. Smith griff nach seinem Taser, aber der Verdächtige schlug seine Hand weg. Die Situation geriet außer Kontrolle. Red trat näher und zog seine Waffe.

„Auf den Boden!"

Der Verdächtige drehte sich zu ihm um und hielt mitten in der Bewegung inne.

„Ich sagte: Auf den Boden!" Reds Tonfall wurde schärfer. Man hatte ihm schon gesagt, dass Ausbilder in der Armee sich von ihm noch eine Scheibe abschneiden konnten.

Die Augen des Kerls wurden noch größer und er erstarrte. Dann ließ er sich mit dem Gesicht nach unten auf den Boden fallen und rührte sich nicht mehr. „Was zum Teufel bist du?", flüsterte er.

Red ignorierte den Kommentar und richtete seine Waffe weiterhin auf den Kerl, während die anderen beiden ihm Handschellen anlegten. Als der Mann unter Kontrolle war, steckte Red seine Waffe weg.

„Oh Gott, ich bin bei den Freaks gelandet."

„Und du passt gut zu uns", sagte Smith zu dem Verdächtigen auf dem Boden. „Du hast schon mehr Ärger, als dir guttut." Smith verlas ihm seine Rechte und riet ihm dringend, in der nächsten Zeit den Mund zu halten. Red trat zurück und funkelte den Mann an, damit er sich ruhig verhielt.

„Was ist passiert?", fragte Red, nachdem der Verdächtige sich beruhigt hatte.

„Keine Ahnung. Er sah komisch aus. Als ich nachsehen wollte, ob er Hilfe braucht, ist er durchgedreht", erklärte Rogers. Er war ein paar Jahre älter als Red. Sie hatten etwa zur gleichen Zeit den Dienst bei der Polizei in Carlisle angetreten. Nicht, dass Red ihn außerhalb der Arbeit besonders gut kannte, genauso wenig wie Smith. Beide waren anständige Männer, denen Red im Dienst sein Leben anvertrauen würde, aber sie als Freunde zu bezeichnen, wäre zu viel des Guten.

„Der Typ ist total high", warf Smith ein.

„In der Stadt ist ein neuer Stoff aufgetaucht. Der ist so stark wie sonst was. Das ist der Zweite, der so drauf ist, mit dem ich persönlich zu tun habe, der Sechste in unserem Revier. Es ist übel, und es wird noch schlimmer werden", fügte Rogers hinzu.

Der Verdächtige bewegte sich nicht, deshalb beugte Smith sich zu ihm hinunter. „Scheiße, ruft einen Krankenwagen! Er atmet kaum noch."

Rogers forderte über Funk Hilfe an. Nach ein paar Minuten hörten sie die Sirenen, die näherkamen. Das war das Schöne in einem Städtchen dieser Größe. Die Station der Krankenwagen war nur wenige Kilometer entfernt, und die Sanitäter waren immer auf Zack. Red behielt den Verdächtigen stets im Blick, für den Fall, dass er ihnen nur etwas vorspielte, aber der Kerl wurde immer schlaffer. Der Krankenwagen hielt an und die Sanitäter übernahmen den Verdächtigen. Sie untersuchten ihn noch an Ort und Stelle und hievten ihn erst dann auf einer Trage in den Wagen. Rogers fuhr mit ihnen und Smith würde ihnen im Polizeiwagen folgen. Reds Meinung nach sah es nicht gut aus, überhaupt nicht gut.

„Hey, Mann", sagte Smith, bevor er sich auf den Weg machte. „Vielen Dank für die Hilfe." Die ganze Situation hatte sich innerhalb von etwa zwei Minuten von übel über schlimm zu vermutlich tragisch entwickelt.

„Kein Problem. Wir sehen uns auf dem Revier." Die hinteren Türen des Krankenwagens schlossen sich knallend, und Smith stieg in sein Auto. Red wartete, bis alle verschwunden waren, bis er in seinen eigenen Wagen stieg. Er setzte sich auf den Fahrersitz und stellte den Rückspiegel ein. Sich selbst schaute er dabei nicht an. Er blickte nie in den Spiegel, wenn er es vermeiden konnte. Er brauchte keine Erinnerung daran, wie er aussah Er wusste es. Er würde nie im Leben einen Schönheitswettbewerb gewinnen.

Ein weiterer Funkspruch riss Red aus seinen Gedanken – eine Auseinandersetzung im Familienzentrum. Das war etwas Neues. Er nahm den Funkspruch an und wurde informiert, dass ein Krankenwagen schon auf dem Weg wäre, ebenso die Feuerwehr. Was für ein Tag! Er fragte sich kurz, ob das am Vollmond lag, aber er glaubte sowieso nicht an diesen Unsinn, also schaltete er die Sirene an und machte sich auf den Weg.

Das Familienzentrum war in einer ehemaligen, ausgebauten Schule untergebracht. Der alte Teil des Gebäudes war genau das, alt, während der Anbau sich neu, glänzend und gut ausgestattet präsentierte. Red parkte neben dem Krankenwagen und den anderen Rettungsfahrzeugen. Er ging hinein und wurde direkt zum Schwimmbereich geführt. Nicht, dass er nicht auch so herausgefunden hätte, wohin er gehen musste, bei all den Gaffern vor der Tür. Die Menschen liebten es zu starren. „Entschuldigung", sagte Red, und einige Leute drehten sich herum. Sie starrten ihn an, wie es jeder tat, und traten ihm wortlos aus dem Weg. Dabei tippten sie einander auf die Schultern, während sich die in Sportkleidung und tropfnasse Badesachen gekleidete Menge wie das Rote Meer teilte.

Red öffnete die Tür und schaute sich um. Eine Frau und ein junger Mann in einer knappen, roten Badehose standen am Beckenrand. Die Frau, Red schätzte sie auf etwa dreißig, Typ Soccer-Mom, brüllte und war dabei, dem Jungen den Finger in die Brust zu stoßen. Einer der Feuerwehrleute versuchte, die beiden zu trennen und blickte Red dankbar an, als der näherkam.

„Was ist hier los?" Seine Stimme hallte von den Wänden der Schwimmhalle wider.

Die Frau erstarrte und der Mann trat einen Schritt zurück, dabei fiel er fast ins Schwimmbecken. „Er …", setzte die Frau an, als sie sich wieder gefangen hatte. „Er hat fast meinen Sohn umgebracht."

„Das habe ich nicht, Lady", protestierte der Mann und verschränkte die Arme vor seiner definierten Brust. Red sah ihn an und musste schlucken. Er war das perfekte Abbild eines Mannes, der auf das Cover eines Magazins gehörte. Er ließ den Gedanken einen Moment lang zu. „Wenn Sie Ihren Sohn beaufsichtigt und dafür gesorgt hätten, dass er sich an die Regeln hält, was Ihre Aufgabe ist, dann wäre nichts von alldem passiert."

„In Ordnung. Sie da." Red deutete auf den Mann. „Setzen Sie sich und warten Sie auf mich." Dann wandte er sich an die Frau. „Sie kommen mit mir." Er trat einen Schritt zurück und wartete ab, bis beide seinen Anweisungen gefolgt waren. „Setzen Sie sich. Ich bin gleich bei Ihnen." Er wartete, bis sie tat, was er gesagt hatte, dann ging er zu dem kleinen Jungen, der auf dem gefliesten Boden neben dem Pool lag. Der Junge war blau. Red beobachtete, wie zwei Sanitäter versuchten, ihn wiederzubeleben. Es sah nicht gut aus, aber dann hustete der Junge, spuckte Wasser aus und holte keuchend Luft. Seine Mutter eilte zu ihm und er begann zu weinen.

„Dir geht's gut", sagte ein Sanitäter zu ihm. Red hatte schon mit Arthur zu tun gehabt und wusste, dass er sein Handwerk verstand. „Ruh dich aus und atme ganz tief."

„Mom", schluchzte der Junge.

Sie nahm seine Hand. „Es ist alles in Ordnung", beruhigte sie ihn und bedankte sich bei den Leuten, die ihrem Sohn geholfen hatten.

„Wir nehmen ihn mit ins Krankenhaus, damit er untersucht werden kann", teilte Arthur der Frau mit. Sie nickte, dabei ließ sie die Hand ihres Sohnes nicht los.

„Ma'am, ich muss mit Ihnen sprechen", sagte Red zu ihr. Sie nickte abermals und flüsterte ihrem Sohn etwas zu, bevor sie aufstand und zu Red herüberkam. „Was ist passiert?"

„Ich habe es nicht gesehen. Ich hatte Connor zum Schwimmunterricht hergebracht, aber er wollte danach noch hierbleiben. Das tun er und seine Freunde meistens. Als ich ihn abholen wollte, habe ich gesehen, wie man ihn aus dem Wasser gezogen hat. Da habe ich die Polizei angerufen." Sie drehte sich zu dem Rettungsschwimmer um, der noch dort saß, wo Red es ihm gesagt hatte. Er sah sehr nervös aus. „Ich weiß nur, dass nichts von alldem passiert wäre, wenn der da seinen Job gemacht hätte", fauchte sie.

Red zog seinen Block heraus und begann zu notieren, was sie ihm erzählt hatte. Er ließ sich ihren Namen geben, Mary Robinson. Er notierte auch ihre Adresse, Telefonnummer, ihr Geburtsdatum, das ihres Sohnes und weitere relevante Informationen. „Also, um das klarzustellen, Sie haben überhaupt nicht gesehen, was passiert ist?"

„Nein, aber …" Ihr gingen die Argumente aus, was sie auch zu erkennen schien. Sie schaute zu ihrem Sohn. Red bemerkte, dass sie es vermied, ihn anzusehen. Daran hatte er sich mittlerweile gewöhnt.

„Ist schon in Ordnung. Wir werden herausfinden, was passiert ist."

Sie blickte immer noch zu ihrem Sohn. Red trat zurück, damit sie sich um ihn kümmern konnte. Er ging zu dem Rettungsschwimmer, der auf einem Sitz in der unteren Zuschauerreihe saß.

Er bemerkte, wie der junge Mann zusammenschreckte, as Red sich ihm näherte. Allerdings konnte er das Mitleid in seinem Blick besser verbergen als die meisten Leute, denen Red begegnete. „Wie lautet bitte Ihr Name?", fragte Red, um die Sache voranzubringen.

„Terry Baumgartner", antwortete er und schluckte nervös. „Der Junge und seine Freunde haben am Beckenrand herumgealbert. Ich habe ihnen mehr als einmal gesagt, dass sie aufhören sollen und wollte sie gerade auffordern, die Halle zu verlassen, als ein kleines Mädchen zu meinem Sitz kam und ich mich abwenden musste. Als ich wieder hinsah, war er unter Wasser. Ich bin ins Wasser gesprungen, genau wie Julie." Er deutete auf eine junge Frau in einem roten Badeanzug, die etwas abseits stand. „Ich war zuerst bei ihm und habe ihn herausgezogen. Wir haben sofort begonnen, ihn wiederzubeleben, und haben weitergemacht, bis die Sanitäter ein paar Minuten später hier waren."

„Wer hat sie gerufen?", fragte Red.

Ein Mann trat vor. „Das war ich. Die beiden haben geschrien, jemand solle 911 anrufen, also habe ich es getan. Die Kinder haben ziemlich wild getobt und gerade hatte ich noch gedacht, dass bestimmt jemand verletzt werden würde."

„Daddy, geht es Connor gut?", fragte ein kleines Mädchen in einem nassen Badeanzug, das nähergekommen war und seine Hand gepackt hatte.

„Ja, Schätzchen, ihm geht's gut", beruhigte er das Kind, bevor er sich wieder zu Red umdrehte. Er schluckte, als er Red in die Augen blickte. Das taten nicht viele Leute. „Er hat die Wahrheit gesagt. Die Kinder haben es herausgefordert. Wenn er etwas falsch gemacht hat, dann, sie nicht schon früher hinauszuwerfen. Aber er hat sie verwarnt."

Red blickte zu Terry, der nickte. Seine wasserblauen Augen sahen nicht mehr so besorgt aus und sein gottgleicher, schlanker Körper wirkte weniger angespannt. Er ließ die schlanken Arme und die muskulösen Schultern sinken. Verdammt – der junge Mann war nicht groß, aber in Reds Augen war er perfekt. „Vielen Dank", sagte Red und wandte sich wieder dem anderen Mann zu. Er notierte seine Kontaktinformationen und stellte noch ein paar Fragen, bevor er sich erneut bedankte. Dann sprach er mit der anderen Rettungsschwimmerin, Julie, die bestätigte, was Terry ihm erzählt hatte. Red war froh, dass es ein Unfall und nicht die Schuld des Rettungsschwimmers gewesen war. Dann sprach er mit dem Manager der Anlage und ließ sich von ihm alle nötigen Informationen geben. Er war sehr hilfsbereit und schien besorgt und erleichtert zugleich zu sein.

5

Als Red fertig war, war Connor auf dem Weg ins Krankenhaus und die meisten anderen Leute hatten gehen dürfen. Er wollte sich auch gerade wieder auf den Weg machen, als er Terry und Julie sah, die etwas abseits standen und sich angeregt unterhielten. Ihre Stimmen waren nicht so leise, wie sie wohl annahmen, denn er konnte ihre Unterhaltung teilweise hören. „Ich würde sterben, wenn ich so aussehen würde", hörte er Terry sagen, als der in seine Richtung blickte. Red ignorierte ihn und ging vorsichtig über die feuchten Fliesen zur Tür. Terrys Schönheit war anscheinend nur äußerlich.

„Red." Er drehte sich um und sah Arthur näherkommen. Er hatte offensichtlich auch gehört, was gesagt worden war. „Hör nicht auf den. Der Kerl ist so oberflächlich wie sonst was." Arthur sprach lauter als notwendig, und das Geschnatter in der Ecke endete abrupt. „Wollen wir uns im Hanover Grille treffen, wenn du Feierabend hast?", fragte er leiser. „Einige von uns wollen dort essen und etwas Spaß haben. Du kannst dich gern anschließen, das weißt du ja."

Red lächelte verhalten. Sein Lächeln war ihm unangenehm, und als es breiter wurde, nahm er die Hand vor den Mund. „Danke." Zuerst wollte er ablehnen und nach der Arbeit einfach nach Hause gehen, aber Arthur meinte es ehrlich. Zur Abwechslung wäre es ganz schön, sich mit Leuten zu treffen. „Ich versuche vorbeizukommen, wenn meine Schicht zu Ende ist und ich meine Berichte fertig habe. Es könnte aber spät werden."

„Ich weiß, wie das ist", versicherte Arthur und eilte aus der Schwimmhalle.

Red ging noch einmal durch, ob er mit allen Beteiligten gesprochen und alle relevanten Informationen notiert hatte. Als er sich sicher war, schaute er auf die Uhr, bedankte sich im Stillen und verließ dann das Gebäude.

Sobald er durch die Tür trat, sah er draußen vier Nachrichtenwagen und Reporter, die umherschwirrten und sich auf ihren Auftritt vorbereiteten. Red ging direkt zu seinem Auto und fuhr los, als sie auf ihn zukamen. Er wollte bestimmt nicht mit der Presse reden. Er würde zum Revier zurückfahren und es anderen überlassen, die Presse über den Vorfall zu informieren.

Als er wieder auf dem Revier war, berichtete er dem Captain von dem Mann auf dem Gehweg und dem Beinahe-Ertrinken. Er erzählte auch von den Reportern. Anschließend ging er zu seinem Schreibtisch, um die Berichte zu erledigen. Dafür brauchte er eine Stunde, dann konnte er sich auf den Heimweg machen. Es war ein langer und aufregender Tag gewesen und er fühlte sich völlig erschöpft. Red sprach nicht viel mit den anderen Polizisten auf dem Revier, aber er verabschiedete sich der Höflichkeit wegen von denen, die ihm begegneten, und eilte dann hinaus.

Er saß schon in seinem Auto und war dabei, den Parkplatz zu verlassen, als er sich an Arthurs Einladung erinnerte. Da er nichts Besseres zu tun hatte, abgesehen davon, zu Hause zu sitzen, fernzusehen und zu viel Bier zu trinken, entschied er sich, Arthurs Einladung anzunehmen.

2

„JULIE", RIEF Terry und versuchte, ihre Aufmerksamkeit von den Nachrichten im Fernsehen wegzulenken. Sie hatten schon viermal einen Bericht darüber gesehen, was im Familienzentrum passiert war, aber nichts Neues. Sie sagten, es wäre ein Unfall gewesen und dass das Kind aus dem Krankenhaus entlassen worden war. Das war eine Erleichterung nach diesem schrecklichen Tag, der durch den ganzen Papierkram und die Gespräche mit der Polizei nicht besser geworden war. Terry drehte sich auf dem Barhocker zu ihr. „Willst du dir das den ganzen Abend anschauen?"

„Mann, wer hat dir denn einen Knoten ins Höschen gemacht?", fragte Julie und wandte sich ihm zu. „Als du gefragt hast, ob wir zusammen etwas trinken gehen wollen, hatte ich nicht erwartet, dass du so eine Nervensäge sein würdest."

„Die erzählen doch nichts Neues", erklärte er ihr.

„Ich weiß. Aber wann warst du sonst schon einmal in den Nachrichten?" Sie drehte sich wieder zum Fernseher, aber jetzt lief der Wetterbericht, also hob sie ihr Bierglas und sah ihn an. „Also, was wolltest du sagen?"

„Eigentlich nichts", antwortete Terry. Er trank sein Bier aus und bestellte ein neues. Die Kellnerin eilte hinter die Bar und brachte ihm ein Weizenbier. Er zeigte ihr sein strahlendstes Lächeln. Es spielte keine Rolle, dass er eigentlich nicht an ihr interessiert war. Er hatte schon vor langer Zeit erkannt, dass ihm ein einnehmendes Lächeln verschaffen konnte, was er wollte, also setzte er es auch ein.

An einem großen Tisch hinter ihnen ertönte ein lautes Lachen. Terry drehte sich um, um zu sehen, was dort los war. Er waren ein paar Männer. Er erkannte einen von ihnen. Es war einer der Sanitäter vom Nachmittag. Terry beobachtete sie einen Moment, dann drehte er sich wieder zu Julie.

„Hey, Red", hörte er einen der Männer rufen. Aus irgendeinem Grund drehte Terry sich um, um zu sehen, wer es war, dann schaute er schnell wieder weg. Es war der riesige Polizist, der im Schwimmbad gewesen war. Terry wandte sich wieder zur Bar.

„Das ist der Polizist vom Schwimmbad", verkündete Julie neben ihm. „Der mit der Narbe."

„Ja, ich habe ihn gesehen." Terry nahm noch einen Schluck aus seinem Glas. Der Mann war ihm sofort aufgefallen, als er den Schwimmbereich betreten hatte. Zuerst war Terry das Wasser im Mund zusammengelaufen. Er war genau sein Typ: groß, muskulös, breitschultrig und er füllte seine Uniform an genau den richtigen Stellen aus. Ein Traummann … bis er das Gesicht des armen Kerls gesehen hatte. Zu sagen, er wäre hässlich, erschien ihm auch nicht richtig … eher bedauernswert. Wie sein Dad scherzhaft sagen würde: „Er hat ein Gesicht, das nur eine Mutter lieben kann."

„Ich frage mich, was ihm wohl zugestoßen ist", wunderte sich Julie und blickte zu Terry, als dieser ein genervtes Geräusch von sich gab. „Er schien nett zu sein. Diese Frau war total wütend, aber er hat zugehört und die Wahrheit herausgefunden. Es gab keine Vorwürfe, und für einen Cop war er ganz okay." Ihre Augen weiteten sich. „Ihm muss etwas passiert sein. Er wurde sicher nicht mit dieser Narbe geboren. Vielleicht war er arm und konnte sich keine Zahnspange leisten wie wir."

Terry drehte sich wieder um. „Du hast wohl recht." Er schluckte rau und beobachtete den Mann weiter, dabei versuchte er, unauffällig zu sein. Einmal trafen sich ihre Blicke, als er aufsah. Terry wusste sofort, dass der Mann ihn erkannt hatte. Er drehte sich schnell weg.

„Ich habe wohl recht?", hakte Julie kichernd nach.

„Ich habe dir doch zugestimmt", versicherte er ihr. Ihr Gespräch geriet ins Stocken, als erneut die Nachrichten begannen und Julies Aufmerksamkeit abgelenkt wurde.

Hinter der Bar waren Spiegel, die größtenteils die verschiedenen Biersorten anpriesen. In einem davon konnte er den Polizisten sehen. Die Männer bei ihm waren laut und lachten viel und ein paar Mal konnte Terry ein kleines Lächeln in seinem Gesicht erkennen. Da wollte er jedes Mal auch lächeln. Er drehte sich wieder um und schaute sich im Raum um.

Zu sagen, dass die Einrichtung betagt war, wäre eine Untertreibung. Jedes Jahrzehnt schien seine Spuren hinterlassen zu haben. Das Gebäude musste in den Sechzigern in ein Restaurant umgebaut worden sein. Die alte Holzvertäfelung an den Wänden, die zwischenzeitlich angestrichen worden war, war ein guter Hinweis, genau wie die ebenfalls gestrichene Holzdecke. Wahrscheinlich ein Versuch der Modernisierung. Die Bar war aus Holz und eigentlich ziemlich hübsch. Terry nahm an, dass sie nachträglich eingebaut worden war, wie das meiste im Raum. Es gab kein durchgängiges Thema – alles wirkte so, als wäre es nur aus einer Notwendigkeit heraus eingebaut worden. Wie der Gaskamin, der an einer Wand installiert war. Er war nicht alt, aber jemand schien entschieden zu haben, dass der Raum mehr Wärme brauchte, also war ein Kamin gebaut worden. Terrys Blick ruhte auf dem Kamin, dann schaute er sich weiter um. Sein Blick landete wieder auf dem Polizisten. Dieses Mal schaute der nicht zurück, stattdessen hörte er einem seiner Freunde zu. Dabei lag ein kleines Lächeln auf seinem Gesicht.

„Terry", sagte Julie und er drehte sich wieder um. „Beobachtest du den Kerl?"

Er ignorierte sie und nahm stattdessen einen Schluck Bier. Erst dann wandte er sich ihr zu. „Hältst du mich für oberflächlich?"

„Das ist keine einfache Frage." Sie seufzte und stützte einen Ellenbogen auf die Bar, während sie ihn anschaute. „Wenn du meine ehrliche Meinung hören willst, würde ich sagen, dass du eher ichbezogen bist, statt oberflächlich im eigentlichen Sinne. Aber für die meisten Leute ist das ein und dasselbe. Also ja, du bist ein wenig oberflächlich." Sie schubste ihn mit der Schulter an. „Hey, du wolltest es wissen."

Terry schluckte und erwiderte ihren Blick. „Ich schätze, ich hätte nicht fragen sollen, wenn ich deine Meinung nicht hören will." Es war nicht die Antwort gewesen, die er gewollt hatte. Er hatte gefragt, weil er gehört hatte, was der Sanitäter im Schwimmbad gesagt hatte. Julie hätte ihm sagen sollen, dass das Unsinn wäre, statt ihm zuzustimmen.

„Ganz genau", gab sie zurück, und Terry rollte mit den Augen. „Du musst zugeben, dass dir das Aussehen anderer Leute sehr wichtig ist, und du weißt, was dir das gebracht hat bei –"

„Sag seinen Namen nicht", knurrte Terry gerade laut genug, damit sie es hören konnte.

„Schön", schnauzte sie. „Aber du weißt, dass ich recht habe. Du hast den perfekten Schwimmer-Körper und stets die perfekte Bräune, sogar im Winter."

„Ich mag es eben, gut auszusehen."

„Nein, manchmal bist du von deinem Aussehen geradezu besessen, und als du … du weißt schon wen … kennengelernt hast." Sie verdrehte ihre hübschen braunen Augen. Terry wusste, dass er nicht wie von Zauberhand auftauchen würde, wenn man seinen Namen nannte, aber an seinen Ex auch nur zu denken, ließ es ihm kalt den Rücken hinunterlaufen. Sofort fühlte er sich allein in einem Raum voller Menschen. „Du hast dich auf ihn gestürzt, ohne nachzudenken, und sieh, was es dir gebracht hat."

„Okay, okay …"

„Nein. Du hörst dir das jetzt an. Ich weiß, du bist wirklich süß und heiß und so weiter. Du hast diesen Schwimmer-Körper und den passenden Job dazu, aber Terry, wir reden hier davon, ob du oberflächlich bist oder nicht, während heute unter unserer Aufsicht im Schwimmbad ein Kind fast ertrunken wäre. Meiner Meinung nach beantwortet das von selbst, ob du oberflächlich bist." Ihre Augenbrauen hoben sich und Terry wandte den Blick ab.

„Verdammt", sagte er leise und blickte auf, als die Kellnerin ihnen ihr Essen brachte. „Vielen Dank", sagte er lächelnd und erhielt im Gegenzug auch ein Lächeln.

Julie nahm einen Bissen von ihrem Salat. „Die Frage ist also, wenn du nicht oberflächlich sein willst, was willst du dagegen tun?"

„Tun?", fragte Terry.

„Ja. *Tun.*" Sie schaute ihn mit einem brennenden Blick an, bei dem er sofort steif geworden wäre und sie ins Bett gezogen hätte, wäre er hetero. Stattdessen bedeutete dieser Blick für ihn, dass er gleich richtig Ärger bekommen würde.

„Können wir darüber reden?"

„Du willst reden? Okay. Ein Kind ertrinkt fast und wir ziehen es aus dem Becken. Überall in den Nachrichten ist zu hören, dass wir sein Leben gerettet haben, worüber wir beide glücklich sein sollten. Wir haben getan, was wir gut können, wir haben etwas bewirkt. Es war nicht unsere Schuld, dass der Junge hineingefallen ist und sich verletzt hat, egal, was die Mutter sagt. Aber statt uns darüber zu unterhalten und zu überlegen, was wir tun können, damit so etwas nicht noch einmal passiert, hast du eine Identitätskrise, weil Leute, die du überhaupt nicht kennst, dich als oberflächlich bezeichnet haben." Sie tätschelte seine Schulter. „Ich denke, die Zeit zum Reden ist vorbei. Schätzchen, sieh es ein – du bist oberflächlich, okay? Und eingebildet, das dürfen wir nicht vergessen. Aber du bist hübsch anzuschauen, also hast du auch ein Recht darauf. Schließlich haben wir beide im Schwimmbad schon Dinge gesehen, die kein Mensch je sehen sollte." Sie erschauerten beide.

„Mr. Howard letzte Woche", warf Terry ein und Julie schüttelte den Kopf. Einer ihrer älteren Gäste war etwas verwirrt gewesen und war splitternackt aus der Umkleide in die Schwimmhalle gelaufen. Und *das* wollte wirklich keiner von ihnen noch einmal sehen.

„Ja, genau …" Julie nahm noch einen Bissen. „Verdammt, du lenkst vom Thema ab. Sieh mal, es ist doch so, dass du etwas tun musst, nicht nur darüber reden, wenn du dein Leben ändern willst. Also, was hast du vor?"

„Du meinst, mit jemandem auszugehen, den ich unattraktiv finde?"

Julie schüttelte den Kopf. „Siehst du? Du bist oberflächlich. Euch Männern geht es immer nur ums Aussehen. Hetero-Männer sehen mich an und sehen nur Titten und einen Körper, sonst nichts. Frauen sind emotionaler. Für den Anfang: keine One-Night-Stands mehr!"

„Ich habe so etwas seit … du weißt schon wem … nicht mehr gemacht", gab Terry mit gesenktem Kopf zu.

Julie stieß ihn mit der Schulter an. „Siehst du? Du hast dich schon gebessert. Aber das ist nur vorübergehend, das weißt du auch. Du bist in Nullkommanichts wieder so wie früher. Also wenn du dich wieder ins schwule Leben stürzt, kein Sex, bevor du den Mann nicht kennengelernt hast, denn nette Männer trifft man nicht, wenn man auf dem Rücken liegt."

„Und was noch, oh du Weise?" Terry konnte nicht widerstehen. „Da du ja genau weißt, was ich will."

Julie legte die Gabel hin. „Das tu ich. Ich sehe, wie du dieses Paar ansiehst, das jeden Tag zum Schwimmen kommt. Die beiden sind schon bestimmt zwanzig Jahre zusammen. Du lässt sie nicht aus den Augen."

„Sie sehen gut aus", protestierte Terry, aber es klang hohl.

„Du kannst sagen, was du willst, aber ich sehe den Neid in deinen babyblauen Augen und die Sehnsucht. Du willst das, was sie haben. Jetzt schau mich nicht so an. Du kannst mir so oft du willst sagen ‚Ist mir egal' oder ‚Ich hatte schon eine Beziehung und sie hat nicht funktioniert', aber ich kenne dich. Ich sehe, wie du sie ansiehst. Julies Anti-Oberflächlichkeits-Regel Nummer Eins lautet also, nicht mit Typen zu schlafen, die du nicht kennst. Die zweite lautet, dass du etwas lesen musst, das deinen Horizont erweitert. Es muss nicht Tolstoi sein, aber du solltest dein Gehirn benutzen müssen."

„Hey, ich lese", protestierte Terry.

„Comicbücher zählen nicht. Meine Regeln – ich habe das Sagen." Und eindeutig zu viel Spaß dabei. „Drittens, du musst etwas geben. Die ersten beiden solltest du selbst schaffen, aber beim Dritten kann ich dir helfen."

„Oh nein", sagte Terry und fiel fast vom Stuhl. „Ich will nichts mit alten Leuten zu tun haben."

„Jetzt schon. Nach der Arbeit nehme ich dich mit und stelle dich vor. Wir brauchen Leute, um die Mahlzeiten auszuliefern. Ich weiß, dass du das kannst." Sie fixierte ihn mit ihrem Blick, und Terry konnte fühlen, wie er nachgab. „Du hast damit angefangen, also wirst du das jetzt durchziehen, verstanden? Vielleicht gefällt es dir. Du kannst gut mit Leuten reden und das ist es, was die meisten brauchen. Du lieferst ihnen das Essen und unterhältst dich einen Moment mit ihnen, um zu sehen, ob es ihnen gut geht." Julie wandte den Blick nicht ab. „Einige dieser Leute sehen den ganzen Tag kein menschliches Wesen, abgesehen von dir."

Verdammt. Terry merkte, wie ihm die Argumente ausgingen. „Schön. Ich versuche es. Aber wenn es mir nicht gefällt ..."

Julie grinste ihn an. „Ich mache mir eher Gedanken, dass du mit dem Ausliefern nie fertig wirst, weil du den ganzen Tag mit Reden verbringst."

„Okay. Wie kommt es, dass du keinen Freund hast, bei all deinen tollen Regeln?" Er wandte sich wieder seinem Essen zu.

„Ich habe nie gesagt, dass bei mir alles stimmt. Ich habe einfach noch keinen netten Kerl getroffen. Außerdem sind diese Regeln für dich, nicht für mich." Terry wollte protestieren, aber sie schnalzte mit der Zunge. „Schätzchen, ich bin nicht diejenige von uns, die oberflächlich ist." Sie schaffte es drei Sekunden lang, nicht loszulachen, aber dann konnte sie sich nicht mehr halten. Terry stimmte in ihr Lachen ein. Sie war genauso schlimm wie er und das wusste sie auch. „Da gibt es tatsächlich einen Typen, mit dem ich zweimal ausgegangen bin. Er ist wirklich nett. Ich mag ihn."

„Warum habe ich ihn noch nicht kennengelernt? Ist er so hässlich?" Terry musste sie einfach ein wenig ärgern. Das war zwischen ihnen so.

„Nein. Er ist ruhig und wirklich intelligent. Zu intelligent für mich." Sie biss sich auf die Unterlippe. „Er hat vor Kurzem eine Stelle als Professor am Dickinson College angetreten und er ist wirklich so schlau, dass es mir Angst macht." Terry hatte sie selten unsicher erlebt, aber im Moment war sie es ohne Frage. „Was, wenn ich nicht gut genug bin?"

„Hey, das bist du", erwiderte Terry, ohne nachzudenken. „Du bist für jeden gut genug. Dieser Kerl hat Glück, dass du ein Teil seines Lebens bist." Er legte den Arm um ihre Schultern und drückte sie an sich. „Und das weißt du auch."

Lachen vom Tisch hinter ihnen erfüllte den Raum. Terry musste nachsehen, was dort vor sich ging. Der Polizist erzählte eine Geschichte. Er wirkte so lebhaft. Terry fragte sich einen Moment lang, was er wohl

13

sagte. Was auch immer es war, sein Gesicht leuchtete auf und seine Augen glitzerten. „Du kannst nicht aufhören, ihn zu beobachten, oder?"

„Sei still", gab Terry zurück und drehte sich wieder um. „Ich wollte nur sehen, worüber sie lachen." Er konzentrierte sich wieder auf sein Essen. Er wusste nicht, warum der Kerl ihn interessierte oder was an ihm so faszinierend war, aber er konnte nicht anders, als ihn immer wieder in den Spiegeln zu beobachten.

AM NÄCHSTEN Tag war es auf der Arbeit ruhig, Gott sei Dank. Es gab keine Vorfälle. Terrys Boss, Mr. Hilliard, rief ihn am Ende seiner Schicht zu sich, um ihm zu sagen, dass es dem Jungen wieder gut ging, weil er und Julie sein Leben gerettet hatten. „Solche Dinge sind tragisch, aber ihr seid hier, um zu verhindern, dass sie passieren, und um zu helfen, wenn sie doch passieren."

„Danke", erwiderte Terry, aber er fühlte sich immer noch schuldig.

„Wir werden neue Verhaltensregeln aufstellen und sie allen Mitgliedern per Newsletter zukommen lassen", fügte er hinzu. Terry nickte. „Du hast nichts falsch gemacht", versicherte er.

„Vielen Dank. Ich bin froh, dass es ihm gut geht."

„Das sind wir alle. Schnell zu handeln, rettet Leben, und das ist genau das, was Julie und du getan habt." Mr. Hilliard lächelte ihn aufmunternd an, ehe Terry das Büro verließ. Er fühlte sich besser, als er zu den Umkleideräumen ging. Er legte seine Schwimmbekleidung ab und zog sich seine Straßenklamotten an, nahm seine Tasche und ging zur Lobby, wo Julie auf ihn wartete, um ihn zu seiner ersten Tour als freiwilliger Essenslieferant mitzunehmen. Terry war etwas nervös, aber Julie schien ziemlich zufrieden zu sein.

„Was freut dich denn so?", fragte er.

„Cotton will am Samstagabend mit mir ausgehen. Er hat gesagt, es wird etwas Besonderes und dass ich mich schick anziehen soll." Julie strahlte, während er die Tür für sie öffnete. Sie schien zu schweben und das freute ihn. „Du kannst hinter mir herfahren. Wir fahren nur die West Street entlang für etwa acht Blocks." Julie ging zu ihrem Auto und Terry stieg in seinen Mustang. Er liebte seinen Wagen, auch wenn er eine stetige Erinnerung war an … Er weigerte sich, an ihn zu denken. Er hatte mehr als einmal darüber nachgedacht, das Auto zu verkaufen oder es gegen ein anderes einzutauschen, aber das konnte er sich eigentlich nicht leisten. Und er liebte das Auto wirklich. Es war mitternachtsblau, mit grauer

Innenausstattung und hatte alles, was man sich nur wünschen konnte. Er startete den Motor und folgte Julie vom Parkplatz durch die Stadt.

Fünf Minuten später parkten sie gegenüber von einem Gebäude, das aussah, als wäre es früher eine große Autowerkstatt gewesen.

„Lavelle trägt hier die Verantwortung. Sie kann immer Hilfe gebrauchen", erklärte Julie. „Das war früher ihre Werkstatt, aber sie hat sie umgebaut und sich eine Sondergenehmigung der Stadtverwaltung besorgt. Sie ist ein wundervoller Mensch und kümmert sich mit all ihrer Energie um andere." Julie hatte einen warnenden Tonfall, aber Terry wusste nicht wieso. Sie führte ihn nach drinnen, wo ihn die ganze Aktivität fast erschlug.

Die Werkstatt war zu einer professionellen Küche umgebaut worden. An den Tischen packten Frauen Essen in Styropor-Behälter, beschrifteten sie und legten sie in Tüten.

„Julie", rief eine schwarze Frau mittleren Alters und eilte zu ihnen. „Es ist so schön, dass du uns Unterstützung mitbringst." Sie wandte sich Terry zu.

„Lavelle, das ist Terry. Wir sind Arbeitskollegen. Er möchte uns gerne helfen."

Terry streckte die Hand aus und Lavelle schüttelte sie. „Das weiß ich wirklich zu schätzen. Eine unserer Lieferantinnen hat sich letzte Woche die Hüfte gebrochen. Sie ist schon aus dem Krankenhaus entlassen worden und jetzt bringen wir auch ihr Mahlzeiten." Sie drehte sich um. „Viele Leute – hauptsächlich ältere Menschen, aber nicht nur – haben es nicht leicht im Leben. Die meisten haben keine Familien. Sie bekommen von uns drei Mahlzeiten pro Woche geliefert. Aber es geht nicht nur ums Essen. Es geht auch darum zu sehen, ob es ihnen gut geht." Lavelle führte ihn nach drinnen. „Einer unserer Fahrer hat zum Beispiel einer Dame geholfen, ihre Katze zu finden."

Terry schluckte hörbar.

„Du musst nur Hallo sagen und dich vorstellen, hineingehen und ein paar Minuten mit ihnen verbringen. Sie lieben Gesellschaft." Lavelle trat etwas näher. „Hast du ein Handy?"

Terry nickte.

„Nimm es immer mit. Wenn es jemandem nicht gut geht, ruf 911 an. Oder mich, dann tue ich es." Sie klang todernst, deshalb fragte Terry sich, was die Lieferanten wohl schon alles zu sehen bekommen hatten. Er fragte nicht nach, sondern nickte nur und tauschte mit Lavelle die Telefonnummern aus.

15

„Macht ihr das umsonst?", fragte er.

„Alle hier sind Freiwillige. Die Empfänger bezahlen, was sie können, aber wir weisen niemanden ab. Niemandem darf Nahrung verweigert werden." Lavelle blickte zu Julie, die nickte. Terry fragte sich unvermittelt, was er über seine beste Freundin nicht wusste. Verdammt, anscheinend war er *wirklich* so ichbezogen. „Also, die Essenspakete sind fertig und mit Namen beschriftet. Hier ist die Liste mit den Lieferungen. Sie befinden sich alle in derselben Gegend, damit du nicht durch die ganze Stadt fahren musst. Wir versuchen, es so einzurichten, dass die Leute immer von demselben Fahrer beliefert werden – auf die Art lernen sie dich kennen."

„Okay", stimmte Terry zu. Das war's wohl mit 'eine einmalige Sache'. Er blickte zu Julie, die ihre Pakete schon geholt hatte und sie zu ihrem Auto brachte.

„Du musst dich auf den Weg machen, Schätzchen. Das Essen bleibt in den Behältern warm, aber die Zeit ist trotzdem wichtig." Sie musste den Zweifel in seinem Blick gesehen haben. „Es gibt Menschen, die praktisch nichts haben. Du kannst dir nicht vorstellen, wie sehr du ihren Tag verbesserst. Vertrau mir." Lavelle führte ihn zu einem Tisch aus Edelstahl. „Bitte sehr." Sie reichte ihm einen Zettel und ein Informationsblatt. „Ruf mich an, wenn du Fragen hast, und sei nicht schüchtern. Sprich mit den Leuten."

„Das kann er gut", warf Julie ein, und Lavelle lächelte.

„Wunderbar. Dies ist eine der wenigen Gelegenheiten, wo die Gabe der Geschwätzigkeit ein Segen ist." Terry mochte Lavelle bereits jetzt. „Und jetzt macht euch auf den Weg."

Terry lud das Essen ein und nahm die Instruktionen sowie den Informationszettel mit. Er stieg in sein Auto und fuhr in den nordöstlichen Teil der Stadt. Die ersten drei Adressen waren leicht zu finden und er wurde überall mit einem Lächeln empfangen. Es waren Damen – seine Mutter hatte ihm beigebracht, Frauen ab einem gewissen Alter als Damen zu bezeichnen, und diese Damen hatten besagtes Alter schon vor einer Weile erreicht. Alle drei Damen freuten sich, ihn zu sehen und boten ihm einen Stuhl an. Terry fragte, wo er Teller finden konnte. Er brachte ihnen das Essen an den Tisch oder vor den Fernseher, bevor er sich verabschiedete. Bei der vierten Adresse bestach er die spindeldürre Frau damit, ihre Katze zu suchen, wenn sie etwas aß. Die Katze fand er in der Waschküche. Sobald er die Tür geöffnet hatte, schoss sie heraus und stürzte sich auf ihren Futternapf. Er wusste nicht, wie lang das arme Ding eingesperrt gewesen war, aber er würde nach ihr sehen, wenn er das nächste Mal herkam. Bei den nächsten Adressen lief alles glatt. Die vier Damen und der Mann kannten den Ablauf und schienen sich zu freuen, ihn zu sehen. Sie fragten alle nach Gladys. Er nahm an, das war die Dame, die sich die Hüfte gebrochen hatte, daher erzählte er, sie wäre wieder zu Hause.

Nach ungefähr einer Stunde fuhr Terry vor dem letzten Haus vor. Er war müde und etwas aufgeregt, aber er fühlte sich wirklich gut. Alle waren so nett und unglaublich dankbar gewesen. Die meisten Leute waren älter. Einige benutzten Gehhilfen, andere schlurften umher. Zwei hatten ihn zum Abschied umarmt, und einer hatte angeboten, das Essen, das Terry mitgebracht hatte, mit ihm zu teilen. Sie alle hatten eines gemeinsam – sie schienen freundlich, aber einsam zu sein. Es berührte Terry in einer Art und Weise, die er nicht erwartet hatte. Nicht nach … Er erschauerte, weil sich das Arschloch von einem Ex immer wieder in seine Gedanken drängte. Es war schon Monate her, aber er konnte ihn nicht vergessen. Er war früher einmal ein normaler Mensch gewesen, und das würde er auch wieder werden, komme, was da wolle.

Terry fand einen Parkplatz, holte die letzte Mahlzeit hervor und lief über die North Street zu einem kleinen, einfachen Reihenhaus. Davon gab es viele in der Stadt und er war heute schon bei vier fast identischen gewesen. Er klingelte und wartete. Schwere Fußschritte erklangen auf der anderen Seite der Tür. Terrys Herz begann zu klopfen. Diese Fußtritte klangen so vertraut. Der Klang von schweren Stiefeln war zum Synonym für Schmerz und Erniedrigung durch jemanden, den er liebte, geworden. Terry schluckte und zwang sich, nicht davonzurennen. Die Tür öffnete sich und er ließ fast das Essen fallen.

3

RED STARRTE durch die Fliegengittertür auf den Rettungsschwimmer, den er am Tag zuvor vernommen und der ihn später im Restaurant beobachtet hatte. Er wusste, dass der Junge ihn total abstoßend fand. Er hatte ihn im Hanover Grille auf die gleiche Art beobachtet wie Schaulustige, die sich nicht von einem Zugunglück abwenden können, und jetzt stand er vor der Tür seiner Tante Margie. „Wie kann ich Ihnen helfen?", fragte er förmlich, dabei ließ er ein wenig seine Polizistenstimme durchscheinen.

„Red, das ist bestimmt die Dame, die mir ein paar Mal pro Woche Abendessen liefert. Kein Grund, auf sie loszugehen." Seine Tante tauchte mit ihrer Gehhilfe hinter ihm auf. „Oh", machte sie. „Du bist nicht Gladys."

„Nein, ich bin Terry. Gladys ist gestürzt und hat sich verletzt, deshalb vertrete ich sie." Er trat auf die Tür zu, aber Red öffnete sie nicht. Er würde niemanden einfach so ins Haus seiner Tante lassen.

„Red, öffne die Tür und lass ihn herein", schalt seine Tante.

Red stieß die Tür auf und ließ Terry herein, aber behielt ihn scharf im Auge.

„Wo darf ich das hier hinstellen?"

„In den Kühlschrank, mein Lieber", antwortete Tante Margie. „Ich werde es morgen aufwärmen. Ich hatte nicht damit gerechnet, dass Red vorbeikommt und ebenfalls Abendessen mitbringt." Red nahm ihren Arm und führte sie zum Tisch. Seine Tante war für ihn der wichtigste Mensch der Welt, deshalb wollte er sicherstellen, dass es ihr gut ging. Er wusste, dass er es manchmal ein wenig übertrieb, aber sie war die einzige Familie, die er noch hatte.

Tante Margie blickte zu ihm, dann wieder zu Terry, der den Behälter in den Kühlschrank stellte und anscheinend schnell wieder verschwinden wollte.

„Ich wollte Sie nicht beim Abendessen stören, also gehe ich gleich wieder."

Terry war schon fast wieder draußen und Red begann gerade, sich zu entspannen, als seine Tante sich umdrehte. „Terry, hast du schon etwas gegessen? Red bringt immer viel zu viel zu essen mit und lässt die Reste für mich hier, aber ich kann das alles nicht einmal in einem Monat essen."

Terry blickte erst zu ihr, dann zu Red. „Ich möchte mich nicht aufdrängen." Er machte einen weiteren Schritt Richtung Tür.

Braver Junge, dachte Red. *Geh einfach weiter, dann bin ich zufrieden.*

Seine Tante – eigentlich seine Großtante mütterlicherseits – trat um ihn herum und ging langsam zur Tür. „Du bist herzlich eingeladen. Red hat chinesisches Essen mitgebracht." Aus irgendeinem Grund gab sie sich charmant, und Red wollte zu gerne wissen warum. Es sah ihr ähnlich, einen Fremden zum Abendessen einzuladen. Seine Tante war der netteste Mensch, den er kannte. Sie hatte ihn aufgenommen, als er siebzehn war, nachdem seine Eltern bei dem Autounfall ums Leben gekommen waren, den er nur überlebt hatte, weil er auf dem Rücksitz gesessen hatte.

„Ma'am, ich glaube nicht, dass das eine gute Idee ist", erwiderte Terry und schielte zu ihm.

„Lass dich nicht von Red einschüchtern. Er ist groß, aber absolut harmlos." Seine Tante nahm Terrys Hand und zog daran, dann drehte sie ihren Rollator um und schaute über ihre Schulter, um sicherzugehen, dass er ihr folgte.

Red blieb stehen, die Hände in die Hüften gestemmt, und fragte sich, was hier gerade passiert war. Auch nach all den Jahren, in denen er mit ihr zusammengelebt, sie geliebt und sich von ihr hatte versorgen lassen, bevor er begonnen hatte, sich um sie zu kümmern, konnte sie ihn immer noch überraschen.

„Red ist mein Neffe und ich liebe ihn über alles, aber manchmal benimmt er sich wie ein Elefant im Porzellanladen", erklang die Stimme seiner Tante hinter ihm. „Aber du wirst dich bestimmt bald an ihn gewöhnen."

„Mrs. Markham", setzte Terry an, „ich glaube, Sie haben da etwas falsch verstanden. Ich kenne Ihren Neffen kaum. Ich habe ihn gestern im Familienzentrum getroffen." Er klang total verwirrt. Red bemerkte, wie er sich umsah und ihn anblickte.

Red lächelte und schüttelte den Kopf. „Tante Margie."

Sie drehte sich um und sah ihn abschätzend an. „Wenn das wahr ist, wieso ist er dann so angespannt? Das passiert normalerweise nur, wenn er jemanden näher kennt."

Red ging zum Tisch und begann, die Kartons mit dem chinesischen Essen auszupacken. Es hatte keinen Sinn, mit ihr zu streiten. Wenn sie einen komplett Fremden in ihr Haus einladen und ihm Abendessen geben wollte, dann war das ihre Entscheidung. Er würde ihr die Sache erleichtern, damit er es so schnell wie möglich hinter sich hatte. Es war unmöglich, dass Terry ihm hier Probleme bereitete. Außerdem hatte ihn der verschreckte Gesichtsausdruck auf Terrys Gesicht, als er die Tür geöffnet hatte, neugierig gemacht. Er hatte diesen Blick mehr als einmal bei Verbrechensopfern gesehen.

„Hast du in den Nachrichten gesehen, dass ein Junge gestern im Schwimmbad fast ertrunken ist?", fragte er seine Tante. „Terry war einer der Leute, die ihn aus dem Wasser gezogen haben. Er und eine andere Rettungsschwimmerin haben sein Leben gerettet. Ich hatte den Funkspruch angenommen."

„Wie wundervoll", sagte Tante Margie. „Ich wusste, dass zwischen euch eine Verbindung besteht – ihr seid beide Helden." Seine Tante lächelte ihn warm an, und für einen Moment fühlte er sich wieder wie ein Kind. Nur seine Tante brachte es fertig, dass all die harten Jahre von ihm abfielen und er vergaß, wie er aussah. „Da ihr euch ja so gut versteht, werde ich kurz das Bad benutzen." Red blickte ihr hinterher.

„Sie ist wirklich eine Wucht", bemerkte Terry, als sie den Raum verlassen hatte. „Also, wenn du willst, dass ich gehe, dann verabschiede ich mich schnell, wenn sie wieder da ist, und verschwinde."

„Nein", sagte Red. „Bitte bleib." Warum er den hübschen Jungen, den er so offensichtlich anwiderte, zum Bleiben aufforderte, konnte er nicht nachvollziehen, aber er tat es. Vielleicht, weil Terry dieses Mal den Blick nicht abgewandt hatte. Er hatte tatsächlich in Reds Augen gesehen. „Sie hat abgesehen von mir nicht viel Gesellschaft, aber ich warne dich, sie wird dir das Ohr abkauen."

„Damit kann ich leben." Terry lächelte und sein Lächeln erhellte den Raum. Red kämpfte das Verlangen nieder, das ihn durchschoss. Der junge Mann war wunderschön und sein Lächeln war wirklich ein unglaublicher Anblick, aber jede Vorstellung seines dummen Körpers, die darüber hinausging, seine Tante zufriedenzustellen, war einfach nur lächerlich. Hübsche Jungs wie Terry interessierten sich nicht für beschädigte Ware wie ihn.

Red packte das restliche Essen aus und holte drei Teller aus dem Schrank. „Ich habe dich gestern im Hanover Grille gesehen. Du warst mit der anderen Rettungsschwimmerin dort." Über irgendetwas mussten sie ja reden.

„Ja. Julie und ich wollten uns nach dem, was passiert war, ein Bier gönnen. Ich habe schon Leute aus dem Wasser geholt, aber noch nie so. Ich wusste, was zu tun war, weil ich es gelernt habe, aber ich habe währenddessen die ganze Zeit gebetet, dass er nicht stirbt." Da war wieder dieser verschreckte Gesichtsausdruck. Red begann, sich zu fragen ob der Mann doch nicht so oberflächlich war, wie er gedacht hatte. „Dann kam seine Mutter, während wir noch damit beschäftigt waren, ihn wiederzubeleben, und begann, uns anzuschreien."

Red stellte die Teller ab und lehnte sich gegen den Tisch. „Warum hast du das gestern nicht gesagt?"

„Ich dachte, dass sie vielleicht recht hat. Ich hätte mitbekommen müssen, dass er ins Wasser gefallen ist. Ich hätte sie wegschicken sollen, bevor …" Terrys Unterlippe zitterte.

„Was man als Cop lernt – und das gilt auch für deinen Job –, ist, dass man nicht jeden beschützen kann. Egal, wie viel Mühe man sich gibt, auf manche Dinge hat man einfach keinen Einfluss. Connor hätte einfach hineinfallen und wieder herausklettern können, ohne dass ihm etwas passiert wäre. Stattdessen hat er sich beim Fallen den Kopf angeschlagen, aber du warst da und hast ihn herausgezogen. Vergiss das niemals!"

„Seid ihr bereit zum Essen?", fragte Tante Margie, als sie langsam wieder zurückkam. Sie setzte sich hin, blickte zu Terry und tätschelte den Stuhl neben sich. Terry nahm Platz. „Also, was mache ich jetzt mit zwei so gut aussehenden Männern?"

Red wandte sich ab. Seine Tante redete immer so. Sie hatte ihm jahrelang gesagt, er wäre schön und etwas Besonderes, aber er wusste es besser. Er hatte sein Gesicht im Spiegel gesehen. „Tante Margie." Er fühlte sich wieder, als wäre er achtzehn.

„Komm mir nicht mit ‚Tante Margie'", schalt sie. „Schönheit liegt im Auge des Betrachters, deshalb spielt dein Äußeres keine Rolle. Nur das Innere zählt." Sie blickte zu Terry, und Red war überrascht zu sehen, dass er nickte. War das der Kerl, der gestern im Schwimmbad diese gemeine Bemerkung gemacht hatte? „Siehst du? Er stimmt mir zu."

Red sagte nichts und setzte sich hin. Er reichte das Essen herum und half seiner Tante, wenn sie es zuließ. Als sie und Terry sich bedient hatten, tat er sich auf.

„Hattest du heute viel zu tun? Hast du ein paar dieser Ganoven aus dem Verkehr gezogen, die ich draußen immer sehe?", fragte Reds Tante ihn.

„Welche Ganoven?", fragte Red und fragte sich, was sie gesehen hatte und ob sie in Gefahr war.

„Diese jungen Leute vor meinem Fenster – sie reden und lachen und stellen Gott weiß was an." Sie hob die Hand und Red blickte zu dem Fenster, das auf den Gehweg zeigte. Ein paar Teenager liefen redend und kichernd vorbei, dabei stießen sie einander immer wieder an. „Nicht die. Die, die immer auftauchen, wenn es schon dunkel ist. Ich höre sie. Ich weiß nicht, was sie tun, aber es kann nichts Gutes sein. Was für Eltern lassen ihre Kinder um diese Zeit noch aus dem Haus?"

„Tante Margie", seufzte Red nachsichtig. Dieses Gespräch hatten sie schon oft geführt. Seine Tante hatte sehr konkrete Vorstellungen, wie Kinder erzogen werden sollten, und dazu gehörte nicht, dass sie im Dunkeln noch draußen sein durften. „Wenn du wirklich denkst, dass du in Gefahr bist, dann ruf die Polizei oder mich. Ich kann dir nicht helfen, wenn ich nicht weiß, was vor sich geht."

Sie stimmte ihm zu, wie immer, aber Red hatte das Gefühl, dass sie sich nur bei jemandem beschweren wollte. Das tat sie in letzter Zeit öfter und es machte ihm Angst. Das war nie ihre Art gewesen, aber sie hatte sich in den letzten Jahren verändert. Er war überrascht, dass sie noch nicht über ihre Wehwehchen gesprochen hatte. „Um deine Frage zu beantworten, es war ein ruhiger Tag." Er erzählte ihr nur selten von den Dingen, die er zu sehen bekam. Red hat schon früh erkannt, dass sie – wie eigentlich die meisten Leute – nicht bereit war, tatsächlich etwas von seinem Alltag zu hören.

„Das ist gut. Ich mache mir Sorgen um dich."

„Ich weiß", gab Red leise zurück. Es war schön, dass sich jemand um ihn sorgte. Er wandte sich wieder seinem Essen zu und schielte über den Tisch hinweg. Terry schaute ihn an. Er wusste, worüber Terry nachdachte – die Frage, die sich die meisten Leute stellten: Was ist bloß passiert? Manche Leute waren taktvoll, aber andere waren gemein und grausam. Er hatte viel Grausamkeit zu spüren bekommen, als er nach dem Unfall wieder zurück zur Schule gekommen war. Er hatte den anderen immer schon Angst gemacht, weil er so groß war, aber dazu noch die Narben … Red fragte sich, warum er gerade jetzt daran dachte. Es spielte keine Rolle. Dieser Teil seines Lebens war vorbei. Er hatte schon vor langer Zeit akzeptiert, dass er nun mal war, wer er war, und dass seine Handlungen und sein Charakter für ihn sprechen würden, nicht sein Aussehen oder was andere über ihn dachten.

„Warum knirschst du mit den Zähnen?", fragte Tante Margie bevor sie ihn leicht an der Hand berührte, zu Terry blickte und dann wieder zu ihm. „Es tut mir leid."

Red legte die Gabel ab. „Was, um alles in der Welt, sollte dir denn leidtun?"

„Ich wünschte, ich hätte nach dem Unfall mehr für dich tun können", sagte sie leise.

„Du hast mir ein Zuhause und Liebe gegeben – was hätte ich denn sonst noch gebraucht?" Er hatte einen Kloß im Hals, deshalb musste er das Thema wechseln, bevor er sich vor einem praktisch Fremden zum Narren machte. Nie im Leben.

„So ist das also passiert?", fragte Terry.

Red stand abrupt auf, dabei fiel sein Stuhl beinahe um. Er beugte sich über den Tisch, um den Jungen zurechtzuweisen, aber er sah weder Bosheit noch Mitleid in seinem Blick, nur etwas, das er nicht benennen konnte. Er wandte den Blick ab und setzte sich langsam wieder hin, dann starrte er die anderen beiden an. Er hoffte, dass seine Tante das Thema fallen lassen würde, aber die patente Frau, die ihn großgezogen und ihm in den dunkelsten Zeiten seines Lebens zur Seite gestanden hatte, hatte in den letzten Monaten mehr und mehr die Fähigkeit verloren, sich zurückzuhalten, wenn sie etwas besser nicht sagen sollte. Immer öfter sprach sie einfach aus, was ihr durch den Kopf ging, und Gott wusste, was das sein konnte. „Ja. Als ich siebzehn war, wurde ich bei dem Unfall verletzt, der meine Eltern das Leben gekostet hat. Ich saß auf dem Rücksitz und hatte großes Glück. Von dem Auto war nicht mehr viel übrig." Er hasste es, darüber zu reden.

„Es tut mir einfach leid, dass ich nicht mehr Geld hatte, um dir zu geben, was du gebraucht hast", sagte Tante Margie.

„Du hast mir alles gegeben, was wichtig war." Red nahm ihre zitternden Hände und versuchte, sie zu beruhigen. Manchmal verlor sie sich in der Vergangenheit und Red hatte Angst, dass es jetzt wieder so weit war. „Was ich am meisten gebraucht habe, war jemand, der für mich da war, und du warst die Beste." Er drückte ihre Hände leicht und ließ sie dann los. „Iss jetzt. Das ist dein Lieblingsessen."

Red lehnte sich zurück, als seine Tante begann, langsam zu essen. Die Krise war hoffentlich abgewendet und die Vergangenheit wieder dort verstaut, wo sie hingehörte. Er sah sich um und bemerkte, dass Terry ihn anstarrte. Er fragte sich, warum, und unterdrückte das Knurren in seiner Kehle. Terry blickte unbehaglich auf seinen Teller. Red wollte darauf wetten, dass er sich wünschte, er wäre gegangen, als er noch die Gelegenheit dazu gehabt hatte.

Der Klang einer Marimba erfüllte den Raum. Terry zuckte zusammen, bevor er sein Handy aus der Tasche zog. Er entschuldigte sich, stand auf und entfernte sich vom Tisch. „Lavelle?", sagte er leise ins Telefon.

„Er ist ein netter junger Mann", flüsterte Tante Margie ihm zu.

„Tante Margie", warnte er. Sie hatte schon oft erfolglos versucht, ihn zu verkuppeln, seit er ihr vor ein paar Jahren, als er vierundzwanzig gewesen war, erzählt hatte, dass er schwul war. Es hatte sie kein bisschen gestört, was eine Erleichterung gewesen war, aber sie hatte jede Gelegenheit ergriffen, ihn verkuppeln zu wollen. Selbstverständlich waren die Männer, die sie ihm vorgestellt hatte, höflich genug, um nach einem Blick auf ihn vorzuschlagen, Freunde zu sein. „Bitte! Hast du ihn deshalb zum Essen eingeladen?", fragte er leise. Tante Margies Gehör gehörte zu den wenigen Dingen, die nicht vom Alter betroffen waren.

Terry stand abseits und sprach leise ins Telefon.

„Du solltest nicht allein sein", erwiderte Tante Margie. „Und du hast es verdient, jemand Besonderen in deinem Leben zu haben." Sie drehte sich zu Terry, der noch immer am Telefon war, und Red sah ihr Lächeln.

Er stöhnte leise. Wenn sie gehört hätte, was Terry im Schwimmbad gesagt hatte, würde sie nicht versuchen, sie beide zu verkuppeln. Außerdem wusste er, dass Tante Margie nicht blind war. Sie konnte sehen, wie wunderschön Terry war, seine klassische Nase, seine hohen Wangenknochen, dank derer er ein Model sein könnte, wenn er wollte, und seine perfekten Lippen, rot und voll. Der Mann war äußerlich makellos, das Gegenteil von Red. „Lass es einfach, okay?"

Terry legte auf und kam wieder zum Tisch. Er schien zufrieden zu sein und setzte sich hin, um sein Rindfleisch mit Brokkoli fertig zu essen. „Ich hatte vergessen, mich abzumelden, als ich mit dem Ausliefern fertig war", erklärte Terry. Er begann wieder zu essen, als die Marimba erneut erklang. Terry zog das Telefon wieder hervor, schaute auf das Display und erbleichte. Er stellte den Ton aus und steckte das Telefon wieder in die Tasche. Er hatte gut gegessen, aber Red bemerkt, dass er nach diesem Anruf nicht mehr hungrig zu sein schien.

Reds Neugier war geweckt, aber das war Terrys Privatangelegenheit, in die er sich nicht einmischen würde. Außerdem kannte er den Kerl kaum.

„Vielen Dank für das Essen und die Gesellschaft, aber ich sollte jetzt wirklich gehen." Da war wieder dieser verschreckte Gesichtsausdruck. Red fragte sich, warum, denn er war sich sicher, dass er dieses Mal nicht daran schuld war.

„Das ist nicht nötig", erklärte Red. „Iss fertig."

„Nein. Ich sollte gehen." Terry wandte sich an Tante Margie. „Ich weiß Ihre Einladung wirklich zu schätzen. Ich hoffe, wir sehen uns in ein paar Tagen." Er stand auf und eilte nach einer hastigen Verabschiedung zur Tür hinaus. Red stand ebenfalls auf und folgte ihm. Er wusste, dass etwas nicht stimmte. Von der Tür aus konnte er sehen, wie Terry zu seinem Auto rannte und schneller davon fuhr, als erlaubt. Er dachte darüber nach, Terry nachzufahren, um sicherzugehen, dass es ihm gut ging, aber das ginge vermutlich zu weit.

„Dieser junge Mann hat vor irgendetwas Todesangst", stellte Tante Margie fest, als Red wieder zum Tisch zurückkehrte. „Er sah aus, als hätte er einen Geist gesehen."

Red nickte zustimmend.

„Du solltest ihm nachgehen und herausfinden, was los ist."

„Das kann ich nicht machen. Er hat nicht um Hilfe gebeten und hat ein Recht auf Privatsphäre." Red seufzte. „Ich kann nicht einfach irgendjemandem hinterher gehen, weil er aussieht, als hätte er Angst und ich zufällig Polizist bin."

„Aber ist es nicht dein Job, die Menschen zu beschützen?"

„Ja. Aber sie haben auch ein Recht auf ihre Privatsphäre. Ich kann nicht einfach zu ihm nach Hause gehen und mich ungefragt in sein Leben drängen. Dafür könnte ich Schwierigkeiten bekommen." Es gab Regeln, um die Rechte der Menschen zu schützen, und er musste vorsichtig sein, diese Regeln nicht zu verletzen. Wenn Terry ihm gesagt hätte, dass etwas nicht stimmte, oder er um Hilfe gebeten hätte, dann wäre es etwas anderes, aber er war einfach weggerannt wie ein verängstigter Hase, und daran war nichts Illegales.

Seine Tante gab ein Geräusch von sich, das er noch nie zuvor von ihr gehört hatte. „Redmond Markham, du hörst mir jetzt zu!" Sie stand auf und öffnete einen der Schränke. Sie holte eine Plastikbox heraus und verstaute das restliche Rindfleisch mit Brokkoli darin. „Du wirst zu Ende essen, und dann wirst du das hier zu ihm bringen! Das ist dann wohl keine Polizeisache, sondern ein Gefallen für deine Tante." Sie verschränkte die Arme vor ihrer üppigen Brust, und Red wusste, dass es keinen Sinn hatte, mit ihr zu diskutieren. Er hatte keine Argumente gefunden, als er noch jünger war, und jetzt, zehn Jahre später, hatte er sie immer noch nicht. „Du sagst, dass du ihm das hier in meinem Auftrag bringen sollst, und fragst ihn, ob alles in Ordnung ist."

„Tante Margie."

„Komm mir nicht mit 'Tante Margie'. Dieser junge Mann war nach dem Anruf, den er nicht angenommen hat, zu Tode verängstigt." Sie schlurfte zum Tisch und setzte sich wieder hin. „Sogar ich weiß, dass das nicht normal ist."

Red gab nach und nickte. „In Ordnung. Ich habe seine Adresse in meinen Notizen, von dem Vorfall im Schwimmbad. Ich fahre vorbei und sehe nach, ob sein Auto da ist, aber das war's dann. Ich werde ihn nicht stören oder mich in sein Leben drängen." Egal, wie sehr er ihn auch einfach nur anschauen wollte. „Aber danach lasse ich es auf sich beruhen. Wenn er Anzeige erstattet, werde ich versuchen, ihm zu helfen, aber ansonsten sind mir die Hände gebunden."

„Sehr gut, mein Lieber", erwiderte sie mit einem unschuldigen Lächeln, von dem Red nur allzu gut wusste, dass es das nicht war. Seine Tante hatte etwas vor und sie würde nicht aufgeben, bis sie bekommen hatte, was sie wollte.

Sie hatte nie eigene Kinder gehabt und war nie verheiratet gewesen. Als seine Eltern getötet worden waren, war er zu ihr in ihr kleines Häuschen gezogen. Sie hatte für ihn Platz in ihrem Leben gemacht. Verdammt, sie hatte ihr Leben umorganisiert, um ihn glücklich zu machen. Sie hatte aus ihrem Nähzimmer ein Schlafzimmer für ihn gemacht. Red hatte großes Glück, sie zu haben, und er schuldete ihr so viel, dass er unmöglich Nein zu ihr sagen konnte.

Red war ausgezogen, um zum College zu gehen. Zu dieser Zeit war Tante Margie noch bei besserer Gesundheit gewesen. Er hatte angeboten, wieder zu ihr zu ziehen und sich um sie zu kümmern, aber davon hatte seine Tante nichts hören wollen.

Tante Margie leerte ihren Teller und Red trug das benutzte Geschirr zur Spüle.

„Ich mache den Abwasch", sagte seine Tante. „Du bringst das Essen zu diesem netten jungen Mann und schaust nach, ob er in Ordnung ist. Du musst mich aber unbedingt anrufen, wenn du zu Hause bist, damit ich weiß, dass du gut nach Hause gekommen bist. Du weißt doch, dass ich mir sonst Sorgen mache."

Red seufzte und kapitulierte. „Ich komme morgen nach meiner Schicht her, wenn es nicht zu spät wird."

„Das wäre schön", sagte sie und ging um die Anrichte herum zum Spülbecken. Der Gedanke, dass sie schwächer wurde, machte ihm Angst. Von der Vorstellung, dass sie eines Tages nicht mehr da sein würde, gar nicht erst zu reden. Sie war die einzige Familie, die er noch hatte, und die letzte Verbindung zu seinen Eltern, die er jeden einzelnen Tag vermisste.

Red verscheuchte diese Gedanken aus seinem Kopf. Sie brachten ihn nicht weiter, sondern führten ihm nur vor Augen, was er nie haben konnte. Seine Eltern waren wunderbare Menschen gewesen. Selbst im Auto, in der Nacht des Unfalls, war das Letzte, woran er sich erinnerte, bevor sich seine gesamte Welt geändert hatte, wie sie sich an den Händen hielten. Er nahm die Box mit dem Essen, küsste seine Tante auf die Wange und verabschiedete sich. Dann verließ er das Haus und schloss sorgfältig die Tür, bevor er zu seinem schwarzen Truck ging. Ohne nachzudenken, holte er das kleine Notizbuch aus seiner Tasche hervor und suchte Terrys Adresse heraus. Der Motor heulte auf, als er den Zündschlüssel drehte, und Red reihte sich in den Verkehr ein.

Fünf Minuten später, nachdem er sich mindestens ein Dutzend Mal gefragt hatte, warum er das eigentlich tat, bog Red in die Einfahrt zu einem Appartementgebäude im südwestlichen Teil der Stadt ein. Terrys Wohnhaus war klein. Red erkannte den Mustang auf einem Parkplatz. Er näherte sich dem Haus und die Haare in seinem Nacken stellten sich auf. Etwas stimmte nicht. Red blieb stehen und schaute sich um. Er sah niemanden, aber er hörte, neben dem Zwitschern der Vögel, das Zerbrechen von Glas. Red ließ das Essen fallen, das er in der Hand gehalten hatte, und rannte zu dem Gebäude. Das Geräusch erklang erneut, gefolgt von einem Schrei.

Red eilte hinein. Ein Flur verlief über die gesamte Länge des Gebäudes und eine Treppe führte hinauf. Im ersten Stock erschien alles ruhig. Weiter oben hallten schwere Fußtritte. Er blickte die Treppe hinauf und begann den Aufstieg. Er konnte niemanden sehen, als er oben ankam. Auf der Rückseite des Gebäudes schlug eine Tür zu. Er blieb stehen und lauschte, aber er hörte keine Schritte mehr. Red nahm an, dass derjenige das Haus durch den Hintereingang verlassen hatte, und wagte sich vorsichtig über den Flur zu einer Tür, die offen stand.

Als er näherkam, sah er, dass sie vermutlich gewaltsam geöffnet worden war. Ihm war bewusst, dass er am besten gehen und den Vorfall melden sollte, bis ein Wimmern seine Ohren erreichte. Red betrat das Appartement. Glassplitter bedeckten den Teppich im Wohnbereich und den Linoleumboden in der winzigen Küche. Er war sich nicht sicher, was sie einmal dargestellt hatten, aber sie knirschten unter seinen Schuhen, als er hineinging. „Hallo, geht es Ihnen gut? Es ist alles in Ordnung. Ich bin hier, um zu helfen."

Stille empfing ihn. Red blieb stehen, lauschte und atmete tief ein. Mehr als einmal hatte der Geruch von Blut und Gewalt seine Sinne angegriffen, und auch jetzt nahm er etwas davon wahr. Jemand war verletzt. Er bemerkte ein paar Tropfen Blut, die auf dem Teppich verspritzt waren. „Ich bin hier, um zu helfen", rief er erneut, und dieses Mal bekam er ein weiteres Wimmern zurück. Red umrundete vorsichtig die Möbel. Er spähte ins Bad und erblickte schockiert Terry, der neben der Badewanne zusammengekauert auf dem Boden saß und seine Hand hielt. Er zitterte wie Espenlaub. Blut bedeckte seine Finger.

„Er … Er ist weg", murmelte Terry in seine Richtung. „Was machst du hier?"

„Du bist verletzt", stellte Red fest und kam näher. Er war vorsichtig, aber er musste wissen, wie schwer Terry verletzt war. „Kann ich mir das ansehen?" Terry schien total verängstigt. Seine Augen waren dunkel, und er wich so weit vor Red zurück, wie er konnte, dabei starrte er Red an, als würde dieser ihn angreifen wollen. „Ich werde dir nicht wehtun." Einen Moment lang bewegte Terry sich nicht, dann nickte er langsam. Red kam näher, dabei machte er langsame Bewegungen, als näherte er sich einer in die Ecke getriebenen, verletzten Katze. „Ich verspreche es."

Terry starrte ihn noch einen Moment lang an, dann senkte er den Blick. Red kniete sich neben ihn und nahm vorsichtig seine Hand. „Es ist nicht so schlimm." Der Schnitt schien nicht tief und blutete nicht mehr. Das war eine Erleichterung. „Kannst du aufstehen?"

Terry schüttelte langsam den Kopf und Red erhob sich. Er füllte das kleine Badezimmer fast zur Gänze aus, während er einen Waschlappen suchte, ihn nass machte und sich dann wieder neben Terry kniete. Red reinigte seine verletzte Hand so vorsichtig, wie er konnte. „Willst du mir erzählen, was passiert ist? Soll ich die Polizei rufen?"

„Du bist die Polizei", flüsterte Terry.

„Ich bin nicht im Dienst. Willst du Anzeige erstatten? Ich kann für dich anrufen."

„Nein", wisperte Terry. „Nein."

„Ich werde nicht zulassen, dass dir jemand wehtut. Ich verspreche es", sagte Red leise.

„Du kannst nicht … Nein, bitte nicht." Terry zog seine Hand zurück.

„Okay. Du entscheidest", stimmte Red zu. Ihm waren die Hände gebunden. Mit Terry in einem solchen Moment zu diskutieren, würde nicht helfen. Er musste sich Terrys Vertrauen erst verdienen, bevor dieser zulassen würde, dass er ihm half, und Terry brauchte auf jeden Fall Hilfe. Daran bestand für Red kein Zweifel. Jemand, wahrscheinlich der Mann, der durch die Hintertür verschwunden war, hatte Terry zu Tode erschreckt. „Lass mich deine Hand ansehen."

Terry bewegte sich langsam, aber er ließ zu, dass Red erneut seine Hand nahm. Er wusch vorsichtig das Blut ab, aber hörte auf, als er im Schein des Lichts ein Glitzern sah. Red öffnete den Medizinschrank und fand eine Pinzette. Er entfernte den winzigen Glassplitter und fuhr fort, Terrys Hand zu reinigen.

Zum Glück war der Schnitt nicht tief. Red verband Terrys Hand und half ihm aufzustehen. „Wirst du mir erzählen, was passiert ist? Wirst du mir deinen Schmerz anvertrauen? Ich kenne mich sehr gut mit Schmerz aus – ich verspreche, dass ich nicht leichtfertig damit umgehen werde." Red half Terry vorsichtig aus dem Badezimmer hinaus. Das Glas knirschte unter ihren Füßen, während er Terry ins Wohnzimmer und auf das Sofa verfrachtete. Red schloss die Appartementtür. Sie blieb nicht zu, also verschloss er sie mit dem Riegel.

Dann warf er einen Blick in die Küche. Dort entdeckte er einen Besen und ein Kehrblech in der Ecke neben dem Mülleimer. Er nahm beides zur Hand und begann, das Glas auf dem Linoleumboden zusammenzukehren. Dann nahm er das Kehrblech und leerte es im Mülleimer aus. Er fand den Staubsauger im Schrank neben der Tür und tat sein Bestes, um das Glas aus dem Teppich zu entfernen. Was auch immer es gewesen war, es war in eine Million winziger Stücke zerbrochen, abgesehen von den wenigen größeren Scherben, die er mit der Hand aufhob.

Den meisten Leuten wäre es wohl seltsam erschienen, dass er sich um die Unordnung kümmerte, aber Red vermutete, dass Terry einen Moment für sich brauchte, um sich wieder zu sammeln. Außerdem gab es ihm die Möglichkeit, Terry zu zeigen, dass er ehrlich besorgt war, indem er sich um dessen Heim kümmerte und es wieder in Ordnung brachte. Als er fertig war, setzte Red sich neben Terry aufs Sofa. „Gibt es jemanden, den ich für dich anrufen soll?"

Terry schüttelte den Kopf. „Sie machen sich bloß Sorgen."

„Dafür hat man Freunde – sie sind für einen da, wenn man sie braucht. Sicher machen sie sich Sorgen, aber nur, weil du ihnen etwas bedeutest."

Terry hob den Blick von seinen modischen, leuchtend gelben Schuhen. „Bitte nicht. Das ist etwas, womit ich allein zurechtkommen muss. Ich habe mir die Suppe selbst eingebrockt, also muss ich sie auch auslöffeln."

Red wusste, dass er unrecht hatte, aber manche Menschen zogen sich unter Stress in sich selbst zurück, und das war es, war Terry gerade tat. Es war fast immer die falsche Entscheidung, denn man lud sich das Gewicht der Welt in einem Moment auf die eigenen Schultern, in dem man es am wenigsten tragen konnte. „Nein, musst du nicht." Red wartete, während Terry wieder auf den Boden schaute. „Du weißt, dass ich Polizist bin, und du weißt auch, dass ich eine Menge gesehen und durchgemacht habe – das steht mir ins Gesicht geschrieben." Es war das erste Mal, dass er leichtfertig über seine Verunstaltung sprach. Aber es fühlte sich überraschend gut an.

„Es tut mir so leid, was ich im Schwimmbad gesagt habe." Terry legte die Hände vors Gesicht. Er sank in sich zusammen und begann zu zittern.

„Alles in Ordnung. Es wird alles wieder gut."

„Nein, wird es nicht. Es wird nie wieder gut werden."

„Hey. Das wird es wohl", versicherte Red sanft. „Es kommt wieder in Ordnung. Aber du kannst es nicht allein auf dich nehmen."

„Aber …" Terry schluckte. „Ich bin so dumm. Ich hätte wissen sollen, dass er mich nicht ihn Ruhe lassen wird." Er versuchte scheinbar, sich zusammenzureißen. „Ich hatte gedacht, ich wäre es nicht wert, dass er sich weiter mit mir beschäftigt. Er hat nicht –" Red wartete geduldig ab, während Terry keuchend Luft holte. Er konnte unrecht haben, aber Terry schien jemanden zum Reden zu brauchen. Er war sich sicher, dass dies die einzige Gelegenheit dazu sein würde.

„Okay. Nicht alles auf einmal. Warum erzählst du mir nicht zuerst, was heute passiert ist? Was ist zerbrochen und wie ist das passiert?"

„Es war eine Kristallvase. James hat sie mir geschenkt, bevor –" Er holte tief Luft. „Er hat sie mir gegeben und jetzt hat er sie zerstört."

„Warum?"

Terry schluckte. „Das war seine Art, mir zu sagen, dass er sich nehmen kann, was immer er will. 'Ich habe dir alles gegeben, also kann ich es dir auch wieder nehmen, wenn ich will.'"

„Okay", ermutigte Red ihn. „Fang ganz von vorne an, wenn möglich."

„Ich will nicht. Ich will nur, dass er verschwindet. Er hat mich wochenlang in Ruhe gelassen und jetzt ist er wieder da. Ich habe einen Job. Ich habe das Leben eines Jungen gerettet. Das habe ich richtig gemacht, oder? Ich habe angefangen, mir ein neues Leben aufzubauen, und er will es mir wieder wegnehmen. Er nimmt mir immer alles weg. Auch mich selbst."

Red stand auf und berührte vorsichtig Terrys Knie, bevor er in die Küche ging. Er füllte ein Glas mit Wasser und brachte es Terry. „Trink erst mal etwas und denk darüber nach, was du sagen willst. Ich weiß, dass alles auf einmal herauskommen möchte."

„Ja", stimmte Terry zu und trank einen Schluck. „Der Typ, der hier war, war mein Exfreund. Ich habe ihn vor ein paar Monaten verlassen, weil ich erkannt habe, dass nichts mehr von mir übrig bleiben würde, wenn ich es nicht täte. Er hat gesagt, dass er mich liebt, aber nach neun Monaten habe ich bemerkt, dass ich für ihn nur ein Teil seines Besitzes war. Wie sein Auto oder seine Dreißigtausend-Dollar-Uhr. Ein hübsches Accessoire. Da habe ich ihn verlassen."

„Hat er dich geschlagen?", fragte Red und Terry schüttelte den Kopf.

„Es wäre wahrscheinlich einfacher gewesen, wenn er es getan hätte. Heute war das erste Mal, dass er gewalttätig geworden ist, aber er hatte mich bedroht und mich auf andere Art und Weise kontrolliert, und ich habe es zugelassen. Er hat mir ständig Dinge gekauft, also hatte ich das Gefühl, ich schulde ihm etwas."

„Bist du so zu deinem Auto gekommen?", wollte Red wissen. Er hatte sich gewundert, wie sich ein Mann, der als Rettungsschwimmer arbeitete, ein solches Auto leisten konnte.

„Ja, unter anderem. Aber ich habe es nicht bemerkt, bis es schon fast zu spät war und er meine Seele gekauft hatte. Also nein, er hat mich nie mit seinen Fäusten geschlagen, aber mit seinen Worten. Er sagte, wie schön ich wäre und wie sehr er mich lieben würde, aber einen Moment später, wenn er wütend geworden ist, hat er mich angeschrien und bedroht. Wenn man lange genug zu hören bekommt, dass man wertlos oder dumm ist, dann fängt man an, es zu glauben." Terry nahm noch einen Schluck Wasser. „Ich weiß, dass ich gut aussehe. Ich habe immer gedacht, mein Aussehen könnte mir verschaffen, was ich will, da werde ich nicht lügen. Es hat auch funktioniert, bis ich etwas bekommen habe, was ich eigentlich gar nicht wollte, es aber nicht mehr loswerden konnte."

„Okay. Warum hast du ihn verlassen? Wodurch hast du erkannt, dass du gehen musst?", fragte Red so ruhig, wie er konnte. Er konnte den Schmerz in Terrys Gesicht sehen. Diese Beziehung hatte ihn viel gekostet.

Terry rutschte nervös herum. „Ich war so dumm. Bis vor einem Jahr habe ich Leistungsschwimmen trainiert. Ich wollte es zu den Olympischen

Spielen schaffen, also war ich jeden Tag stundenlang im Wasser. James hat es gehasst, wenn ich so viel Zeit im Schwimmbad verbracht habe, und hat mich gebeten, mehr Zeit mit ihm zu verbringen. Ich hatte meinen Zeitplan, trainieren und schwimmen waren mir sehr wichtig. Er hat mich immer weiter unter Druck gesetzt und mir gesagt, dass er mich liebt und mich bei sich haben will. Er stand vor einem großen Geschäftsabschluss und meinte, dass er das nicht ohne mich schafft. So hat James immer weitergemacht und ich habe ihn geliebt, also habe ich immer weniger Zeit im Schwimmbad und immer mehr mit ihm verbracht. Ich dachte: Hey, er liebt mich und er wird sich um mich kümmern."

Red konnte bereits das Muster erkennen, aber er blieb still und ließ Terry weitererzählen.

„James hat sich nur um sich selbst gekümmert. Am Anfang hat er mir Sachen gekauft, wie das Auto, wenn ich getan habe, was er von mir wollte. Nach einer Weile hat er es einfach erwartet und ich habe mitgespielt. Schließlich habe ich das Schwimmen ganz aufgegeben. Dann waren es meine Freunde, die James nicht mochte, meine ganzen Freunde. Eine Sache nach der anderen, bis ich nur noch ihn hatte." Terry seufzte. „Ich weiß, dass ich so dumm und oberflächlich war, wie man nur sein kann. Ich hatte geglaubt, dass ich von ihm bekommen konnte, was ich wollte, statt dafür zu arbeiten. Ich hatte nicht mal bemerkt, wie klein meine Welt geworden war. Er hat alles in mir erstickt, was ich war und was ich wollte, und ich habe es zugelassen." Terry hob den Blick. „Ich weiß, dass es allein meine Schuld ist. Ich habe zugelassen, dass er mein Leben übernimmt, und habe die Dinge aufgegeben, die mir wichtig waren. Ich weiß das. Ich kann niemandem die Schuld geben außer mir selbst. Ich bin verantwortlich."

„In gewisser Weise, ja. Aber James hat dich manipuliert."

„Das weiß ich jetzt auch. Aber ich habe ihn gelassen. Ich habe mich mit blöden Dingen kaufen lassen. Ich habe getan, was er wollte, und er hat mir etwas dafür geschenkt. Zumindest war es am Anfang so. Nach einer Weile hat er einfach erwartet, dass ich tue, was er will. Wenn nicht, hat er mich bedroht." Terry begann zu zittern. „Ich weiß, das klingt dumm, aber er brauchte mich nicht zu schlagen. Er musste mir nur erzählen, was er tun würde, wenn ich nicht mache, was er will. Am Anfang war ich glücklich, aber die Angst wurde immer größer. Ich habe bei ihm gelebt und er hat alles kontrolliert. Das Geld. Mich. Ich war wie ein Möbelstück in seinem Haus oder eins der grässlichen Gemälde an seinen Wänden – ein Accessoire, nichts weiter."

„Warum bist du gegangen? Was hat dir die Augen geöffnet?", wiederholte Red.

Ihre Blicke trafen sich. „Eines Tages bin ich aufgewacht und durchs Haus gelaufen, da habe ich erkannt, dass dort nichts von mir war. Selbst wenn ich in den Spiegel geschaut habe, war es so, als wäre ich überhaupt nicht da. Was mich ausgemacht hatte, war verschwunden. Aber ich hatte nichts, keinen Job oder sonst etwas, das nicht von James kam, und ich wusste nicht, was ich tun sollte. Also rief ich meine Freundin Julie an. Wir sind immer zusammen geschwommen. Sie hat mir geholfen, den Job als Rettungsschwimmer zu bekommen. Ich bin ausgezogen, als James auf einer Reise war, und habe bei ihr gewohnt, bis ich mir eine eigene Wohnung leisten konnte."

„Er hat dich nicht mitgenommen?", fragte Red.

„Nein", antwortete Terry leise. „Gott sei Dank. Ich habe das Wenige, das mir gehörte, genommen, ins Auto gepackt, das überraschenderweise auf meinen Namen angemeldet war, und habe mich aus dem Staub gemacht. Ich habe ihm eine Notiz hinterlassen, in der ich mich verabschiedet und ihm gesagt habe, dass ich mein Leben neu ordnen müsste. Ich war nicht grausam oder gemein, aber ich musste gehen. Zuerst rief er mich ständig an, aber ich habe ihm gesagt, dass es vorbei wäre und dass wir es hinter uns lassen sollten. Nach einer Weile dachte ich, dass er mich gehen lassen würde. Er rief nicht mehr an und ich bekam mein Leben wieder auf die Reihe. Ich fand ein paar Freunde und einen Job, der mir wirklich Spaß macht. Ich schwimme wieder. Ich weiß nicht, ob ich jemals wieder an Wettkämpfen teilnehmen werde, aber das ist nicht so wichtig, wie mein Leben wieder zu bekommen." Terry holte tief Luft. „Dann begann er letzte Woche wieder, mich anzurufen. Er hat gesagt, er habe mir genug Zeit gegeben und wolle, dass ich wieder nach Hause komme. Er schien zu glauben, dass ich mit ihm gespielt habe. Vor ein paar Tagen stand die Kristallvase vor meiner Tür. Ich habe das verdammte Ding mit hineingenommen und es auf die Anrichte gestellt. Ich war mir nicht sicher, was ich damit machen sollte, aber ich wollte sie nicht behalten. Ich habe auch darüber nachgedacht, das Auto zu verkaufen." Terry sprang auf und eilte zur Anrichte. Er schnappte seine Schlüssel und drückte sie in Reds Hand. „Ich will nichts von ihm. Überhaupt nichts. Ich will nur, dass er verschwindet." Terry zitterte am ganzen Körper.

Red legte die Schlüssel auf den Couchtisch. „Willst du zu James zurückgehen?"

„Nein! Ich habe jetzt ein Leben, das mir gefällt. Es ist, als hätte ich mich selbst wiedergefunden. Ich hätte erkennen müssen, wie James wirklich ist, und es nicht so weit kommen lassen dürfen." Terry bedeckte erneut sein Gesicht. „Es ist alles meine Schuld. Ich habe den leichten Weg genommen und gedacht, dass er mich glücklich machen würde. Das hat er nicht." Terry seufzte. „Oh Gott, ich bin so ein Narr und ich kann niemand anderem die Schuld dafür geben."

„Belästigt er dich rund um die Uhr? Er scheint gefährlich zu sein." Red dachte daran, wie er die Wohnung vorgefunden hatte. Es schien, als eskalierten James' Handlungen mit dem Ziel, Terry unter Druck zu setzen. Terry hatte offensichtlich Angst vor ihm. „Du könntest ihn wegen des Einbruchs in dein Appartement anzeigen."

„Ja, aber was hätte ich davon? Außer, dass ihn das noch wütender und entschlossener machen würde? Er soll aus meinem Leben verschwinden und mich in Ruhe lassen. Das ist alles, was ich will, und, wie ich bereits sagte, das muss ich allein schaffen."

Red konnte wenig tun, wenn jemand seine Hilfe nicht wollte. „Bist du sicher? Ich werde dir helfen, wenn ich kann." Der verschreckte Ausdruck war wieder da. Red wusste, dass er es bereuen würde, aber er hatte das Angebot ausgesprochen, bevor er darüber nachdenken konnte. Sich in häusliche Streitigkeiten einzumischen, war keine gute Idee, und dies hier schien ein ganz besonderer Schlamassel zu sein. Wenn das zerbrochene Glas nicht gewesen wäre, dann hätte er Terry vermutlich als überempfindlich abgestempelt. Aber er hatte Terrys verängstigten Gesichtsausdruck gesehen und seine Geschichte hatte Red schon mehr als einmal gehört.

Manche Menschen mussten über alles und jeden in ihrem Leben die Kontrolle haben. Es begann immer ganz unschuldig und liebevoll, aber es ging nicht um Liebe, sondern um Kontrolle. Und wenn der Betreffende es bemerkte, war er schon zu sehr von jemandem abhängig, von dem er sich wünschte, ihn nie getroffen zu haben.

„Ich weiß nicht, ob mir jemand wirklich helfen kann. Ich bin ein dummer, oberflächlicher, eingebildeter Mensch, der sich von einem gut aussehenden, reichen Kerl hat blenden lassen. Ich dachte, dass ich aufgrund seines Aussehens den großen Fang gemacht hätte, und bin in die Falle getappt."

„Hey … du hast im Schwimmbad das Leben eines Kindes gerettet. Nachdem, was ich gehört habe, hast du gehandelt, ohne nachzudenken. Du bist ins Wasser gesprungen und hast es herausgeholt. Tante Margie war auch sehr angetan von dir und sie kann Oberflächlichkeit nicht ausstehen. Warum bist du nicht etwas nachsichtiger mit dir selbst? Du hast erkannt, was vor sich ging, und bist gegangen. Das erfordert Mut. Du bist immer noch dabei, dir ein neues Leben aufzubauen." Red fing Terrys Blick auf und hielt ihn fest. „Ein oberflächlicher Mensch wäre geblieben, solange die Geschenke weitergeflossen wären."

Terry schluckte. „Warum bist du so nett zu mir? Das habe ich nicht verdient. Ich war im Schwimmbad so gemein und habe gesagt … oh Gott, ich hatte so unrecht."

„Na ja, also … ich habe so was nicht zum ersten Mal gehört, und wahrscheinlich auch nicht zum letzten Mal. Die Menschen sehen mich an und danken Gott, dass sie nicht ich sind." Red wandte sich ab. Jetzt, da er über sein Aussehen nachdachte, wollte er nicht angeschaut werden. „Dass ich noch lebe, war reines Glück, und ich habe jemanden, dem ich etwas bedeute. Ich glaube, ich muss lernen zu akzeptieren, was ich habe, und mich glücklich zu schätzen." Jetzt war es an ihm, auf seine Schuhe zu blicken.

Wenn Red als Cop auftrat, war er selbstbewusst. Er wusste, was er zu tun hatte, und seine Ausbildung übernahm die Führung. Er spielte eine Rolle, in der er sich wohlfühlte. Aber sie waren vom Thema abgekommen und Red wusste nicht recht, was er tun sollte. Es kam noch oft genug vor, dass er sich so verletzlich fühlte wie ein Kind, und das hasste er. Der einzige Mensch, dem er genug vertraute, um sich ihm gegenüber verletzlich zu zeigen, war Tante Margie.

„Du hast einen guten Kern", versicherte Terry ihm. Red blickte ihn ungläubig an. „Was? Denkst du, dass ich wegen meines Aussehens ein gutes Herz nicht erkennen kann, wenn ich eines sehe? Das tue ich wohl, und du hast das beste Herz, das ich seit Langem getroffen habe." Terry stand auf und ging zum Fenster. Er öffnete ein wenig die Vorhänge, und seine Anspannung löste sich etwas. „Warum liegt auf dem Gehweg ein ausgeschütteter Essensbehälter?"

„Ich bin hergekommen, weil Tante Margie darauf bestand, dass ich dir den Rest des Rindfleischs mit Brokkoli bringe." Red war bewusst, wie lahm das klang, aber es war die Wahrheit. „Sie hat sich nach dem Anruf, den du bekommen hast, Sorgen gemacht. Als ich ihr dann gesagt habe, dass ich dir nicht einfach folgen kann, weil wir uns Sorgen darüber gemacht und uns gefragt haben, was dich erschreckt hatte, hat sie das Essen eingepackt und mich hergeschickt."

„Du hättest es einfach auf sich beruhen lassen können", sagte Terry. „Aber das hast du nicht." Er hielt inne. „Der Anruf war von James. Nach den letzten Anrufen hat er mich in Ruhe gelassen, da habe ich gehofft, er hätte aufgegeben. Hat er nicht, und du hast das Resultat erlebt." Seine Wangen hatten wieder etwas Farbe bekommen und er wirkte nicht mehr so angespannt. Die Angst stand immer noch in seinen Augen, aber nicht mehr so sehr im Vordergrund. „Ich bin nicht sicher, was ich tun soll." Er drehte sich um und blickte wieder aus dem Fenster. „Ich habe ihm nie gesagt, wo ich wohne, aber er hat es auch so herausgefunden."

„Na ja, im Internet findet man fast alles, nehme ich an." Red war besorgt. James war schon einmal hierhergekommen und er würde es wahrscheinlich wieder tun, wenn Terry nicht machte, was er wollte. Er hasste Schikane in jeglicher Form, aber er hatte das Gefühl, dass es in diesem Fall darüber hinausging. „Gibt es einen Ort, wo du für ein paar Tage hingehen kannst? Ich denke nicht, dass du allein hier bleiben solltest."

„Ich kann Julie anrufen und fragen, ob ich bei ihr bleiben kann", antwortete Terry leise. Er zog sein Telefon hervor und rief sie an, aber sie schien nicht abzunehmen. Terry hinterließ eine Nachricht und legte auf.

„Gibt es jemanden anderen?"

Terry hob die Schultern. „Meine Eltern leben in Florida und die meisten meiner Freunde sehe ich nicht mehr."

„Okay", sagte Red. „Pack eine Tasche. Du kannst mit zu mir kommen." Er war sich nicht sicher, ob das eine gute Idee war, aber er würde Terry nicht allein hierlassen. Wenn er ging und Terry würde etwas passieren, hätte er ein schlechtes Gewissen und seine Tante würde ihm nie verzeihen.

„Das geht nicht", flüsterte Terry. „Du kennst mich ja kaum." Für einen Moment sah es für Red so aus, als würde Terry erneut zusammenbrechen. „Ich werde hierbleiben und darauf warten, dass Julie mich zurückruft."

„Du hast nicht gefragt – ich habe es dir angeboten. Du solltest nicht allein bleiben", sagte Red ernst. „Davon abgesehen hat meine Gastfreundschaft einen Preis. Du wirst mir alles über James erzählen, was du weißt. Der Kerl regt mich auf und ich will ihn überprüfen."

Terry wurde stocksteif. „Bleib bitte ruhig. Es ist ja nicht so schlimm und …"

Red starrte auf Terrys verletzte Hand. „Du hast mir gesagt, dass er vorher noch nie gewalttätig geworden ist, aber das kann ich nicht glauben. Er ist in deine Wohnung gekommen, hat Sachen zerbrochen und du bist verletzt worden. Dann ist er gegangen. Ihm scheint es egal zu sein, also hast du nichts davon, ihn zu beschützen. Wenn ich etwas finde, kann ich ihn verhaften lassen, ohne dass jemand erfährt, dass die Information von dir kam." Red stand auf, dabei überragte er Terry. „Bitte pack ein paar Sachen und komm mit mir. Ich muss wissen, dass du in Sicherheit bist. Es wäre nur für eine oder zwei Nächte oder bis deine Freundin sich meldet."

„Bist du dir sicher?"

Red trat näher. „Wenn es um die Sicherheit anderer geht, bin ich das immer." Er hätte fast noch etwas über Menschen, die ihm etwas bedeuten würden, gesagt, aber er hatte sich davon abgehalten, denn er hatte keine Ahnung, woher dieser Gedanke gekommen war. Terry hatte Ärger und brauchte ihn, deshalb würde Red versuchen zu helfen. Es spielte keine Rolle, dass Terry das Schnuckeligste war, das er in seinem Leben je gesehen hatte. Das war nicht der Grund.

Terry stand auf und verließ das Zimmer. Red folgte ihm nicht, sondern setzte sich aufs Sofa und wartete. Ein paar Minuten später kam Terry mit einer kleinen Designertasche zurück. Red fragte Terry nicht, woher er sie hatte, denn er wollte ihn nicht aufregen, aber er vermutete, dass sie eines der kleinen Geschenke von James war.

„Was ist mit meinem Auto?", fragte Terry.

„Wir können es in einem Parkhaus in der Innenstadt abstellen. Dort sollte es in Sicherheit sein, falls James nicht gezielt danach sucht. Es gibt eins direkt neben dem Rathaus. Ich bezweifle, dass James dort suchen wird." Das war eine vernünftige Vorsichtsmaßnahme. „Fahr mir einfach nach. Mir gehört der schwarze Truck, der ein paar Plätze neben dir steht." Terry folgte ihm nach draußen und verschloss die Tür. Red dachte daran, dass das nicht viel nützte, wenn jemand wirklich hineinwollte, aber er blieb still. Wenn er nach Hause kam, würde er einen der Jungs auf Patrouille bitten, in der Nacht ein Auge auf das Gebäude zu haben. Carter schuldete ihm noch etwas, weil Red ein paar seiner Schichten übernommen hatte, als er letzten Monat die Stadt verlassen musste.

Auf dem Weg zu seinem Truck fragte Red sich, was er hier eigentlich tat. Er beobachtete, wie Terry in sein Auto stieg und der kraftvolle Motor des Sportwagens aufheulte. Das Auto war lauter als sein Truck, auch bei geschlossenen Fenstern, um Himmels willen. Er fuhr vom Parkplatz und beobachtete Terry, der ihm folgte. Red überprüfte, ob jemand besonders daran interessiert schien, wohin sie fuhren. Er konnte niemanden sehen, aber das musste nichts heißen.

Die Fahrt zum Parkhaus dauerte nicht lang. Er ließ Terry sein Auto parken und dann seine Sachen in Reds Truck bringen.

„Ich kann dir nicht genug danken, dass du das für mich tust. Ich habe auf der Fahrt versucht, Julie anzurufen, aber sie nimmt immer noch nicht ab."

„Ist schon in Ordnung. Wir fahren jetzt erst einmal zu mir. Dort kann dir niemand etwas anhaben." Red fuhr los. Sein Haus war ein paar Straßen weiter im historischen Teil der Stadt. Er fuhr durch die Allee und parkte hinter dem Haus, bevor er Terry durch den kleinen Garten führte.

„Es ist schön hier", merkte Terry an.

„In meiner Freizeit arbeite ich gerne im Garten. So komme ich aus dem Haus und habe etwas zu tun." Er erwähnte nicht, dass es den Pflanzen egal war, wie er aussah. Er öffnete die Hintertür und hielt sie auf, damit Terry eintreten konnte. „Wow!"

Red folgt ihm.

„Hast du das alles selbst gemacht?"

„Teilweise." Die Küche war wie ein Schritt zurück in der Zeit. „Die vorherigen Besitzer haben die Schränke aus den Zwanzigern komplett restauriert. Und ich habe in der Stadt den alten Herd gefunden und eingebaut. Das Äußere des Kühlschrankes ist antik, aber das Innenleben wurde erneuert, damit er moderner und effizienter ist." Red war stolz auf sein kleines Haus. Für ihn reichte es und er hatte genug gespart, um es mit etwas Hilfe von Tante Margie kaufen zu können.

Er führte Terry durch das Wohnzimmer die Treppe hinauf. Dann zeigte er ihm das Gästezimmer und sagte ihm, er sollte sich einrichten und herunterkommen, wenn er so weit war. Draußen wurde es dunkel, also schaltete Red das Licht an und setzte sich aufs Sofa. Normalerweise würde er sich mit einem Bier entspannen, aber Terry und er mussten sich unterhalten, also holte er zwei Limos und stellte sie auf den Tisch. Terry kam herunter und sah aufgewühlt aus. „Was ist los?"

„Ich habe meinen Koffer geöffnet und mir angesehen, was ich alles eingepackt habe. Fast alles waren Geschenke von James. Ich musste erst suchen, bis ich etwas gefunden habe, das ich selbst gekauft habe."

„Hey, du bist jetzt auf dich allein gestellt und arbeitest noch daran, ihn hinter dir zu lassen. Nur das zählt. Du wirst einen Weg finden, weil du dich so entschieden hast. Du darfst nicht zulassen, dass der Rest dich zurückwirft. Ich hatte schon mit Leuten zu tun, die kontrolliert wurden, genau wie du, deshalb weiß ich, dass es Zeit braucht, um wieder zu sich selbst zu finden." Red holte tief Luft. „Aber du musst entscheiden, was für ein Mensch du sein möchtest."

Red bedeutete Terry, sich neben ihn zu setzen. Terry nahm Platz, dabei ließ er Red nicht aus den Augen. Es war schon lange her, dass ihm jemand wirklich in die Augen gesehen hatte. „Ich verstehe nicht."

„Okay", begann Red. Alles oder nichts. „Du weißt, wie du gewesen bist, bevor du James getroffen hast. Was du für ein Mensch warst, wie du dich benommen hast, wie du andere behandelt hast." Red zögerte. „Du musst mir nichts sagen oder erklären. Denn dieser Mensch ist weg – dafür hat James gesorgt. Du hast hier und jetzt die Chance, der Mensch zu werden, der du sein willst."

„Aber wie? Ich bin, wer ich bin", setzte Terry an.

Red schüttelte den Kopf. „Ich glaube, du warst der Mensch, den deine Freunde erwartet haben." Er konnte es Terry nicht begreiflich machen. „Hätte der Mensch, der du warst, bevor du James getroffen hast, Leuten, die ihr Haus nicht verlassen können, Essen gebracht?" Red hielt Terrys Blick fest.

„Nein. Er hätte sofort die Flucht ergriffen."

„Ganz genau. Und hätte dieser Mensch über seinen Kommentar im Schwimmbad nachgedacht? Ich glaube nicht. Dieser Mensch hätte wahrscheinlich genommen, was er konnte, weil er meinte, es stünde ihm zu, wie die Geschenke, die du von James bekommen hast. Du hast sie angenommen, weil du dachtest, so behandelt zu werden – umschmeichelt zu werden und immer im Mittelpunkt zu stehen –, wäre dein gutes Recht. Ich bin noch nie so behandelt worden, und das werde ich auch nie."

Terry setzte zum Sprechen an, aber Red schüttelte den Kopf. „Das ist ein Teil von mir. Es ist nicht nur mein Gesicht. Ich habe auch an den Armen und Beinen Narben von dem zerstörten Metall. Sie mussten mich aus dem Auto schneiden. Ich hatte Glück, dass ich nicht verblutet bin." Red stand auf und ging zum Schreibtisch. Er öffnete eine Schublade und holte ein altes Fotoalbum hervor. Er hatte die Alben zwar aufgehoben, aber er schaute sie sich selten an. Die Bilder schienen aus einer anderen Zeit, einem anderen Leben zu stammen. Er ging zu Terry und schlug eine Seite relativ weit hinten auf. Er hatte nicht vor, in Erinnerungen zu schwelgen. Ganz bestimmt nicht.

„Das bin ich." Red deutete auf ein Bild.

Terry keuchte leise. „Du warst … der Wahnsinn." Er starrte auf die Fotografie.

„Ja. Mit siebzehn war ich groß, dunkelhaarig und gut aussehend. Damals hatte ich alles, jede Menge Freunde. Ich war beliebt. Selbstverständlich war das nach dem Unfall alles vorbei. Die Freunde verschwanden und die Beliebtheit verzog sich wie ein laues Lüftchen. Die Leute haben mich die ganze Zeit beobachtet, wenn sie dachten, dass ich es nicht bemerke. Dass ich immer größer und muskulöser wurde, half auch nicht gerade. Innerhalb eines Jahres wurde ich zum Freak."

„Du bist kein Freak", versicherte Terry ihm und sah vom Album auf.

„Doch, das bin ich. Der Unfall hat mein Gesicht zerstört." Red berührte die raue Haut an der Seite seines Gesichts. „Es ist nicht nötig, das herunterzuspielen. Ich habe mich selbst schon oft im Spiegel gesehen. Ich habe keine Illusionen." Red lachte leise. „Es ist so, wie es ist." Er zuckte mit den Schultern und nahm das Album an sich. „Du siehst also, ich weiß, wie es ist, wenn man gut aussieht und sein Aussehen benutzt, um zu bekommen, was man will." Red legte das Album wieder in die Schublade.

Während er sich umgedreht hatte, war Terry aufgestanden und kam nun langsam auf ihn zu. „Ich lüge nicht", flüsterte Terry. „Ich habe die Schlange James nie angelogen und ich werde auch dich nicht anlügen. Man muss sich an dein Gesicht erst gewöhnen, aber du bist kein Freak."

„Bin ich nicht?" Red schluckte hart.

„Nein. Du bist ein guter Mann, dessen Herz groß genug ist, um einem Ignoranten, der mit seinen Händen seinen eigenen Arsch nicht findet, eine Chance zu geben." Terry pirschte auf ihn zu wie Kleopatra auf Cäsar. „Du hättest dich einfach verabschieden und mich zu Hause zurücklassen können. Das hätten die meisten Leute getan. Aber du hast mich hierher eingeladen, damit du weißt, dass ich in Sicherheit bin."

„Das war doch gar nichts. Das hätte jeder gemacht."

„Das stimmt nicht. Andere wären einfach gegangen. Sie hätten irgendeine Ausrede erfunden, um schnell zu verschwinden."

„Ich bin Polizist. Es ist mein Job, die Menschen zu beschützen. Das mache ich so."

„Vielleicht. Aber heute hast du mehr getan als das." Terry streckte die Hand aus und berührte seine Wange. Red musste den Impuls, sich wegzudrehen, unterdrücken. Niemand hatte seit dem Unfall seine Wange berührt, außer Ärzten und ihm selbst. Seine Tante tat es nie, auch wenn sie ihn bei jeder Gelegenheit umarmte. Sie allein schaffte es, dass er sich geliebt fühlte. „Du hast dich um mich gekümmert. James hat immer gesagt, dass er sich um mich kümmert, aber das war nur Gerede. Er hat nie etwas

Uneigennütziges getan, im Gegensatz zu dir." Terrys leichte Berührung verschwand und Red wünschte sie sich zurück. Terrys Hand hatte seine Haut gewärmt, die immer kalt zu sein schien.

„Ich bin froh, dass ich helfen konnte." Red trat einen Schritt zurück und ging wieder zum Sofa. Er brauchte einen Moment, um sich zu sammeln. Er hatte nicht mit Terrys Berührung gerechnet und ganz sicher nicht mit seiner Reaktion darauf. Sein Atem war immer noch beschleunigt und er schluckte mehrmals, um seinen trockenen Mund zu befeuchten. Was Terry getan hatte, war aus Dankbarkeit geschehen, nichts weiter. Seine körperlichen Reaktionen, alle davon, waren nur Wunschdenken. Er machte sich nicht vor, dass Terry, abgesehen von Dankbarkeit, Gefühle für ihn hatte. Schöne Menschen wie Terry gingen nicht mit beschädigten Leuten wie ihm aus.

Terry marschierte auf ihn zu und Red seufzte. Zum Glück erklang der mittlerweile bekannte Marimba-Klingelton. Terry holte sein Telefon aus seiner Tasche, dabei beobachtete Red jede Kontur von Terrys Erregung, die seine Jeans spannte. Es war nur ein flüchtiger Anblick, aber er würde ausreichen, um seine Vorstellungskraft für Tage zu befeuern. Red stand auf und ging in die Küche, um Terry etwas Privatsphäre zu gönnen. Er nahm an, dass der Anruf von Julie kam und dass er das Ende seiner Zeit mit Terry bedeutete.

Ein paar Minuten später kam Terry in die Küche und erklärte: „Julie hat gerade meine Nachricht bekommen. Ihre Mom hatte Schmerzen in der Brust, deshalb ist sie im Krankenhaus. Julie sagte, sie wären schon seit Stunden dort."

„Du solltest nicht allein bleiben", sagte Red leise, denn er war sich nicht sicher, ob das etwas Gutes war. Es wäre wahrscheinlich am besten, wenn Terry bei seiner Freundin bliebe.

„Sie weiß nicht, wann sie nach Hause kommt."

„Hat sie gesagt, ob es etwas Ernstes ist?", fragte Red. „Ich hoffe, ihrer Mom geht es gut."

„Sie wissen nicht, was es ist, aber Julie hat gesagt, dass sie sich ziemlich sicher sind, dass es kein Herzinfarkt war", erzählte Terry und Red nickte langsam. „Das ist schon mal ganz gut." Terry beobachtete ihn. Die Spannung im Raum steigerte sich, zumindest kam es Red so vor. Aber wahrscheinlich bildete er sich das nur ein.

„Es wird spät", stellte Red lahm fest. Zumindest ihm erschien es lahm, aber es war das Einzige, das ihm einfiel, um aus dieser Situation zu entkommen. Er konnte eher damit umgehen, wenn auf ihn geschossen wurde, als mit der Art, wie Terry ihn ansah. Er war fest entschlossen, nicht zu zeigen, wie nervös er war, also ging er wieder ins Wohnzimmer. Er hatte eigentlich gemeint, dass sie zu Bett gehen sollten, aber Terry setzte sich aufs Sofa und öffnete die Limo, die Red für ihn bereitgestellt hatte. Red schaute auf die Uhr und bemerkte, dass es noch nicht sehr spät war, also setzte er sich auch und schaltete den Fernseher an. Er trank seine Limo, während sie sich Sitcom-Wiederholungen anschauten. Wenigstens ersetzte das Fernsehen den Zwang zur Konversation.

„Ich muss morgen Früh arbeiten", stellte Red nach der zweiten Episode *Cougar Town* fest. Er hatte keine Ahnung, warum sie sich das angesehen hatten, aber Terry schien es gefallen zu haben, also hatte er nicht umgeschaltet. Die Sendung erschien ihm ziemlich sinnlos, aber das dachte er über die meisten Fernsehsendungen. Red streckte sich und schaltete den Fernseher aus. Er kontrollierte, ob alle Türen verschlossen waren, und schaltete die Lichter aus, bevor er nach oben ging, mit Terry an den Fersen. „Da ist das Badezimmer und mein Zimmer ist dort, wenn du etwas brauchst. Bis morgen Früh."

Red ging in sein Zimmer und schloss die Tür. Er fluchte leise, als er sich erinnerte, dass er mit Terry über James hatte reden wollen, damit er ihn überprüfen konnte. Sie waren abgelenkt worden und er hatte es vergessen. Er würde morgen Früh mit Terry sprechen. Er musste wissen, wer der Kerl war und wozu er fähig war. Red hörte Terry im Badezimmer und wartete, bis es still im Haus war, bevor er aus seinem Zimmer trat. Die Tür zu Terrys Zimmer war geschlossen, zu seiner Erleichterung. Red ging ins Badezimmer und schloss die Tür.

Normalerweise mied Red den Spiegel. Das tat er seit Jahren und er war gut darin. Aber heute Nacht starrte er sein Spiegelbild direkt an. Selbstverständlich hatte sich nichts geändert. Eine seiner Wangen und Augenbrauen waren immer noch mit zahlreichen kleineren und einer großen Narbe bedeckt. Sie waren nicht mehr rot, sondern im Laufe der Jahre verblasst, aber immer noch deutlich zu sehen. Als Teenager hatte er versucht, sie durch haufenweise Bleichcreme in normale Haut zu verwandeln. Es hatte nichts geholfen. Seine linke Gesichtshälfte war zur Mitte des Autos gewandt gewesen und damit besser geschützt. Sie war makellos, abgesehen von ein paar kleinen Narben. Er wandte sich vom Spiegel ab. Er hatte genug von diesem Unfug. Er war er. Er hatte schon vor langer Zeit beschlossen, zu sein, wer er war und sich nicht zu verstellen. Daran hatte er sich gehalten und Hoffnungen und Träume würden daran nichts ändern.

Er zog sein T-Shirt aus, benutzte die Toilette, wusch die Hände und putzte seine Zähne. Dann machte er in dem kleinen Raum Ordnung und öffnete die Tür.

Anstatt zurück in sein Zimmer zu gehen, ging er nach unten und schaute aus der Vordertür, um sicherzugehen, dass niemand das Haus beobachtete. Dann kontrollierte er noch mal, ob alles gesichert war, bevor er erneut die Treppe nach oben stieg. Am Ende der Treppe angekommen, blieb Red vor Terrys Tür stehen. Er hatte gedacht, dass er das Verlangen und die Sehnsucht nach etwas, das er nie würde haben können, vor Jahren abgelegt hatte, aber zu wissen, dass Terry hinter dieser Tür war, ließ sein Herz rasen und seinen Puls in seinen Ohren dröhnen wie eine Trommel. Was hatte Terry nur an sich, dass er sich wegen ihm nach einem anderen Leben sehnte?

Nicht, dass es eine Rolle spielte. Red drehte sich um und ging leise davon. Als er in seinem Zimmer angekommen war, ließ er die Tür einen Spalt geöffnet und grub sich in seine Laken. Als kleines Kind hatte er sich vor Geistern in seinem Schrank und Monstern unter seinem Bett gefürchtet. Sein Dad hatte ihm selbstverständlich versichert, dass es so etwas nicht gab, aber er hatte ihm auch gesagt, dass er unter seinen Decken immer in Sicherheit wäre. Monster und Geister konnten ihm nichts anhaben, weil die Decken verzaubert waren. Red zog die Decke und die Überdecke hoch und wickelte sich darin ein wie ein Kind. Im Moment brauchte er die verzauberten Decken, denn er fühlte sich so verwundbar – wenn auch auf andere Art und Weise – wie das Kind, das sich vor den Monstern unter seinem Bett gefürchtet hatte.

4

TERRY KONNTE nicht schlafen. Er lag auf dem Rücken und starrte an die Decke von Reds Gästezimmer. Er hatte gehört, wie Red durch das Haus gegangen war, und wusste, dass Red vor seiner Tür stehen geblieben war. Er hatte es ebenfalls gewusst, als Red weitergelaufen war, auch wenn er keinen Laut gehört hatte. Seine Gedanken drehten sich im Kreis. Er wusste, dass er ein Idiot gewesen war, zu mehr als einer Gelegenheit. Er hatte zugelassen, dass James sein Leben beherrschte, bis zu einem Punkt, wo er überhaupt kein eigenes Leben mehr gehabt hatte. Und er hatte gedacht, dass James ihn einfach würde gehen lassen. Er hätte es besser wissen müssen. Er hatte von James wochenlang keinen einzigen Anruf bekommen, da hatte er gedacht, er wäre aus dem Schneider. Und gerade, als er begonnen hatte, sich ein Leben aufzubauen, war James wieder erschienen und hatte ihm alle Hoffnung genommen. Dieser Bastard! Terrys Hände ballten sich zu Fäusten.

Der König der Versager. Das war er. Er hatte fast keine Freunde mehr, abgesehen von Julie. Jetzt, wo Terry an sie dachte, machte er sich Sorgen um ihre Mutter. Er hatte sie ein paar Mal getroffen, sie war eine nette Frau. Er hoffte, dass es ihr gut ging.

Ein leises Quietschen erreichte seine Ohren, dann ein weiteres. Eine Tür schloss sich und Wasser rauschte. Red musste wieder aufgestanden sein. Terry drehte sich auf die Seite und schloss fest die Augen. Er wünschte sich so sehr, dass Red einfach ins Zimmer kam und ihm die Entscheidung abnahm. Er dachte darüber nach aufzustehen, in Reds Zimmer zu gehen und einfach zu ihm ins Bett zu steigen. Der riesige, starke Mann faszinierte ihn. Ja, Red war riesig, und Terry mochte diesen Typ Mann – Kerle, die er besteigen konnte wie einen Berg. Allein die Vorstellung ließ sein Herz rasen.

Dann hatte Red eben Narben im Gesicht. Terry hatte sie gesehen, und ja, sie waren nicht schön. Aber er hatte sie berührt. Er hatte erwartet, dass sie hart und irgendwie eklig wären. Aber das waren sie nicht. Sie waren weich, und, *verdammt*, dieser Ausdruck auf Reds Gesicht, als Terry es getan hatte, war mehr wert als eine Million Dollar. Red war zuerst überrascht gewesen, aber dann hatten sich seine Augen geschlossen, nur für wenige Sekunden, und seine Mundwinkel hatten sich gehoben. Es hatte Red gefallen und der riesenhafte Mann, der alle anderen überragte, hatte für kurze Zeit ein wenig kleiner gewirkt. Es war wirklich erregend, diesen Effekt auf ihn zu haben.

Terry lächelte, während er sich an diesen Ausdruck erinnerte, und hielt sich daran fest, als er langsam in den Schlaf glitt. Natürlich blieb es nicht dabei. Er war sich nicht sicher, wie viel später er aus dem Schlaf schreckte, keuchend Luft holte und sich fragte, wo er bloß war. „Nein, James", schrie er auf, bevor er sich erinnerte, wo er war. Seine Tür öffnete sich und dort stand Red. Im Licht des Flurs hinter ihm war nur seine Silhouette zu erkennen.

„Bist du in Ordnung? Was ist passiert?", fragte Red außer Atem und eilte herein.

„Mir geht's gut", antwortete Terry und schluckte hart.

„Du hast geschrien."

Terry holte tief Luft, um sein rasendes Herz zu beruhigen. „Ich bin okay. Es war nur ein Traum." Er fühlte sich dumm, weil er vor einem Traum Angst hatte wie ein kleines Kind, aber er war so real gewesen. Der Nebel lichtete sich und er erinnerte sich, dass er in Reds Haus war – und warum. Er hielt abrupt inne. „Du hast nur Unterwäsche an." Terry konnte den Blick nicht von Red abwenden. Es war zu dunkel, um Details auszumachen, aber er konnte Beine wie Baumstämme und sehr breite Schultern erkennen. Es musste am Licht liegen, aber er fragte sich, wie Red durch die Tür gepasst hatte.

„Tut mir leid", sagte Red hastig und drehte sich zur Tür.

„Das ist nicht nötig." Terrys Stimme klang selbst für ihn heiser. Er schlug die Decken zurück und wartete. Red drehte sich um, aber bewegte sich nicht. Terry hob die Hand und Red kam langsam näher. Als er neben ihm stand, legte Red seine Hand in die von Terry und stieg langsam ins Bett.

„Küss mich, Red", flüsterte Terry und berührte seine Wange, genau wie zuvor. Red rutschte näher, und als sich ihre Lippen berührten, keuchte Terry auf. Ein Stromstoß schien durch seinen Rücken zu jagen. „Fuck", wisperte er.

„Das habe ich vor", gab Red zurück und nahm Terry mit einem Kuss den Atem. Er machte einen zustimmenden Laut. Red legte seine starken Arme um ihn und Terry zitterte vor Erregung. Red küsste ihn genauso, wie Terry es mochte – hart und entschlossen, genau wie alles an ihm. Terry presste seine Brust an Reds. Er wollte berührt und gehalten werden. Haar kitzelte seine Haut. Terry bewegte sich ein wenig und genoss die Rauheit.

Reds Berührungen waren wie seine Küsse – stark, sicher und kraftvoll. Er schien Terrys Körper im gleichen Maße zu genießen, wie seine Lippen Terrys Mund einnahmen. Daran, wie Red die Kontrolle übernahm, war nichts Zurückhaltendes, was Terry gleichermaßen überraschte und erfreute. Als Red sich zurückzog, gab Terry einen leisen Laut der Enttäuschung von sich, aber Red beruhigte ihn.

„Ich muss nur etwas holen", flüsterte Red mit heißem Atem an Terrys Lippen.

Terry nickte und blickte Red nach, als dieser den Raum verließ. Er hörte ihn in dem kleinen Flur, dann war er wieder zurück und füllte erneut die gesamte Tür aus. Erst bewegte Terry sich nicht, aber dann hob er die Hüften und schob seine Boxershorts hinunter, bevor er sie zu Boden fallen ließ. Red sollte sehen, was er wollte. Red trat vor und kam auf das Bett zu. Terry drehte sich auf den Bauch und rutschte näher zu Red. Er steckte die Finger in den Bund von Reds Unterhose und zog sie an seinen Beinen entlang nach unten. Reds Schwanz, der in der richtigen Proportion zum Rest seines Körpers war, zeigte genau auf ihn. Terry verschwendete keine Zeit. Er legte seine Finger darum, dann öffnete er den Mund und saugte die Spitze ein.

Red keuchte leise auf und Leidenschaft brummte tief in seiner Kehle. Terry konnte fühlen, dass der Laut seinen Körper streichelte, wie ein leichtes Erdbeben. Abgesehen davon war Red ziemlich leise. Doch sein Körper bebte unter Terrys Berührung, und seine Beine zitterten vor Erregung, wie Terry hoffte.

Terry saugte härter und nahm Red tiefer auf. Jetzt bekam er einen Laut zu hören, ein verlangendes Japsen. Er zog sich zurück und sagte: „Es ist in Ordnung, weißt du? Geräusche sind wirklich gut."

„Ja, aber was ich sagen will, ist nicht …"

Terry schnitt ihm das Wort ab, indem er Red tief einsaugte, und ein Stöhnen erfüllte den Raum. Also, *das* klang jetzt glücklich und erregt. Er entspannte seinen Rachen und saugte noch mehr.

„Oh fuuuck", wimmerte Red.

Terry hielt still. Seine Nase war am Ansatz von Reds Schwanz vergraben. Dort nahm er dessen Geruch auf, der ihn in den Wahnsinn trieb. Er liebte es, wenn ein Mann nach Mann roch … wie er selbst. Parfümiertes Duschgel war in Ordnung, aber was ihn verrückt machte, war genau das.

Red roch nach Red und nach niemandem sonst und er wollte verdammt sein, wenn das nicht süchtig machte. Er zog sich zurück und ließ Red aus seinem Mund gleiten, bevor er ihn in einer fließenden Bewegung wieder aufnahm.

„Terry, Himmel, Gott", murmelte Red. „Wie … was …"

Das war perfekt – er hatte Red so weit gebracht, dass er keinen ganzen Satz mehr formulieren konnte. Das war ein Zeichen für den perfekten Blowjob, und Terry war ein Profi. Tatsächlich war das eines seiner speziellen Talente. Als Schwimmer hatte er gelernt, seine Atmung zu kontrollieren, was ein positiver Nebeneffekt war. Terry hielt erneut still, als Reds Schwanz in seiner Kehle pulsierte. Dann glitt er langsam zurück. Er liebte das Gefühl eines langen, dicken Schwanzes, der über seine Zunge glitt, und er hatte vor, es voll auszukosten.

Red stand stocksteif da, während Terrys Lippen einen engen Ring um die Spitze formten und ihn dann losließen. Terry war versucht, Reds Gehirn durch dessen Schwanz herauszusaugen, aber er hatte anderes im Sinn. Stattdessen küsste er sich an Reds Bauch und seiner Brust nach oben. Dabei bemerkte er stellenweise Haut, die etwas weniger elastisch war. Er wusste, dass das Reds Narben waren. Ihnen schenkte er besondere Aufmerksamkeit. Sie waren ein Teil von Red und er würde nicht vor ihnen zurückschrecken. Er würde Red nehmen, und zwar alles von ihm.

Als er an einer Brustwarze angekommen war, saugte und leckte er, bis sie steif von Reds Brust abstand. Red zischte, als er sie leicht mit den Zähnen berührte, und keuchte, als Terry daran saugte wie ein Staubsauger.

„Du wirst ein Mal hinterlassen", flüsterte Red zwischen keuchenden Atemzügen.

„Dann wirst du dich an mich erinnern", gab Terry zurück, bevor er sich der anderen Brustwarze zuwandte, um ihr die gleiche erotische Folter zukommen zu lassen.

Als er aufhörte, rang Red nach Luft. Terry drehte sich auf den Rücken. Seine Augen hatten sich an das Licht gewöhnt und er konnte jetzt gut sehen, also nahm er an, dass es Red genauso ging. Er wollte, dass Red ihn sah, dass er sah, was er mit ihm machte. „Komm her", forderte Terry, als Red sich nicht bewegte.

„Aber … ich werde dich zerquetschen."

Terry lächelte. „Nein, das wirst du nicht. Ich will dein Gewicht spüren." Er kniete sich hin, dabei zeigte sein Schwanz auf Red. Seine Erregung stand absolut außer Frage. „Ich will dich berühren." Terry legte die Finger um Reds Schwanz und streichelte ihn sachte. „Ich will, dass du mich berührst. Ich verspreche dir, dass du mich nicht verletzen wirst. Ich mag es, wenn der Sex temperamentvoll ist."

„So, tust du das?", fragte Red amüsiert.

„Ja, verdammt", flüsterte Terry. Er ließ Red nicht los, während er ihn für einen Kuss zu sich zog, bei dem Red sofort die Führung übernahm. Red drückte ihn zurück aufs Bett, und Terry ließ ihn gewähren. Er seufzte, als Red auf das Bett kletterte und ihn in die Matratze presste. Er spreizte die Beine und schlang sie um Reds Hüften. Mit den Armen um dessen Hals und den Beinen um seine Hüften hatte er Red genau dort, wo er ihn haben wollte, und das hätte er ihm auch gesagt, wenn Reds Lippen ihm nicht den Atem genommen hätten. Red schlang die Arme um ihn und hielt ihn fest. Verdammt – Terry wäre glücklich, wenn sie diese Position für immer beibehalten könnten. Er bewegte die Hüften und wurde mit dem Gefühl von Reds rauer, behaarter Haut an seinem Schwanz belohnt. „Ich liebe behaarte Männer", flüsterte er, als Red ihren Kuss unterbrach.

„Ach ja?"

„Oh ja. Keine Rückenhaare, aber Brustbehaarung, oh jaaa", keuchte Terry. Er wollte wirklich einen Weg finden, wie er mit den Fingern über Reds behaarte Brust streichen konnte, ohne dass sie sich voneinander lösen mussten.

Red küsste ihn erneut, dann ließ er ihn los, senkte den Kopf und saugte an einem seiner Nippel, genau, wie Terry es bei ihm getan hatte. Seine Brustwarzen waren sehr empfindlich. Sein Rücken hob sich vom Bett und er stöhnte laut auf, dabei presste er seine Brust an Reds Mund und bewies ihm, dass Red ihn wahnsinnig machte.

„Ich will dich." Reds Atem strich über seine feuchte Haut.

„Gott, ja!", wimmerte Terry.

Red bewegte sich, und Terry konnte spüren, wie er sich streckte. Ein leises Klicken erreichte seine Ohren. Sekunden später presste Red einen kühlen Finger an seine Öffnung und malte kleine Kreise auf der empfindlichen Haut, bevor er mit dem Finger eindrang.

„Oooh ja", stöhnte Terry genießerisch. Die starke, aber zärtliche Berührung war perfekt. Energisch, aber ohne Schmerz. Das war himmlisch. Red drang tiefer ein. Terry schrie auf und stöhnte, als Red gegen seine Prostata drückte. Sterne leuchteten vor seinen Augen auf. Als Kind hatte er es geliebt, die Sterne zu beobachten, aber diese Sterne würde er jederzeit vorziehen. Reds Finger drang tiefer ein und Terry hielt ihn so fest, wie er konnte. Er stöhnte wie eine rollige Katze, und er liebte es. Er keuchte, als Red einen zweiten Finger dazu nahm. Das Brennen war sensationell. Er hoffte, dass es niemals endete.

Terry wimmerte, als Red seine Finger zurückzog. Er versuchte, die Ruhe zu behalten, deshalb legte er sich auf dem Bett zurück und beobachtete fasziniert, wie Red sich das Kondom überstreifte. Als Red bereit war, hob Terry die Beine, legte die Fersen auf Reds Schultern und schaute ihm in die Augen.

„Du weißt wirklich, was du willst", stellte Red heiser fest.

„Darauf kannst du wetten", gab Terry zurück. Er zitterte vor Verlangen. Es war schon Monate her. Nach dem ganzen Ärger mit Wie-heißt-er-noch-mal, war ihm einfach nicht danach gewesen. „Ich übernehme auch gerne die Führung."

„Was soll das denn heißen?", fragte Red. Er ließ Terry keine Zeit zum Antworten, denn er presste seinen Schwanz an Terrys Öffnung und hielt inne. Red bewegte sich langsam vor und zurück, ohne tatsächlich einzudringen. Terry stöhnte, dann packte er Reds muskulöse Beine und zog ihn näher, um ihm zu zeigen, was er wollte. „Ich will dir nicht wehtun", flüsterte Red.

„Das wirst du nicht", versicherte Terry, aber Red machte unverändert weiter. Langsam öffnete Terry sich für ihn und Red glitt hinein. Terry zischte und biss wegen des Dehnens die Zähne zusammen. Red war groß, größer, als er gewohnt war, und, oh Gott, es war unglaublich, überwältigend und, du meine Güte, alles auf einmal. Red hielt inne und Terry versuchte, die Ruhe zu behalten, damit der Raum aufhörte, sich zu drehen. Das Blut rauschte in ihm. Red drang tiefer ein und Terry stöhnte leise. „Ja, genau so", flüsterte er keuchend. „Himmel!"

„Soll ich aufhören?"

„Wag es ja nicht!", gab Terry verzweifelt zurück.

Red drang noch tiefer ein und dehnte ihn weiter. Terry kam ihm entgegen und nahm noch mehr von Red in sich auf. Als Reds Hüften seine eigenen berührten, trieb es ihm die Luft aus den Lungen. Er keuchte und war unendlich dankbar, dass Red stillhielt, damit er genießen konnte, wie es in ihm pulsierte. Verdammt, das war gut. Als Red sich vorbeugte und ihn küsste, legte Terry die Arme um seinen Hals und klammerte sich fest, während Red begann, sich zu bewegen. Vor und zurück, langsam und stetig, begann Red zuzustoßen.

Terry fühlte, wie Red ihn umfing. Wie Red ihn hielt, ihn küsste und ihn ausfüllte, hatte er noch nie zuvor erlebt. Red gab ihm alles. Wenn Terrys Atem stockte, hielt er inne. Wenn Terry keuchte, wiederholte er seine Bewegung. Nach ein paar Minuten erkannte er, dass Red auf sein Atmen achtete, um zu erfahren, was er mochte und wollte. Terry hatte noch nie in seinem Leben eine solche Intimität erlebt. Allein der Gedanke, dass dies ihr erstes Mal zusammen war. Oh mein Gott, wie es wohl sein würde, wenn sie mehr Erfahrung miteinander hätten? „Oh ja", flüsterte Terry und schloss die Augen, als Reds Schwanz über seine Prostata fuhr. Er zitterte in Reds Armen und fühlte Tränen in seinen Augen aufsteigen. Sie kamen nicht von Schmerzen oder Traurigkeit, sondern von nervlicher Überladung.

So ging es eine Weile weiter. Red wischte mit den Daumen über seine Wangen, ohne seine Bewegungen zu unterbrechen. „Himmel, du ...", keuchte Red.

„Ja ..."

„Ich kann mich nicht zurückhalten."

„Nicht ... mach ernst, Red. Gib mir alles. Lass mich fliegen." Terry hielt ihn fester, als Red begann, sich schneller zu bewegen. „Ja, genau so. Gib's mir, Red. Gib's mir richtig. Ich weiß, dass ein Tier in dir ist, das herausgelassen werden will. Ich will es sehen und fühlen."

Red stieß zu, seine Hüften schlugen gegen Terrys Arsch. Er stöhnte laut aus tiefster Kehle. „Zu viel?"

„Zur Hölle, nein", gab Terry zurück. „Ich werde nicht zerbrechen, Red. Ich will alles, was du mir geben kannst. Ich will es. Ich nehme es und gebe es dir zurück."

Ihre Bewegungen wurden von intensiv zu frenetisch. Das Bett wackelte und erzitterte. „Ja", schrie Red.

„Heilige Scheiße, hör ja nicht auf", keuchte Terry. Red stieß gegen seine Prostata und Terry wusste, dass er sich auflösen würde, und er würde es genießen. Er klammerte sich an Reds Hüften – nur so konnte er sich an ihm reiben, als die Erregung immer größer wurde.

Red stemmte sich hoch und ragte über ihm auf. Er hielt Terrys Hüften und hämmerte in ihn. Die überwältigende Intensität hatte seine Erektion geschwächt, aber sobald Terry sich selbst berührte, wurde sie wieder lebendig. Er streichelte sich ein paar Mal und konnte fühlen, wie sich sein Erguss sammelte. Ein leichtes Kribbeln begann, sich auszubreiten. Schweiß brach auf seiner Haut aus. Terry holte keuchend Luft. Reds Haut glitzerte im Dämmerlicht. Er sah aus wie ein Gott, als er über ihm aufragte und ihn in den Himmel führte.

„Ja ... ja ... ja. Wag ja nicht aufzuhören. Ja, genau da, das ist es, mach genau so weiter." Terry streichelte sich schneller und schneller und seine Bauchmuskeln zogen sich mit jedem Atemzug zusammen. Er beugte sich vor und fiel wieder auf das Bett zurück, als er fühlte, wie die Erlösung in ihm aufstieg wie Magma in einem Vulkan. Der Druck wurde zu groß und Terry schrie aus voller Kehle. Er hatte keine Ahnung, was er schrie, es spielte auch keine Rolle. Er fühlte, wie er sich auf seine Brust und seinen Bauch entlud. Er konnte die feuchte Hitze sogar auf seiner Stirn und seinen Lippen spüren. Er kam immer weiter und ließ es geschehen, denn er hatte komplett die Kontrolle über seinen Körper verloren.

Er fühlte, wie Red in ihm pulsierte, und hörte dessen eigenen Urschrei, als er gemeinsam mit Terry kam. Terry hielt still und Red keuchte ein paar Mal, als er ihm folgte.

Das Bett bewegte sich nicht mehr, ihre Schreie verhallten, die letzten Echos tanzten an den Wänden. Terry wünschte sich, dass dieses Gefühl niemals aufhörte. Er hatte sich seit Langem nicht mehr so glücklich und zufrieden gefühlt. Sich zu bewegen, würde den Bann brechen, also hielt er still. Er rührte keinen Finger und atmete so flach er konnte.

„Oh mein Gott", flüsterte Red.

„Ja, das kannst du laut sagen", gab Terry ebenso flüsternd zurück. Er würde ziemlich wund werden, aber jeden Schmerz und jedes Ziehen genießen. Er versuchte immer noch zu begreifen, was gerade passiert war, als ihre Körper sich voneinander trennten. Terry keuchte leise und Red drehte sich zur Seite. Terry ließ die Beine sinken und rutschte ein wenig, um Red Platz zu machen.

Red blieb, wo er war. Terry fragte sich, was er wohl dachte. Dann stieg Red aus dem Bett und verließ wortlos den Raum. Terry lauschte, wartete und hoffte, dass Red zurückkam. Für einen Moment fragte er sich, ob er benutzt worden war. War Red nur an einer schnellen Nummer interessiert gewesen? Im Badezimmer waren der Wasserhahn und die Toilettenspülung zu hören. Terry begann zu zittern, denn seine Haut war noch feucht. Er blickte sich um, auf der Suche nach etwas, um sich zu reinigen, denn er fühlte sich entblößt und wollte Reds Bettzeug nicht ruinieren.

Schwere Fußtritte kamen näher und Red erschien in der Tür. Er kam ins Zimmer und setzte sich auf den Rand des Bettes. Ein warmes, feuchtes Handtuch berührte Terrys Haut, als Red sanft seine Brust und seinen Bauch reinigte. Terry legte seine Hand auf Reds und nahm ihm das Handtuch ab, um sich den Hals, das Gesicht und die Stirn abzuwischen. Es war ein Durcheinander, aber er war glücklich. Als er fertig war, gab er Red das Handtuch zurück, der daraufhin erneut den Raum verließ.

Terry deckte sich zu. So fühlte er sich weniger entblößt und er hatte etwas, worunter er sich verstecken konnte, falls Red sich entschied, nicht zurückzukehren. Als er jünger gewesen war, hatte er oft genug mit wildfremden Typen geschlafen. Er wusste, wie es lief, und damals war er zufrieden damit gewesen. Aber gerade eben hatte es sich überhaupt nicht wie eine dieser anonymen Nummern angefühlt. Diese waren normalerweise schnell, flüchtig und unpersönlich. Eben war es nichts von alledem gewesen. Für ihn war es etwas Besonderes gewesen, und er hoffte, für Red ebenso. Als er endlich wieder Reds näherkommende Schritte hörte, begann er zu hoffen. Vor der Tür wurde es dunkel, und Red betrat einmal mehr den Raum. Terry wartete, als Red wortlos zu ihm ins Bett stieg. „Du redest nicht viel … beim Sex, oder?"

„Wahrscheinlich. Aber du redest genug für zwei", sagte Red leichthin, als er sich hinlegte und zudeckte. Red bewegte sich nicht und Terry drehte sich auf die Seite, um ihn anzusehen. „Ich weiß nie, was ich in Situationen wie diesen tun soll."

„Wieso? Denkst du, ich würde dir eine Abfuhr erteilen oder nicht wollen, dass du mich berührst?", wollte Terry wissen. „Wir waren uns gerade so nah, wie sich zwei Menschen nur sein können." Er streckte die Hand aus und strich leicht über Reds Brust, wie er es schon die ganze Zeit tun wollte. Er fuhr mit seinen Fingern durch Reds weiche Brustbehaarung und schloss die Augen, um das seidige Gefühl an seinen Fingern zu genießen.

Red drehte sich auf die Seite und Terry rutschte näher. Red zog ihn in seine Arme und hielt ihn fest. Er küsste ihn, während er Terrys Gesicht umfasste. Diese Geste war das Zärtlichste, was er je erlebt hatte, genau wie der Kuss. Als der Kuss endete, hielt Red ihn fest, und Terry legte seinen Kopf auf Reds Schulter. Er war unglaublich froh, dass Julie nicht da gewesen war, als er sie gebraucht hatte.

TERRY SCHLIEF nie gut, wenn er sich das Bett mit jemandem teilte. James und er waren neun Monate zusammen gewesen, drei davon hatten sie zusammengelebt. Da hatte er nie gut geschlafen. Terry wusste, dass das daran gelegen hatte, dass James sich im Schlaf hin und her wand und dass sein Telefon zu den unmöglichsten Zeiten geklingelt hatte. Rückblickend hätte er es als Zeichen sehen müssen, wie so viele andere Dinge. Aber heute Nacht war es warm und gemütlich und er schlief wie ein Baby.

Aber er erwachte allein. Terry tastete im Bett neben sich und öffnete die Augen, um sicher zu sein. Er war tatsächlich allein, die andere Seite des Bettes war kalt. Terry lauschte und hörte Bewegung im Haus. Er schaute auf die Uhr neben dem Bett, dann stöhnte er und entschied, dass er genauso gut aufstehen konnte.

Er war enttäuscht und fragte sich, was er falsch gemacht hatte. Es war so schön gewesen zwischen ihnen und er hatte gedacht, sie hätten eine Verbindung. Aber vielleicht hatte er sich getäuscht und es war einfach eine einmalige Sache gewesen. Terry wusste nicht, was er sonst tun sollte, also nahm er seine Sachen und ging ins Bad. Er fand alles, was er brauchte: Handtücher, Duschgel und so weiter. Aber kein Zeichen von Red. Seiner Meinung nach war das Mindeste, was er erwarten konnte, dass er ihm in der Dusche für ein ordentliches *Guten Morgen* Gesellschaft leistete. Aber auf der Treppe erklangen keine Schritte, also gab er die Hoffnung auf, duschte zügig und zog sich an. Er hatte noch ein paar Stunden Zeit, bevor er im Schwimmbad sein musste, also zog er eine Jeans und ein T-Shirt an. Er würde sich seine Badehose anziehen, wenn er dort war.

Als er fertig war, ging Terry nach unten und fand Red in seiner Uniform vor.

„Möchtest du Kaffee?", fragte Red, ohne ihn anzusehen. „Ich kann dir etwas zu essen machen, wenn du willst."

„Nein, vielen Dank. Kaffee ist genug", sagte Terry leise. Red goss ihm eine Tasse ein und Terry setzte sich an den Tisch. Red setzte sich ebenfalls, aber er starrte entschlossen in seine Tasse.

„Schau mich an", sagte Terry.

Langsam hob Red den Blick und räusperte sich. „Ich habe gestern Abend vergessen, dich nach James zu fragen. Ich will ihn überprüfen, aber ich brauche noch ein paar Informationen." Red holte einen Block aus seiner Tasche und öffnete ihn.

Terry hatte gerade einen Schluck aus seiner Tasse nehmen wollen, aber jetzt stellte er sie knallend auf den Tisch. Ein wenig Kaffee schwappte über den Rand und Red holte schnell etwas Küchenpapier. Er wischte den Kaffee weg, dabei ignorierte er Terrys Frustration.

„Wie lautet sein voller Name?", fragte Red.

„James Guthrie", antwortete Terry knapp. Wenn Red Spielchen spielen wollte, dann konnte er das auch.

„Adresse." Reds Stift schwebte über der Seite.

Terry nannte ihm die Adresse in einer schicken Gegend von Harrisburg und Red pfiff. „Ja, er mag es, wenn die Leute wissen, wer er ist, und ihn bemerken." Terry wünschte sich, dass Red ihn bemerkte. Aber vielleicht war die einzige Aufmerksamkeit, die Red von ihm gewollt hatte, die im Bett gewesen. Und man hielt *ihn* für oberflächlich.

„Was macht er beruflich?"

„James sagte immer, dass er im Vertrieb tätig ist. Er hat ein Lagerhaus in der Stadt und eine Flotte Transporter. Ich war einmal dort. Es ist an der Cameron, in der Nähe der State Street Bridge, die mit den Säulen und den Adlern an einem Ende."

„Weißt du, wann sein Geburtstag ist?"

„Sein Geburtstag ist am siebenundzwanzigsten Juni. Er ist zweiunddreißig", antwortete Terry. Er schob seinen Kaffee weg, während er beobachtete, wie Red notierte, was er gesagt hatte. Er benahm sich hoch professionell. Terry wollte ihm unter dem Tisch einen Tritt verpassen.

„Kannst du mir sonst noch etwas über ihn erzählen?", wollte Red wissen.

„Ich kann dir noch einiges über ihn erzählen. Er hat einen lausigen Kunstgeschmack. Alles muss auffällig sein. Er fährt einen roten Porsche. Als er mir erzählt hat, dass er mir ein Auto kaufen will, da hat er mich gefragt, welche Farbe ich wollte. Alles außer rot, denn das wäre seine Farbe." Terry holte tief Luft und entschied, dass es an der Zeit für eine kleine Rache war. „Er war ziemlich gut im Bett, wenn auch in vielerlei Hinsicht nicht so gut ausgestattet wie du. Aber wenigstens war er noch da, wenn ich morgens aufgewacht bin." Red zuckte zusammen, doch Terry musste Dampf ablassen. „Er mag schickes Essen und war oft im *Chars* und im *Café Fresco*. Man sieht gleich, wenn er da ist, denn bei *Fresco* parken sie sein Auto vor dem Gebäude zur Show. Er wirft mit Geld nur so um sich, denn hey, er will der große Macker sein. Aber wie genau er es verdient, weiß ich nicht." Terry schob seine Kaffeetasse zur Seite. „Brauchst du sonst noch etwas?"

Red schluckte sichtlich und blickte auf seine Notizen. „Ich denke, ich habe mehr als genug." Er klappte den Block zu. „Ich muss in einer Stunde bei der Arbeit sein. Wir fahren bei deinem Appartement vorbei, um sicherzugehen, dass niemand da war. Dann holen wir dein Auto und ich folge dir zur Arbeit. Ich will sicher sein, dass du dort gut ankommst. Wenn meine Schicht vorbei ist, treffen wir uns dort und kommen wieder hierher. Wenn es eine Möglichkeit gibt, wo du dein Auto außer Sichtweite parken kannst, dann solltest du das tun. Es ist am besten, wenn James nicht weiß, wo du bist. Oder wir können dein Auto lassen, wo es ist, und ich setze dich bei der Arbeit ab." Er schien laut zu denken. „Das wäre am besten, wenn es dir recht ist."

Terry starrte Red an und versuchte, ihn zu verstehen. Einerseits zeigte Red ihm die kalte Schulter, andererseits nahm er diesen Aufwand in Kauf, um ihn in Sicherheit zu wissen. Was hatte das nur zu bedeuten? Vielleicht konnte er mit den Polizeiprozeduren leichter umgehen, als mit dem, was letzte Nacht geschehen war. „Ist schon in Ordnung." Terry stand auf und schnaubte leise. Seinen Kaffee ließ er stehen, wo er war. „Du kannst mich einfach zum Schwimmbad fahren und ich lasse mich nach Feierabend einfach bei meinem Auto absetzen. Du musst dir wegen mir nicht solche Umstände machen. Ich komme schon allein klar."

„Ich denke nicht, dass das eine gute Idee ist", konterte Red. Terry konnte fühlen, dass Red ihn ansah, aber er drehte sich nicht um. Er war wütend, verwirrt und fühlte sich mehr wie eine Schlampe als damals, als er tatsächlich noch mit jedem ins Bett gegangen war. Es spielte für ihn keine Rolle, ob Red es für eine gute Idee hielt oder nicht. Er brauchte Abstand und Zeit zum Nachdenken. Aber am meisten wollte er Julie fragen, was sie von alldem hielt, sie hatte im Moment allerdings Wichtigeres zu tun, als sich um sein Liebesleben zu kümmern, also musste er allein einen Ausweg finden.

Terry brummte leise, aber diskutierte nicht. Red war viel größer als er, also würde er, statt zu streiten, einfach tun, was dieser sagte. Terry musste darüber nachdenken, ob er hierher zurückkommen wollte oder nicht. Dafür hätte er in seinem Hochstuhl im Schwimmbad genug Zeit.

„Wir haben noch Zeit, falls du hungrig bist", bot Red an.

„Ich esse auf der Arbeit einen Müsliriegel", antwortete Terry und drehte sich um. Red tat dasselbe und wandte ihm den Rücken zu. Terry war aufgefallen, dass er das oft tat, besonders an diesem Morgen. „Wir können gehen, wenn du so weit bist." Es wäre nicht schlecht, wenn er früher da wäre. Dann könnte er vielleicht ein paar Bahnen schwimmen und etwas trainieren, wenn es im Schwimmbad noch leer war.

„Okay", stimmte Red zu. Er holte seine Sachen, legte seinen Gürtel an und steckte seine Pistole in das Holster, bevor er zur Tür ging. Seine

Stiefel quietschten beim Gehen und Terry fragte sich, wie schwer der Gürtel war.

Sie verließen das Haus und gingen durch den Garten zu Reds Truck. Terry stieg ein, nachdem Red aufgeschlossen hatte, und saß still da, während Red einstieg und den Motor startete. Sie kontrollierten Terrys Appartement und fuhren dann wortlos zum Familienzentrum. Red hielt vor dem Eingang und Terry stieg aus. „Danke für …" Er wusste nicht, was er sagen sollte. „Danke." Er schoss die Tür und ging hinein.

5

RED BLICKTE Terry nach. Er wusste, dass es richtig war, wie er sich verhalten hatte. Die letzte Nacht war unglaublich gewesen, aber sie hatte im Dunkeln stattgefunden. Terry hatte ihn nicht im hellen Tageslicht gesehen. Er war ein Feuerball gewesen und hatte Red um den Verstand gebracht, aber Red wusste, dass es für Terry im Dunkeln leicht gewesen war zu sehen, was er hatte sehen wollen. Am Tage sah alles anders aus. Die Türen des Familienzentrums schlossen sich hinter Terry. Red blieb in seinem Truck sitzen und beobachtete das Gebäude. Er war sich nicht sicher, auf was er wartete, aber er konnte nicht gehen. Wenn er es tat, war die letzte Verbindung zur vergangenen Nacht gebrochen. Nicht, dass er das nicht schon geschafft hätte. Terrys Schroffheit und Verärgerung waren ihm nicht entgangen. Der Vorfall mit dem Kaffee war deutlich gewesen. Nach einer Weile riss Red sich zusammen, aber anstatt zu fahren, parkte er und stieg aus. Dann ging er in das Gebäude.

„Tut mir leid, wir haben nicht –", setzte die junge Frau hinter dem Tresen an und drehte sich herum. Zuerst sah sie seine Uniform. Aber er erkannte den Moment, in dem sie sein Gesicht sah. Ihre Lippen formten ein O, aber kein Laut entkam ihnen.

„Ich war vor Kurzem wegen des Vorfalls mit dem beinahe Ertrunkenen hier und ich brauche noch einige Details für meinen Bericht."

„Selbstverständlich, bitte gehen Sie hinein", brachte sie hervor, ohne zu keuchen. Sie blinzelte und wandte sich ab, augenscheinlich, um sich um ihren Papierkram zu kümmern, aber Red erkannte ein Ausweichmanöver, wenn er eines sah. Er ignorierte es.

„Vielen Dank", erwiderte er. Zu seiner Überraschung drehte sie sich um und lächelte ihn an.

„Wird das lange dauern? Soll ich den Manager rufen?"

„Nein. Ich brauche nur ein paar Minuten. Es ist nicht nötig, ihn zu stören, aber sagen Sie ihm bitte, dass ich hier bin." Red ging durch den Flur in Richtung Schwimmhalle und wollte gerade die Tür öffnen, als er jemanden in der ersten Bahn sah. Er wusste sofort, dass es Terry war. Red blieb vor der Tür stehen und beobachtete, wie er sich durch das Wasser bewegte. Als er wendete und in die entgegengesetzte Richtung schwamm, öffnete Red die Tür und ging leise hinein. Eigentlich brauchte er keine Informationen mehr. Er hatte alles Nötige am Tag des Vorfalls erfahren. Er hatte nicht gewusst, was er erwartet hatte zu sehen, wenn er herkam, aber jetzt wusste er es. Das war es – Terry.

Er glitt durch das Wasser wie die personifizierte Grazie. Zu sagen, dass er schwamm wie ein Fisch, wurde ihm als Beschreibung nicht gerecht, denn es würdigte Terry herab. Jede Bewegung war wie Musik, weich und fließend. Er bewegte sich ohne Platschen durch das Wasser und wühlte es so wenig auf, dass es schien, als teilte sich das Wasser für ihn. Red lehnte sich gegen die Wand und beobachtete Terry. Als Terry das Ende des Beckens erreichte, machte er eine elegante Rollwende und schwamm eine weitere Bahn. Terrys gesamter Körper schien mit sich selbst im Reinen zu sein, als wäre er wirklich im Wasser zu Hause.

„Haben Sie alles, was Sie brauchen?", flüsterte der Manager – Steve, wenn er sich richtig erinnerte – als er aus der Umkleide kam.

„Ja", antwortete Red ebenso leise. „Ich wollte ihn nicht stören."

„Ich verstehe, was Sie meinen. Als er auf der Suche nach einem Job hierher kam, hatte er wunderbare Referenzen, aber sobald ich ihn habe schwimmen sehen, wusste ich, dass er etwas Besonderes ist." Der Manager war Ende dreißig mit kurzen, braunen Haaren und einem professionellen Auftreten. „Ich habe viele Jahre lang Schwimmer trainiert, bevor ich den Job als Manager dieser Einrichtung angenommen habe."

„Terry hat mir erzählt, dass er für die Olympischen Spiele trainiert hat, aber aus … persönlichen Gründen aufgehört hat." Es stand ihm nicht zu, Terrys Geschichte zu erzählen.

„Ich kenne seine Situation und seine Gründe. Vor einem Monat habe ich ihm angeboten, ihn zu trainieren, wenn er will, aber er hat abgelehnt. Ich habe in den Kursen hier schon viele junge Leute gesehen und trainiert. Keiner von ihnen hatte sein Talent."

„Warum sagen Sie mir das?", fragte Red.

Steve lächelte leicht. „Weil ich Trainer war – wir sehen Dinge, genau wie Polizisten." Steve schaute ihm direkt in die Augen. „Und ich sehe, wie Sie ihn beobachten. Man muss kein Raketenwissenschaftler sein, um zu erkennen, dass er Ihnen etwas bedeutet."

War es so offensichtlich? Oh Gott, das musste er ändern. Zwischen ihnen konnte nichts laufen. Es war Wunschdenken von Reds Seite, doch er durfte es nicht zeigen. „Ja, also … er brauchte meine Hilfe, das ist alles." Red zwang sich, Terry nicht weiter zu beobachten.

„Vielleicht würde er wieder mit dem Training beginnen, wenn jemand noch einmal mit ihm redet. Nächstes Jahr sind in Washington DC die nationalen Vorausscheidungen. Er hat großes Talent. Wenn wir zusammenarbeiten, könnte er es ins Team schaffen. Er ist etwas älter als die meisten anderen, aber er hat auch mehr Erfahrung und emotionale Reife, um mit dem Druck zurechtzukommen. Schnell genug ist er." Steve schaute zur Uhr. „Er schwimmt nur seine Bahnen, aber mit dieser Geschwindigkeit würde er bei einem Rennen den Bahnrekord brechen."

„Ich wüsste nicht, was ich tun könnte", gab Red zu.

„Na ja, Sie könnten mit ihm sprechen", schlug Steve vor und Red nickte. Steve wandte sich wieder Terry zu. Red drehte sich um und verließ die Schwimmhalle. Er hatte keinen Grund zu bleiben. Er bedankte sich bei der jungen Frau am Tresen und sie lächelte erneut, während er die Eingangstür öffnete und die Leute hineinließ, die draußen gewartet hatten. Red trat zur Seite, während sie an ihm vorbei eilten. Die Schwimmer am frühen Morgen waren wirklich engagiert.

Er lief zu seinem Truck und fuhr zum Revier. Dort setzte er sich direkt an seinen Schreibtisch. Er ging seine Nachrichten und E-Mails durch, bevor er Carter, ihren Computerspezialisten, anrief, um zu sehen, ob er da war. Er war da, also eilte Red nach unten zur Computer-Forensik-Abteilung.

„Was brauchst du?", fragte Carter, ohne von seinem Computer aufzublicken.

„Ich habe heute Patrouille, aber ich wollte fragen, ob du etwas über diesen Typen herausfinden kannst." Red gab Carter die Notizen, die er heute Morgen gemacht hatte. „Es ist persönlich, aber ich habe das Gefühl, da ist noch mehr an der Sache dran." Carter hatte immer noch den Blick abgewandt, während er auf das Papier schaute.

„Das sollte kein Problem sein. Ich nehme an, du willst nicht, dass ich das oben melde." Carter sah aus, als hätte er gerade erst die Highschool abgeschlossen. Außerdem konnte niemand, den Red kannte, so schlecht mit Menschen umgehen wie Carter, und das wollte etwas heißen. Er wandte den Blick selten von seinem Bildschirm ab und seine Finger schienen nie stillzustehen. Aber er konnte Dinge herausfinden, die niemand sonst fand.

„Ja. Er hat einen Freund belästigt, der aber keine Anzeige erstatten will. Er hat mir von dem Kerl erzählt und ich will herausfinden, ob er gefährlich ist oder nur viel Wind macht." Das entsprach nicht ganz der

Wahrheit, aber es kam ihr nah genug. Carter würde keine Fragen stellen, nachdem Red ihm vor ein paar Monaten seinen Nerd-Hintern gerettet hatte. Sie hatten geschworen, es niemandem zu erzählen, denn anscheinend war Carter etwas übereifrig gewesen und hatte sich in ein System gehackt, in dem er nichts verloren hatte. Red hatte es durch einen Bericht herausgefunden, und sie hatten den 'Fehler' korrigiert, bevor Carter in Schwierigkeiten gekommen war. „Ich weiß deine Hilfe wirklich zu schätzen."

„Kein Problem", versicherte Carter, dann überließ Red ihn wieder seinen Computern.

Er war heute für die Verkehrsüberwachung zuständig. Anscheinend hatte es Fälle von illegalem Wenden auf der Hauptstraße gegeben, also würde er in der Nähe stehen, um Fahrer abzuschrecken. Das war ein schicker Ausdruck dafür, so viele Strafzettel wie möglich zu verteilen. Ortsansässige kamen oft mit einer Verwarnung davon, aber Auswärtige hatten nicht so viel Glück. Red manövrierte seinen Wagen in die breite Einfahrt des Gerichtsgebäudes und wartete. Das war die langweiligste Tätigkeit von allen, denn weil er deutlich sichtbar war, waren die Autofahrer besonders vorsichtig. Das mochte der Sinn der Sache sein, aber es bedeutete auch, dass er kaum etwas zu tun hatte.

Red lehnte sich in seinem Sitz zurück. Der Motor lief, die Klimaanlage war eingeschaltet und die Radarpistole positioniert, damit er eine korrekte Messung erhielt. Manchmal, wenn wenig Verkehr und die Ampel grün war, versuchten Kinder herauszufinden, wie schnell sie es durch die Stadt schafften. Vor ihm lagen jetzt Stunden der Monotonie, in denen er den Verkehr beobachten und Radio hören würde.

Stundenlang bewegte er sich nicht, außer um seine Beine und seinen Rücken zu strecken. Heute schien jedermann sein bestes Benehmen zeigen zu wollen. Dann hörte Red den Ruf nach Verstärkung und er nahm ihn an, ohne nachzudenken. Er fuhr los, schaltete die Sirene ein und raste zu der betreffenden Stelle ein paar Straßen weiter. Er hielt hinter dem anderen Wagen an und ging zu Officer Aaron Cloud, der vor einem gepflegten Reihenhaus wartete.

„Im Garten ist ein Unbekannter. Die Hausbesitzerin sagt, dass er sich verdächtig verhält. Sie spricht noch mit dem Notruf. Anscheinend läuft er im Kreis herum. Sie schreit die ganze Zeit, dass der Bastard ihre Blumen zertrampelt." Aaron grinste und Red nickte. Sie klopften an die Vordertür, die sich augenblicklich öffnete.

„Gott sei Dank sind Sie da", sagte die adrett gekleidete ältere Dame, die die Tür geöffnet hatte. Sie hatte immer noch das Telefon in der Hand. „Er ist dort hinten." Sie führte sie durch das Haus und beendete währenddessen den Anruf. „Ich habe gesehen, wie er hereingekommen ist, und habe ihm gesagt, dass er wieder gehen soll. Er hat unhöfliche Gesten gemacht, wenn Sie verstehen, was ich meine, und ist einfach weiter im Garten herumgelaufen. Er ist zwei Mal gestürzt und als er näher ans Haus gekommen ist, habe ich gesehen, dass er riesengroße, wilde Augen hat."

„Vielen Dank, Ma'am. Wir werden nach draußen gehen und nachsehen, was los ist. Bitte bleiben Sie im Haus und verschließen Sie die Türen, für alle Fälle", sagte Red so ruhig, wie er konnte. Er öffnete die Hintertür und sie traten hinaus.

„Sie wissen, dass Sie hier nichts verloren haben, richtig?", fragte Aaron, sobald er den Verdächtigen sah. Er stand neben der Garage und schien sich gerade erleichtern zu wollen.

„Ich wohne hier", rief der Mann zurück.

„Das ist nicht Ihr Zuhause, sondern das von jemand anderem. Sie dürfen nicht hier sein. Und jetzt packen Sie sich wieder ein und gehen Sie." Aaron blickte zu Red und nickte. So etwas hatten sie beide schon erlebt. Der Verdächtige ignorierte sie und begann, sich an der Ecke der Garage zu erleichtern. Sie gingen näher heran, aber hielten deutlich Abstand, bis er fertig war. Sie hätten nichts davon, sich in Gefahr zu bringen. Körperflüssigkeiten jeder Art konnten gefährlich sein. „Okay, das reicht jetzt. Umdrehen und auf den Boden!", befahl Aaron.

Der Verdächtige drehte sich um und stand still. Seine Augen waren riesengroß.

„Der ist total high", stellte Red fest. „Ruf einen Krankenwagen. Der letzte Kerl, den ich so erlebt habe, hat es nicht ins Krankenhaus geschafft." Aaron hatte schon das Funkgerät in der Hand, während Red sich dem Mann langsam näherte. „Legen Sie sich auf den Boden, damit wir Ihnen helfen können." Red hatte entschieden, es zuerst auf die ruhige Art zu versuchen. Er stemmte die Hände in die Hüften und versuchte, so groß auszusehen wie möglich. Die Augen des Verdächtigen weiteten sich noch mehr, dann ging er auf die Knie und legte sich auf den Bauch.

Red legte ihm Handschellen an und drehte ihn um.

„Ich brauche Hilfe."

„Ich weiß. Wir haben schon einen Krankenwagen gerufen. Entspannen Sie sich und atmen Sie so tief und vorsichtig wie möglich. Können Sie ruhig bleiben und das für mich tun?"

Der Mann nickte und verzog das Gesicht. „Sie sollen sich beeilen."

Der Verdächtige wurde mit jeder Sekunde blasser und das Atmen schien ihm schwerer zu fallen. Zum Glück waren die Sirenen schon zu hören.

„Bleib bei ihm", sagte Red zu Aaron. „Ich führe sie hierher und erzähle ihnen, was beim letzten Mal passiert ist. Vielleicht können wir den hier retten." Er stand auf und eilte zum Tor.

Der Krankenwagen hielt gerade an, als Red den Bordstein erreichte. Er winkte sie heran und die Sanitäter stiegen aus und holten ihre Ausrüstung. „Ich hab das schon einmal gesehen. Auf der Straße ist dreckiges Heroin unterwegs. Vor ein paar Minuten war der Typ noch ansprechbar, aber dann ging es schnell bergab." Red hielt ihnen das Tor auf.

„Wir sind informiert und haben ein Behandlungsprotokoll", sagte einer der Sanitäter, während sie in den Garten eilten. Sie begannen sofort, ihn zu untersuchen. Red stand mit Aaron etwas abseits und schaute zu.

„Können Sie uns Ihren Namen sagen?", fragte Griffiths, einer der Sanitäter, und Red zog seinen Notizblock hervor. Er notierte alle Informationen, die sie aus ihm herausbrachten, aber er war schwer zu verstehen. Der Verdächtige wurde immer verwirrter. „Können Sie mir sagen, was Sie genommen haben, Fred?"

Keine Antwort.

„Fred, können Sie uns sagen, was Sie genommen haben?", wiederholte Griffiths.

„Her…", brachte der Verdächtige hervor und dann nichts mehr.

„Das passt ins Muster", sagte Griffiths, während er begann, die Arme des Mannes zu untersuchen. Er arbeitete zügig und rief im Krankenhaus an, um sich Anweisungen geben zu lassen. Red wandte sich ab, als der Sanitäter dem Verdächtigen eine Spritze verabreichte, und wartete. Er atmete schwer, aber nach ein paar Minuten schien es ihm ein wenig besser zu gehen. „Das Zeug ist ziemlich stark und mit etwas versetzt, von dem die User nichts wissen, also bekommen sie sehr schnell eine Überdosis."

„Das ist der siebte Fall, von dem ich weiß", informierte ihn Red. „Der Letzte, zu dem ich gerufen wurde, hat es nicht geschafft."

„Dieser hier wird es schaffen. Zum Glück habt ihr schnell und richtig reagiert." Griffiths wandte sich an die anderen Männer, die eine Trage herbeirollten. „Wir nehmen ihn mit und kümmern uns um ihn."

Aaron übernahm von hier an, denn es war seine Verhaftung. Er kümmerte sich um die Sicherheitsarrangements im Krankenhaus, während Red mit der Hausbesitzerin sprach. Er erklärte ihr, was passieren würde.

„Werden Sie ihn ins Gefängnis stecken?", fragte sie hochmütig.

„Ja, Ma'am, wenn Sie Anzeige erstatten. Wir können noch den Besitz von illegalen Substanzen hinzufügen. Aber das Beste, was wir für ihn tun können, ist, ihm Hilfe zu besorgen."

„Ich werde Anzeige erstatten, wenn er so die Hilfe erhält, die er braucht. Darüber hinaus werden wir sehen."

Red lächelte, als die Dame ein Ding auf ihrer Fensterbank unglaublich interessant fand. Oft wussten die Leute nicht, wohin sie schauen sollten, denn sie wollten nicht starren. Er hasste es, dass seine Anwesenheit der Hälfte der menschlichen Rasse unangenehm war. „Ich verstehe, Ma'am. Ich werde weitergeben, dass Sie gewillt sind, die Anzeige fallen zu lassen, wenn er sich Hilfe besorgt. Das könnte ausreichen, um ihn zu motivieren. Das habe ich schon erlebt." Entzug statt Gefängnis war ein mächtiger Motivator.

„Das hoffe ich. Und wenn er einen körperlichen Ausgleich braucht, dann schicken Sie ihn zu mir, damit er meinen Garten wieder in Ordnung bringt." Sie war sehr ernst. Red sagte ihr nicht, dass das sehr unwahrscheinlich war. „Ma'am, ich mache zur Entspannung Gartenarbeit. Wenn Sie wirklich Hilfe brauchen, gebe ich Ihnen meine Nummer. Ich helfe Ihnen gerne."

Sie blickte von der blauen Vase auf und stellte sie wieder auf die Fensterbank. „Das ist das Netteste, was mir seit Jahren jemand angeboten hat." Sie trat langsam vor und tätschelte seine Schulter. „Das ist nicht nötig. Ich bin nur verärgert. Das sollte ich nicht an Ihnen auslassen." Ihr Mund öffnete sich und sie keuchte auf. „Oh mein Gott, ich meinte nicht ...", stammelte sie.

„Kein Problem. Ich weiß, dass ich ziemlich groß und kein schöner Anblick bin."

Sie wurde röter als die Blumen in ihrem Garten. „Vielleicht, aber das entschuldigt nichts. Sie haben ein gutes Herz." Sie schluckte hart. „Wir wären alle besser dran, mich selbst eingeschlossen, wenn wir uns nach den inneren Werten richten würden." Sie holte ihre Handtasche. „Ich betreibe einen Schönheitssalon hier in der Stadt und, wenn ich das sagen darf, ich könnte Ihnen helfen, wenn Sie es mir erlauben."

„Sie meinen Make-up?", fragte Red und berührte seine Wange.

„Nein." Sie kicherte. „Aber ein anderer Haarschnitt könnte einen Teil der Narben verdecken. Und wenn ich Ihnen einen Rat geben darf – lassen Sie sich einen Bart wachsen." Sie betrachtete seine Wangen. „Sie haben einen vollen Bart, außer dort, wo die Narben sind. Wenn Sie sich einen Termin geben lassen, kann ich Ihnen zeigen, wie sie ihn schneiden können. Das würde einen Großteil der Narben verdecken."

Red starrte sie an und lächelte dann. Die meisten Leute drehten sich weg, aber noch nie hatte ihm jemand einen Rat angeboten. „Das werde ich machen." Er hatte heute Morgen vergessen, sich zu rasieren, das war ihm den ganzen Tag lang unangenehm gewesen. Ihm war zu viel durch den Kopf gegangen, aber jetzt war er froh darüber.

„Hier ist meine Karte. Bitte rufen Sie mich an. Aber Sie brauchen bestimmt noch viele Angaben von mir, bevor ich wieder zur Arbeit muss."

„Ja, Ma'am", bestätigte Red und ließ sich alle wichtigen Informationen für seinen Bericht geben. Dann ging er zu Aaron, der vor dem Haus wartete, und sie tauschten Informationen aus.

„Ich fahre zum Krankenhaus und kontrolliere, wie es dem Kerl geht und dass er im Sicherheitsflügel ist. Danke für die Hilfe." Aaron ging zu seinem Wagen und Red tat es ihm nach. Er kehrte wieder zu seinem Platz am Gerichtsgebäude zurück und holte seinen Laptop heraus, damit er seinen Bericht noch vor Ende der Schicht fertig hatte. Er verließ die Stelle nur, um zu Mittag zu essen und am Nachmittag ein paar andere Rufe anzunehmen. Als seine Schicht zu Ende war, fuhr er zum Revier und archivierte seine Berichte.

Bevor er ging, schaute er bei Carter vorbei, der immer noch tippte.

„Ich habe nichts für dich, aber morgen bestimmt." Er schaute nicht einen Moment auf. Red fragte sich, woher er überhaupt wusste, wer da war.

„Danke. Ich weiß das zu schätzen", versicherte Red.

„Kein Problem." Carter hielt inne. „Was ich gefunden habe, war absolut legal. Alles genau so, wie es sein sollte. Und das bedeutet, dass da noch mehr ist. Es ist zu perfekt. Niemand ist so sauber. Keine Sorge – ich mag es, im Dreck zu wühlen." Carter wandte sich wieder seinem Bildschirm zu. „Das Baby hier übernimmt das Suchen für mich."

Red bedankte sich erneut, verließ das Gebäude und fuhr zum Familienzentrum. Er war sich nicht sicher, ob Terry dort sein würde, aber als er am Tresen nachfragte, wurde ihm gesagt, Terry wäre im Schwimmbad.

Red ging zur Schwimmhalle. Terry war allein im Wasser und schwamm erneut seine Bahnen. Red schaute ihm eine Weile zu, nur um den Anblick zu genießen. „Hallo", sagte er, als Terry am anderen Ende des Beckens auftauchte.

„Hi", antwortete Terry und stieg aus dem Wasser. Red starrte ihn an, während das Wasser an seinem Rücken hinunterströmte. Er musste ein Stöhnen unterdrücken. Terry sah unglaublich aus mit der roten Badehose, die an seinem knackigen Hintern klebte. Er war schlank, gut ein Meter achtzig groß und einfach perfekt. „Du kannst mich zu meinem Auto bringen, dann fahre ich nach Hause. Wenn James auftaucht, komme ich schon klar."

„Nein", gab Red zurück. „Zumindest nicht, bis ich von dem Kollegen gehört habe, der ihn überprüft. Ich will nicht, dass du verletzt wirst." Red fuhr sich mit den Fingern durch das Haar. „Willst du noch eine Weile schwimmen? Ich kann meine Tante besuchen und dann wiederkommen. Aber bitte warte hier und komm dann mit mir nach Hause." Er schluckte hart. „Etwas wie letzte Nacht wird nicht wieder passieren. Ich verspreche es."

Terry antwortete nicht sofort. „Eine Stunde?"

Das klang nach Zustimmung. „Okay, ich komme wieder, nachdem ich nach Tante Margie geschaut habe." Red drehte sich um, verließ die Schwimmhalle und das Gebäude. Er ging zügig zu seinem Truck, dann fuhr er die kurze Strecke zu seiner Tante, parkte und ließ sich mit seinem Schlüssel selbst ein. Er fand seine Tante in ihrem kleinen Wohnzimmer vor, wo sie fernsah und aß, was Terry gestern gebracht hatte.

„Wie war dein Tag?", fragte sie und schaute sich um. „Ging es deinem Freund gestern Abend gut?"

„Eigentlich nicht. In seiner Wohnung ist etwas passiert, als ich dazukam. Er hat die letzte Nacht bei mir verbracht, weil ich ihn in Sicherheit wissen wollte."

Seine Tante schaute ihn von oben bis unten an. „Es ist mehr passiert, als dass er bei dir übernachtet hat, oder?" Sie hielt seinen Blick fest, bis Red sich abwandte.

„Woher weißt du das?", flüsterte Red.

„Wir haben seit dem Unfall viel Zeit zusammen verbracht. Ich kenne dich besser als du dich selbst." Sie nahm sich von den Backkartoffeln aus der Box. „Also warum bist du hier und siehst aus, als hätte dir jemand in die Cornflakes gepinkelt, statt bei ihm zu sein?" Sie nahm noch einen Bissen.

„Na ja, heute Morgen lief es nicht so gut."

„Was hast du getan?", fragte sie nachsichtig, aber anklagend.

„Nichts. Es ist nur, dass …"

„War er schlecht im Bett?", fragte seine Tante und Red begann zu husten. „Also wirklich, denkst du, nur weil ich nie geheiratet habe, weiß ich nicht, wie es ist, wenn man vom Bett abhebt? Ich bin kein unschuldiges Pflänzchen. Ich war bloß zu wählerisch bei den lahmen Krücken, die zur Auswahl standen. Aber das bedeutet nicht, dass ich bei den Vorsprechen keinen Spaß hatte."

Red glotzte sie an.

„Also …?", bohrte sie nach.

„Ich möchte wirklich nicht darüber sprechen", sagte Red.

„Also war er schlecht."

„Nein. Ganz im Gegenteil."

Seine Tante legte die Gabel ab und schnaubte. „Was ist dann das Problem?"

Red setzte sich hin. „Müssen wir wirklich darüber reden?"

„Ja. Ich denke, das müssen wir. Seit dem Unfall stößt du die Leute weg. Manche zu Recht, weil sie Arschlöcher waren, aber du hast alle über einen Kamm geschert. Vielleicht ist es an der Zeit, dass du dich ein wenig öffnest." Sie hob ihre Gabel und wedelte sie in seine Richtung. „Und ich sage dir, man geht nicht einfach weg, wenn man jemanden findet, der im Bett ein Feuerwerk zünden kann. Das ist selten. Ich hatte so jemanden." Sie hielt inne und schien einen Moment zu träumen. „Ich habe ihn gehen lassen und bereue es seitdem. Es lag daran, dass er nicht besonders gut aussah. Ich dachte, ich könnte einen Besseren finden." Sie wedelte stärker mit der Gabel. „Also, ich sage dir, ich habe noch viele Frösche geküsst – gut aussehende – bevor ich erkannt habe, was ich hatte, aber da war es zu spät."

„Ja, aber es ist eine Sache, wenn es dunkel ist, und eine ganz andere im hellen Licht des Tages", erklärte Red.

„Also lass mich raten. Du hast dich zurückgezogen und er war eingeschnappt." Red nickte. „Wahrscheinlich, weil er nicht wusste, warum du das tust. Oder vielleicht hat er gedacht, dass du nicht interessiert bist oder dass es nur eine einmalige Sache war? Hast du daran schon mal gedacht? Selbstverständlich nicht. Du bist ein Mann, und ein ahnungsloser noch dazu. Du denkst, du siehst alles, aber die wichtigen Dinge … wumm." Sie bewegte die Hand über seinen Kopf hinweg.

„Also, was soll ich tun?"

Sie verdrehte die Augen. „Du redest mit ihm, Dummkopf. Frag ihn nach letzter Nacht. Vielleicht mag er dich nicht und deine Verletzungen sind zu viel für ihn. Aber was wenn nicht? Was, wenn die letzte Nacht für ihn genauso toll war und er dich sieht, wie du wirklich bist? Willst du dir diese Chance entgehen lassen?" Sie schaute ihn an und streckte die Hand aus. „Du bist so sicher, dass niemand über deine Narben hinwegsehen kann, also hast du nie zugelassen, dass jemand es versucht."

„Aber nach allem, was …", murmelte Red.

„Kinder sind grausam. In der Schule geht es nur ums Aussehen. Das ist einfach so. Du hast Freunde bei der Polizei, oder? Denen ist egal, wie du aussiehst. Die sind daran interessiert, wie du deinen Job machst und ob sie sich auf dich verlassen können, wenn es darauf ankommt." Sie lehnte sich vor und lächelte ihn an. „Du weißt, dass das alles ist, was ein Freund oder Liebhaber von dir möchte. Er will wissen, ob du ihm ein guter Partner bist. Wirst du dich um ihn kümmern, ihn lieben, ihm zuhören? Mit anderen Worten, wie gut wirst du deinen Job als Partner machen, und ja, er wird auch wissen wollen, ob du hinter ihm stehst, wenn es darauf ankommt. Du kannst all das, also zeig es auch. Und hör auf, der Stimme in deinem Kopf Beachtung zu schenken, die dir sagt, dass du nicht gut genug bist, denn das bist du sehr wohl."

„Ich wünschte, es wäre so einfach", sagte Red leise. Gott, er wollte es mehr als alles andere.

„Nichts, um das es sich zu kämpfen lohnt, ist einfach. Das weißt du. Deshalb musst du dafür arbeiten. Und wenn du Terry so sehr magst, wie ich denke, dann lohnt es sich." Sie tätschelte seine Hand. „Es tut mir so leid, so vieles. Aber am meisten, dass ich nicht das Geld oder das Wissen hatte, um alles für dich zu tun, was möglich gewesen wäre." In ihre Augen traten Tränen.

„Hey, du hast dein Bestes getan", versicherte Red. Er wusste, dass kein Geld da gewesen war, und als die Anwälte, Versicherungsgesellschaften und Gott weiß wer sonst noch mit ihnen fertig gewesen waren, war, abgesehen von der Grundversorgung, nichts mehr übrig. „Ich weiß das und ich mache dir keine Vorwürfe. Wenn du nicht gewesen wärst, dann hätte ich gar nichts." Red ließ ihre schmale Hand fallen. Sie wurde immer schwächer und gebrechlicher. Er konnte es sehen. „Brauchst du irgendetwas?"

„Nein, mir geht's gut. Mach dich auf den Weg zu diesem jungen Mann und tu, was ich dir gesagt habe." Sie wandte sich wieder dem Fernseher zu.

„Ja, Ma'am", sagte Red und hörte ihr Kichern. „Wir sehen uns morgen."

„Ich bekomme das Abendessen geliefert, also bring nichts mit, okay?"

„Das werde ich nicht. Aber ich habe deine Einkaufsliste. Wenn ich in den Laden gehe, bringe ich mit, was du fürs Wochenende brauchst." Er beugte sich über ihren Sessel und küsste ihre Wange, bevor er zur Tür ging. Sie war schon wieder in ihre Sendung vertieft, also stellte er sicher, dass die Tür verschlossen war. Als er zu seinem Truck ging, klangen Tante Margies Worte noch in seinem Kopf. Er fragte sich, ob er all das tun konnte.

Neben der Tür seines Trucks blieb er stehen. Was machte er hier eigentlich? Er stand jeden Tag Kriminellen gegenüber, manchmal sogar bewaffneten. Wenn er zur Arbeit ging, bestand immer die Möglichkeit von Gefahr und Verletzungen und er stellte sich ihr, ohne zu zögern. Aber Terry und dem, was letzte Nacht passiert war, ging er aus dem Weg. Kein Wunder, dass er sich beschissen fühlte.

Red riss die Tür auf und sprang hinein. Er startete den Motor, fuhr auf die Straße, sobald der Verkehr es zuließ, und nahm den direkten Weg zum Familienzentrum. Er parkte und marschierte in das Gebäude, wo er nach Terry fragte.

„Er ist vor ein paar Minuten gegangen", sagte die Frau hinter dem Tresen zu ihm.

„War er allein?", fragte Red besorgt.

„Ich erinnere mich nicht, tut mir leid." Das Telefon klingelte und sie nahm ab. Red drehte sich um und eilte aus dem Gebäude. Er rannte zu seinem Truck und fuhr so schnell er konnte zu dem Parkhaus, wo Terrys Auto stand. „Was hast du vor?", fragte er, nachdem er neben ihm geparkt und das Fenster heruntergelassen hatte. „Du hast mich zu Tode erschreckt." Er stieg aus, als Terry die Fahrertür öffnete.

„Ich bin hergelaufen und wollte nach Hause", erklärte Terry. „James hat angerufen und sich dafür entschuldigt, wie er sich gestern benommen hat."

„Darauf möchte ich wetten", brummte Red mit rasendem Herzen. „Also wolltest du dorthin gehen, wo er dich sofort findet."

Terry hielt inne und lehnte sich gegen die geöffnete Autotür. „Ich will dich nicht länger belästigen. Du hast sehr deutlich gemacht, was du über … letzte Nacht denkst. Also ist es wohl am besten, wenn ich nach Hause gehe und abwarte, was passiert. Du musst dir wegen mir keine Sorgen mehr machen. Du hast deine Pflicht erfüllt und bist nicht für mich verantwortlich."

Red ging direkt auf Terry zu. „Wenn du auch nur für einen Moment denkst, dass die letzte Nacht eine … *Pflicht* war …", brachte Red hervor. „Die letzte Nacht war …" Ihm fehlten die Worte. Verdammt. Er versuchte, seine Gedanken in Worte zu fassen, aber in seinem Kopf geriet alles durcheinander, weil er so vieles auf einmal sagen wollte. „Scheiß drauf", rief er, riss Terry an sich und küsste ihn, dass ihm selbst fast das Herz stehen blieb. Verlangen, Schmerz, Verletzungen, Lust, Angst, Unsicherheit, das Flehen um Verständnis – all das legte er in diesen Kuss. Er fühlte, wie Terry sich zuerst versteifte und sich dann doch an ihn drückte. Red legte seine Arme um ihn und küsste ihn weiter. Dann zog er sich zurück und sah sich um, in der Hoffnung, dass sie allein waren.

„Warum hast du aufgehört?", fragte Terry irritiert.

„Weil es keine gute Idee ist, wenn ich gesehen werde, wie ich dir auf einem öffentlichen Parkplatz die Zunge in den Hals stecke, während ich noch in Uniform bin." Red schielte nach unten. „Und eigentlich müsste ich mich selbst wegen Erregung öffentlichen Ärgernisses verhaften."

Terry folgte seinem Blick und kicherte. „Okay, ich verstehe." Er trat langsam von seinem Auto zurück und schloss die Tür. „Es ist in Ordnung, wenn ich es hier stehen lasse, oder?"

„Ja. Ich habe die Kollegen informiert. Niemand wird es abschleppen lassen oder dir einen Strafzettel geben." Red nahm Terrys Hand und führte ihn zu seinem Truck, dabei ließ er ihn nur los, damit Terry zur Beifahrerseite gehen konnte. Er hatte das Verlangen, mit ihm zu gehen, nur um sicher zu sein, dass er auch einstieg, aber er unterdrückte diese übereifrige Anwandlung, auch wenn er nicht vorhatte, Terry allzu weit von sich weg zu lassen.

Als Terry im Auto saß, stieg Red selbst ein und wollte direkt nach Hause fahren. Sein gesamter Körper vibrierte vor Aufregung und er konnte an nichts anders denken, als Terry für sich allein zu haben. Aber nach ein paar Minuten wurde sein Kopf wieder klarer, deshalb fuhr er wieder in die Innenstadt und parkte vor dem *Hanover Grille*. Dort schaltete er den Motor aus.

„Was machen wir hier? Nach diesem Kuss dachte ich …"

„Ich weiß. Das dachte ich auch. Aber es ist nicht richtig. Ich weiß, dieser Ort ist nichts Besonderes. Ich bin oft hier, aber ich wollte dich zum Essen und vielleicht einem Bier einladen, damit wir uns unterhalten können."

„Du meinst ein Date?", fragte Terry.

Red rieb sich nervös den Nacken. „Ja, ein Date. Ich weiß, dass das nichts Besonderes ist. Aber ich ..." Oh Gott, wie sollte er etwas ausdrücken, für das er keine Worte hatte? Er konnte mit Taten sprechen, wenn sie im Bett waren, das war sicher, aber die Worte fehlten ihm oft. Bei der Arbeit benutzte er ständig Worte, aber das waren meistens Befehle. Das wollte er jetzt nicht. „Ich dachte, ich wollte es zu etwas ... Besonderem machen." Er fühlte sich wieder wie ein Teenager. „Ich will, dass du weißt, dass die letzte Nacht mehr für mich war als nur Sex." Bitteschön, er hatte es gesagt – zumindest teilweise.

„Heute Morgen hast du dich nicht so benommen", gab Terry zurück.

„Ich weiß." Warum, zum Teufel, war das so schwer? „Es tut mir leid. Ich wollte nicht, dass du dich schlecht fühlst. Ich war ... die letzte Nacht war wirklich etwas Besonderes. Ich habe es gespürt und ich hoffe, du ebenfalls."

Terry lehnte sich über den Sitz, berührte seine Wange und strich über seinen Bart. „Du hast vergessen, dich zu rasieren", flüsterte er. Red erkannte, dass das seine Art war zu sagen, dass er ihn verstanden hatte. Er konnte es in Terrys Hand fühlen, auch wenn er nichts über seine vernarbte Haut sagen wollte.

„Ich habe darüber nachgedacht, mir einen Bart wachsen zu lassen."

Terry lächelte ihn an. „Das gefällt mir. Aber du musst wegen mir nicht verstecken, wer du bist."

Red schluckte hart. „Danke, aber das will ich für mich machen."

„Weißt du", setzte Terry an, „gut auszusehen und sich gut zu fühlen, gehen Hand in Hand. Wenn du mit deinem Aussehen zufrieden bist, dann bist du auch mit dir selbst zufrieden. Also ja, ich denke, ein Bart würde dir stehen, und wenn dich das zum Lächeln bringt, umso besser, denn du strahlst, wenn du lächelst."

Red war skeptisch, was man ihm wohl ansehen musste, denn Terry begann zu lachen. „Glaub mir, ich bin oberflächlich und kenne mich mit so was aus." Red verdrehte die Augen und lachte ebenfalls. „Siehst du? Schon siehst du besser aus." Sie lachten beide. „Und wenn es dir ernst damit ist, dass du besser aussehen willst, dann gibt es Möglichkeiten."

„Wie Make-up. Den Vorschlag hat mir schon einmal jemand gemacht." Red versuchte, nicht finster dreinzuschauen. „Sie hat mich sogar geschminkt und ich sah aus wie ein Clown."

„Nein, definitiv nicht." Terry setzte sich wieder auf und öffnete die Tür. „Wie wäre es, wenn ich dir beim Essen erzähle, was ich meine? Ich verhungere und du bestimmt auch." Er stieg aus und Red tat es ihm gleich. Sie gingen hinein und der Kellner brachte sie zu einem Tisch.

Red wartete, bis Terry sich gesetzt hatte, bevor er sich auf einem Stuhl ihm gegenüber niederließ. Beide bestellten ein Bier. Der Kellner eilte davon, nachdem er ihnen die Karten gebracht hatte. „Was wolltest du sagen?", fragte Red.

„Also, wenn du etwas mit deinen Zähnen machen willst, könntest du es mit einer unsichtbaren Zahnspange versuchen. Niemand würde es merken und sie richten die Zähne ziemlich schnell. Ich hatte so eine vor ein paar Jahren auch." Terry lächelte und zuckte mit den Schultern. „Es tut ein bisschen weh, wenn eine neue eingesetzt wird, aber am Ende hättest du ein makelloses Lächeln. Du hast ziemlich weiße Zähne, also würde es gut aussehen. Du könntest wegen der Narben zu einem plastischen Chirurgen gehen …"

Die Kellnerin brachte ihr Bier und Terry nahm einen Schluck. „Aber du solltest wissen, dass jeder Mensch Narben hat. Manche sind nur sichtbarer als andere."

„Wie kannst du so tiefgründig sein für jemanden, der angeblich oberflächlich ist?", neckte Red.

„In gewisser Weise sind wir alle oberflächlich. Aber ich denke, du hattest gestern recht. Ich habe die Möglichkeit, mich zu ändern. Ich weiß, dass ich vieles immer noch so sehe wie früher, aber nach der Sache mit James habe ich erkannt, dass ich tiefer blicken muss." Terry seufzte. „Ich werde nicht lügen. Ich würde mich freuen, wenn du keine Narben hättest. Du wärst atemberaubend, und das meine ich ernst. Aber finde ich dich hässlich? Auf gar keinen Fall."

Red war sich nicht sicher, ob Terry das nur so dahingesagt hatte. Er wollte ihm so gern glauben. Terry traf seinen Blick, doch es schien zu schön, um wahr zu sein „Wie kannst du das sagen? Du bist der schönste Mann, den ich je gesehen habe." Red nahm einen Schluck aus seinem Glas. „Ich bin dir heute Morgen ins Schwimmbad gefolgt und habe dir zugesehen. Ich konnte den Blick keine Sekunde von dir abwenden." Er schluckte hörbar. Auch jetzt konnte er es nicht. „Ich will dich die ganze Zeit ansehen. Bevor ich heute Morgen das Zimmer verlassen habe, habe ich dich beim Schlafen beobachtet und mich gefragt, was du wohl in mir sehen könntest."

Die Kellnerin kehrte zurück und unterbrach Red. Das kam ihm gelegen, denn in seinen Ohren klang er wie ein jammernder Teenager. Sie nahm ihre Bestellungen auf und ging, ohne ihn auch nur eines Blickes zu würdigen. „Siehst du? Niemand schaut mich an. Die Leute schauen lieber anderswo hin."

„Das kommt daher, dass du einfach riesengroß bist und niemals lächelst. Hast du schon einmal daran gedacht, dass es nicht an deinen Narben liegt, dass dich niemand ansieht? Dass die Leute Angst vor dir haben, weil du immer dieses mürrische Gesicht aufsetzt? Wenn du lächelst, bist du viel zugänglicher." Terry beugte sich über den Tisch. „Ich sage dir nur so viel: Du bist einfach atemberaubend in der Hitze der Leidenschaft. Deine Augen und deine Haut brennen. Du bist unglaublich und, ja, schön."

Red keuchte und starrte ihn an.

„Was? Hast du gedacht, es war so dunkel im Zimmer, dass ich dich nicht sehen konnte? Dass ich mir vorgestellt habe, ich wäre mit jemand anderem zusammen? Ich weiß, mit wem ich zusammen war. Es gibt viele Arten zu sehen, ohne die Augen zu benutzen. Letzte Nacht habe ich dich mit meinen Händen und meinen Lippen gesehen." Terrys Blick brannte. „Ich weiß von der Narbe auf deiner Brust, denn ich habe sie gefühlt, und ich weiß von denen auf deinen Armen, denn sie haben mich gehalten. Sie bedeuten mir nichts, außer dass sie ein Teil von dir sind."

„Ich verstehe nicht", sagte Red.

Terry lächelte und Red beobachtete, wie er sich aufsetzte und sich im Raum umsah. „Ja, ich kann oberflächlich sein. Nimm zum Beispiel diesen Mann dort." Terry wies mit dem Kopf zu einem Mann in der Ecke. „Er braucht dringend einen Haarschnitt und vielleicht sollte seine Mutter ihm sagen, was er anziehen soll, wie sie es getan hat, als er ein Kind war, denn er schafft es offensichtlich nicht allein."

Red nickte. Er konnte den Mann sehen.

„Aber das alles sind Dinge, an denen er arbeiten kann. Wenn er nur ein wenig Mühe in sein Aussehen investiert, dann wäre er keine Beleidigung mehr für die Augen der Menschen in diesem Raum. Diese Hosen schreien geradezu: 'Erlöse mich von meinem Golfer-Elend', und der Laden, in dem er dieses Hemd gekauft hat, sollte abgefackelt werden." Terry lächelte und schüttelte den Kopf. „Aber ich würde nie etwas darüber sagen, wie seine Hände zittern, wenn er sein Glas hochnimmt, denn dafür kann er nichts. Ich bin nicht gemein oder grausam. Ich mag schicke Kleidung und ich sehe gut aus. Ich möchte ein schönes Leben mit schönen Dingen. Ist das so schlimm?"

„Du bist nicht so oberflächlich, wie du denkst", stellte Red fest.

„Die meisten von uns Oberflächlichen sind das nicht. Es liegt am Deckmantel der Unerreichbarkeit, den man trägt. Jeder hat seine Art, sich von der Grausamkeit der Welt abzuschirmen. Du magst denken, nur weil ich nie verletzt wurde wie du, wäre ich immun dagegen. Meine Eltern lieben mich, aber sie konnten mich auch nicht vor dem Spott und den Gemeinheiten der anderen Kinder schützen."

„Dich?"

Terry nickte.

Die Kellnerin brachte ihr Essen und stellte es vor ihnen ab. „Kann ich Ihnen noch etwas bringen?", fragte sie.

Red sah auf und lächelte. „Nein, vielen Dank." Zu seiner Überraschung lächelte sie zurück und verließ den Tisch. Er präparierte seinen Burger, wie er ihn mochte, mit viel Mayo und Tomaten, bevor er hineinbiss.

Terry knabberte an seinen Chips und beobachtete ihn. „Ich habe mich in der Highschool nicht selbst geoutet, ich wurde geoutet. Ich hatte erkannt, dass ich schwul bin, und dann war da dieser andere Junge, mit dem ich ein wenig rumgemacht habe. Es war nichts Besonderes, nur das Gefummel von Teenagern, aber er hat es seinen Freunden erzählt, und schon bald wusste es die gesamte Schule. Er hatte keine Probleme. Er war beliebt und an ihm ist alles abgeprallt, aber ich schien eine Zielscheibe auf dem Rücken zu haben. Also entwickelte ich eine scharfe Zunge und benahm mich, wie man es von mir erwartete. Ich wurde die tuntigste Schwuchtel der Carlisle High " Terry aß einen halben Chip und legte den Rest wieder hin.

„Hat das funktioniert?"

„Sozusagen. Manche fanden mich cool, besonders die Mädchen. Die Jungs hielten mich für einen Freak und haben mir bei jeder Gelegenheit ihre Abscheu demonstriert. Außerdem habe ich darauf geachtet, mich schick anzuziehen und immer perfekt auszusehen, damit ich den Angriffen mit Bemerkungen über ihr Aussehen und was mir sonst noch einfiel, begegnen konnte. Ich war so oberflächlich, wie nur möglich, und nichts konnte mir etwas anhaben. Es spielte keine Rolle – es gab nichts zu verletzen. Ich habe alles verdrängt und mich voll und ganz aufs Schwimmen konzentriert. Ich wusste, dass ich gut darin war. Niemanden hat es interessiert, wenn ich in einer pinkfarbenen Badehose aufgetaucht bin." Terry lächelte breit.

„Das bist du nicht!", sagte Red schockiert.

„Neonpink. So konnte mich niemand übersehen. Und ich habe die Rennen gewonnen. Der Trainer wusste nicht, was er von mir halten sollte, bis ich anfing zu gewinnen. Dann wäre es ihm auch egal gewesen, wenn ich in einem Bikini aufgetaucht wäre." Terry kicherte. „Ich war im Schwimmbecken zu Hause. Das bin ich heute noch."

„Das habe ich gesehen", flüsterte Red. „Der Manager des Familienzentrums hat mich heute Morgen darauf angesprochen. Er sagte, dass er Schwimmtrainer war, bevor er der Manager wurde, und dass du gut bist und versuchen solltest, es ins US-Team zu schaffen."

„Ich bin zu alt und habe es zu sehr schleifen lassen. Ich werde nie wieder so gut werden, wie ich war, und –"

„Unsinn", unterbrach Red. „Du kannst tun, was auch immer du willst, besonders, wenn es etwas ist, das du liebst. Ich bin nicht James. Ich bin nicht so egoistisch. Ich würde am Becken sitzen und meine Berichte schreiben, wenn ich dich dann in einer knappen pinkfarbenen Badehose durchs Wasser gleiten sehen könnte."

„Ich kann das nicht machen", protestierte Terry.

„Kannst du doch. Der Manager sagte, dass du den Bahnrekord brechen könntest, selbst wenn du nur zum Spaß schwimmst. Du kannst es, wenn du wirklich willst. Er hat gesagt, wann die Ausscheidungen sind. Ich wette, er würde dich trainieren, wenn du ihn fragst."

Terry starrte ihn mit offenem Mund an. „Das ist unmöglich. Ja, ich würde es sehr gerne tun, aber das kostet Geld, das ich nicht habe. Man braucht Sponsoren und –"

„Du musst nur schnell genug schwimmen und gewinnen. Der Rest kommt von allein." Red seufzte. „Aber es liegt an dir. Ich werde dich nicht drängen, etwas zu tun, das du nicht willst. Und wenn du dich dafür entscheidest, dann werde ich dich auch nicht beschwatzen aufzuhören." Red nahm seinen Burger und biss hinein. „Überleg dir einfach, was du willst."

Terry nickte und lächelte ihn an. „Solange du dasselbe machst." Er hob sein Glas und Red tat es ihm gleich. Sie stießen an und besiegelten ihren Pakt. Auch wenn er es noch nicht richtig erfassen konnte, wusste Red doch, dass sich sein Leben gerade verändert hatte.

SIE BEENDETEN ihr Abendessen und währenddessen hatte Terry ein paar Anrufe erhalten. Einer davon war definitiv von James, denn er wurde blass, als er die Nummer sah. Er nahm den Anruf an, aber sagte kaum etwas, sondern forderte James nur auf, ihn in Ruhe zu lassen. Natürlich schien James nicht gewillt, das zu tun, doch Red hatte gehört, was Terry gesagt hatte.

„Das ist alles, was du tun musst", erklärte er, als Terry aufgelegt hatte. „Ich habe es gehört. Du hast ihn gebeten, dich in Ruhe zu lassen."

„Hast du etwas herausgefunden?", fragte Terry, nachdem er sein Telefon wieder weggesteckt hatte. Er schien nicht mehr hungrig zu sein und starrte auf seinen Teller.

„Noch nichts. Aber das werden wir. Mein Freund ist sicher, dass etwas nicht stimmt, und er schwört, dass er es nur finden muss. James weiß nicht, dass wir ihn überprüfen, dabei will ich es belassen. Wenn er etwas ahnt, dann wird er seinen engeren Kreis vermuten, nicht uns. Vielleicht haben wir morgen etwas."

„Ich will etwas, womit ich ihm drohen kann", meinte Terry.

Red schüttelte langsam den Kopf. „Nein. Wir halten uns an das Gesetz. Ich nagele ihn fest, dann geht er ins Gefängnis, wenn wir genug Beweise gegen ihn haben. So machen wir es."

„James würde es nicht so machen", stellte Terry fest und Red starrte ihn an. „Ich habe nichts gesehen, aber ich habe seine Freunde reden gehört. Er will alles unter Kontrolle haben und ihm ist egal, wie er das schafft. Ich denke, er kann nicht anders. Seine Männer sind loyal ihm gegenüber, aber nur aus Angst."

„Gut", meinte Red, „wir werden sehen, ob er etwas zu verbergen hat."

Als sie fertig waren, bezahlte Red die Rechnung, dann gingen sie zurück zum Truck. Red fuhr durch die Stadt nach Hause und parkte auf seinem üblichen Platz. „Ich glaube, meine Tante freut sich darauf, dich morgen wiederzusehen."

„Ja. Nach der Arbeit liefere ich Essen, und dann gehe ich nach Hause, denke ich."

Red diskutierte nicht mit ihm. Er konnte Terry nicht gegen seinen Willen festhalten. Wenn Terry nicht bei ihm bleiben wollte, dann war das seine Entscheidung. Er war ein Erwachsener mit einem eigenen Leben, und das beinhaltete nicht, in Reds Gästezimmer zu wohnen. Red hoffte, dass sie bald etwas über James herausfanden, denn er wollte Terry in Sicherheit wissen.

„Ich weiß, dass du es für dumm hältst, dass ich wieder in mein Appartement will, aber ich lebe dort. Ich kann nicht zulassen, dass er mich aus meinem Zuhause vertreibt. Dann hätte er gewonnen und James liebt es zu gewinnen, um jeden Preis. Also muss ich versuchen, so normal zu leben wie möglich." Terry drehte sich um. „Außerdem muss ich wohl einen Flohmarkt organisieren, damit ich alles loswerden kann, das er mir geschenkt hat. Ich muss das allein und für mich selbst machen."

„Das ist keine schlechte Idee, aber du solltest dich dafür nicht in Gefahr bringen. Du hast selbst gesagt, dass er die Kontrolle haben will. Du weißt nicht, was er tun wird, um die Kontrolle über dich zu bekommen." Red streckte die Hand aus und berührte den Verband, das Resultat von James' letztem Besuch, an Terrys Hand.

„Ich kann mich dir nicht ewig aufdrängen."

„Sehen wir einfach zu, dass du in Sicherheit bist, bis wir wissen, was mit ihm los ist. Okay? Hoffentlich weiß ich morgen mehr." Red wollte gerade aus dem Truck aussteigen, als sein Telefon klingelte. Er holte es heraus, nahm das Gespräch an und hörte die panische Stimme seiner Tante.

„Jemand ist an meiner Tür." Sie schrie leise auf, und Red hörte ein Trommeln im Hintergrund.

„Ich bin unterwegs. Geh ins Bad und schließ dich ein. Ich bin gleich da." Red sprang in den Truck und Terry schloss seine Tür. Red schaltete das Blaulicht vorn an seinem Truck an und raste los. Er wendete und fädelte sich in den Verkehr ein. Vor Tante Margies Haus hielt er an. Dort sah er einen Mann, der an der Hauswand lehnte.

„Er ist wahnsinnig", sagte Terry und schaute aus dem Fenster.

„Ruf 911 an und sag, dass wir die Polizei und einen Krankenwagen brauchen. Sag ihnen die Adresse und meinen Namen." Red schaltete den Motor ab und stieg aus. Der verwirrte Mann schien sich an die Tür zu lehnen.

„Was haben Sie vor?", verlangte Red zu wissen, als er sich dem Mann näherte, zu allem bereit.

„Hilfe", war die einzige Antwort, die er bekam. Die Beine des Mannes gaben nach und er rutschte an der Tür entlang auf den Boden.

Sirenen erschallten, aber Red erkannte den schmerzverzerrten Ausdruck und die Hilflosigkeit im Gesicht des Mannes. Sie waren zu spät. Red wurde eiskalt und er schluckte die aufsteigende Galle hinunter. Er rannte zu ihm, aber der Mann war still. Er lauschte nach Atemgeräuschen, aber hörte nichts. Der Krankenwagen hielt hinter seinem Truck an. Red erkannte Griffiths, als er ausstieg. „Noch einer", informierte er Griffiths gefasst, als dieser näherkam.

„Sieht so aus." Griffiths beugte sich zu dem Mann.

„Ich muss reingehen. Das ist das Haus meiner Tante und sie hat Todesangst. Er hat an ihre Tür getrommelt und wollte hinein. Ich komme gleich wieder raus." Red blickte zu Terry, der beim Truck geblieben war. Terry eilte zu ihm, als Red die Tür öffnete und hineinging. „Tante Margie! Ich bin's. Es ist alles in Ordnung. Wo bist du?"

Er hörte, wie sich eine Tür neben der Küche öffnete. Seine Tante trat heraus und fiel in seine Arme.

„Er wollte mich umbringen."

„Nein. Er war verletzt und brauchte Hilfe. Es ist alles in Ordnung. Er bekommt die Hilfe, die er braucht. Ein Krankenwagen ist hier und ich bin auch hier. Es kommen noch mehr Polizisten." Vor dem Haus blinkten Blaulichter wie Weihnachtsbeleuchtung. Das halbe Revier schien gekommen zu sein. „Jetzt setz dich erst mal, dann kannst du mir erzählen, was passiert ist." Als er sie in ihren Sessel gesetzt hatte, hatte sie aufgehört zu zittern. Sie war immer noch recht blass, aber sie bekam wieder etwas Farbe.

„Er hat an meine Tür getrommelt und geschrien, dass ich öffnen soll. Ich dachte, er wollte mir wehtun." Seine Tante sah aus wie der verängstigte Teenager, der er gewesen war, als er aus dem Krankenhaus zu ihr gekommen war – ein vollkommen anderer Mensch, der keine Eltern mehr hatte und nicht mehr wusste, wer er war.

„Ich weiß, aber jetzt ist alles in Ordnung", beruhigte er sie.

Red hörte den Wasserhahn, dann reichte Terry Tante Margie ein Glas Wasser. Sie nahm es und nippte daran. „Er hat immer weiter geklopft. Ich wusste nicht, was ich tun soll."

„Mich anzurufen, war genau das Richtige", versicherte er ihr, als sein eigener Herzschlag sich wieder beruhigt hatte. Die Angst in ihrer Stimme hatte es ihm kalt den Rücken hinunterlaufen lassen. „Er ist nicht hereingekommen und dir geht es wieder gut." Red blickte zur Vordertür. „Terry wird bei dir bleiben, während ich nachsehe, was da draußen vor sich geht." Da war immer noch viel Aktivität. Red blickte zu Terry, der nickte und sich in den Sessel neben Tante Margie setzte und leise mit ihr redete.

Red öffnete die Vordertür und schaute hinaus. Die halbe Nachbarschaft hatte sich auf dem Gehweg versammelt. Die Sanitäter und Polizisten sprachen miteinander. Red schaltete sich ein und erzählte ihnen, was er bei seinem Eintreffen vorgefunden hatte. Es war nicht viel.

„Diese Anrufe häufen sich …", sagte Griffiths zu der Gruppe.

„Wir arbeiten daran, die Quelle zu finden", erklärte Red. „Aber die meisten, die uns helfen könnten, sind tot."

Griffiths nickte. „Der von heute Vormittag ist am Leben, aber bewusstlos, habe ich gehört."

Red nickte. Er war nicht für den Fall zuständig, aber er hatte dem verantwortlichen Officer seine Hilfe angeboten. Es gab nur eine Möglichkeit, das alles zu stoppen, und das war, den Hersteller des Giftes zu finden. Red hasste Drogen und er hasste Drogendealer. Sie waren der Abschaum der Gesellschaft. Die Dinge, die er gesehen hatte, die Menschen einander antun konnten, waren verachtenswert, aber diese Dealer verdienten an der Schwäche der anderen und sie konnten meisterlich manipulieren. Diejenigen mit wirklicher Macht waren für gewöhnlich weit über dem Straßenlevel, aber sie waren es, die Red schnappen wollte – die Köpfe, die das Sagen hatten.

„Bist du okay?", fragte Griffiths nach einem Moment und Red bemerkte, dass er nicht ein Wort von dem gehört hatte, was gesprochen worden war. Seine Hände schmerzten, weil er immer wieder die Fäuste geballt hatte.

„Ja. Das hier war ein bisschen zu persönlich", erklärte Red und schaute zu dem kleinen Haus seiner Tante. Vielleicht war es an der Zeit, sie zu fragen, ob er wieder bei ihr einziehen könnte. Platz genug hatte sie und so könnte er sich besser um sie kümmern. Aber allein der Gedanke erfüllte ihn mit Grauen. Seine Tante, die ihre Unabhängigkeit liebte, würde sich mit Zähnen und Klauen wehren, da war er sich sicher. „Er hat an die Tür meiner Tante gehämmert", fügte Red hinzu, um es für Griffiths zu verdeutlichen.

Griffiths nickte. „Wir nehmen ihn mit. Hoffentlich kann seine Leiche uns etwas sagen, das wir noch nicht wissen."

„Jetzt sind es schon ein Dutzend", sagte Red. Und das waren nur die, von denen er wusste. Es mussten noch einige mehr sein. „Habt ihr etwas aus den anderen Stadtteilen gehört?" Seine Fragen festigten seinen Entschluss, mit dem verantwortlichen Officer zu sprechen ... morgen.

„Ich weiß, dass es andere Meldungen gegeben hat, aber die Informationen werden nicht in jeder Station gleichermaßen archiviert. Jeder macht sein eigenes Ding, es gibt keine richtige Zusammenarbeit." Die einzelnen Gemeinden kochten schon so lange ihr eigenes Süppchen, dass sich nie etwas ändern würde, außer man zwang sie dazu. Das machte es praktisch unmöglich, Daten zeitnah zu erfassen. Nur wenn etwas in den Nachrichten landete, dann bewegte sich etwas, ansonsten war es kaum möglich, mit anderen Gemeinden zusammenzuarbeiten. Der Staat versuchte es, aber für gewöhnlich wurden nur Statistiken erfasst. Es war frustrierend.

„Wenn du etwas brauchst, lass es mich wissen", bot Red an und schaute sich um. Die Aufregung hatte sich gelegt, die Nachbarn zogen sich in ihre Häuser zurück. Einige Polizeiwagen waren schon weg, wie auch die Krankenwagen. Red stellte sicher, dass er nicht mehr gebraucht wurde, dann ging er wieder ins Haus und schloss die Tür.

Er fand seine Tante im Gespräch mit Terry vor, was ihn nicht überraschte. Was ihn aber überraschte, war, dass sie lachten und kicherten. „Oh Red. Terry kennt die wunderbarsten schmutzigen Witze. Da treffen sich eine Dragqueen und ein Biker bei eine Pride-Parade und …" Sie kicherte. „Na ja, anscheinend bekommt einer von ihnen etwas zu sehen, das er nicht erwartet hat."

„Terry, was hast du gemacht?"

„Sie war aufgeregt, also habe ich sie abgelenkt", sagte Terry mit einem unschuldigen Gesichtsausdruck, von dem Red wusste, dass er nur gespielt war.

„Sei kein Spielverderber", schalt seine Tante ihn. „Ich hatte Angst und er hat mich abgelenkt." Sie erhob sich aus ihrem Sessel. „Ist die Aufregung vorbei?"

„Ich hoffe es." Red nahm ihren Arm und wunderte sich, wo sie hin wollte. „Geht es dir gut?"

„Meine Güte, ja. Es war nur der Schreck. Ich habe schon Schlimmeres erlebt." Sie wandte sich zu ihnen um. „Habt ihr beide schon gegessen?"

„Ja. Red hat mich zum Abendessen eingeladen", erzählte Terry.

„Ich wette, in den *Hanover Grille*." Tante Margie funkelte Red an. „Wenn du das nächste Mal jemanden zu einem Date einlädst, machst du es richtig." Anscheinend hatte sie doch nichts weiter zu tun, also setzte sie sich wieder hin. „Ich habe dich besser erzogen."

Red fragte sich, was Terry seiner Tante, abgesehen von den dreckigen Witzen, noch erzählt hatte, aber er sagte nichts … für den Moment jedenfalls. „Kann ich sonst noch etwas für dich tun?"

„Nein, ich komme schon zurecht. Aber schau bitte nach, ob er das Türschloss beschädigt hat. Er hat ziemlich hart dagegen geschlagen." Seine Tante machte es sich gemütlich, und Red wusste, dass der Energieschub, den sie bekommen hatte, wahrscheinlich aufgebraucht war.

„Das werde ich." Er beugte sich vor und küsste ihre Wange. „Ich bin froh, dass du angerufen hast und dass es dir gut geht." Sie streichelte seine stoppelige Wange, sagte aber nichts.

„Wir sehen uns morgen, wenn ich das Essen bringe", versprach Terry und reichte ihr die Hand. Sie zog ihn in eine leichte Umarmung. Red zog sich zurück, denn er meinte zu sehen, wie seine Tante Terry etwas zuflüsterte, aber er war sich nicht sicher. „Gute Nacht", sagte Terry noch, bevor er Red folgte.

Sie verließen das Haus, und Red kontrollierte das Schloss, bevor sie zum Truck gingen, der immer noch die Straße blockierte. Zum Glück gab es nicht viel Verkehr. „Was hat meine Tante zu dir gesagt?", wollte Red wissen und schielte zu Terry, als er an einem Stoppschild anhalten musste.

„Wenn sie gewollt hätte, dass du es hörst, dann hätte sie es laut gesagt."

„Also hat sie tatsächlich etwas zu dir gesagt", bohrte Red weiter, zufrieden, dass Terry zumindest das zugegeben hatte.

Terry verschränkte die Arme vor der Brust. „Ich kann Geheimnisse für mich behalten. Und es ist nicht nötig, deine Polizistentricks bei mir anzuwenden. Ich bin kein Verdächtiger, aus dem du Informationen herausbekommen musst. Auch wenn das Spaß machen könnte. Ich könnte der Verdächtige sein und du der böse Cop, der mich mit dem Schlauch bedroht, falls ich nicht rede … oder dir den Blowjob deines Lebens gebe."

Red fuhr fast in den Gegenverkehr. „Du bringst uns noch um."

„Und ich dachte, ihr Cops seid allzeit bereit." Terry kicherte.

Red schüttelte den Kopf und versuchte, das Bild von Terrys Lippen, die sich fest um seinen Schwanz schlossen, aus seinem Kopf zu vertreiben. Verdammt, Terry ließ ihn Dinge wollen und erhoffen, auf die er kein Recht hatte.

„Ich hab dich kalt erwischt, oder?" Terry lachte nicht mehr. Seine Miene war düster und sehr ernst. Red schluckte hart, während er weiter fuhr. Er wusste nicht, wie er so schnell so scharf geworden war, aber er würde es Terry bestimmt nicht zeigen. „Du musst keine Spielchen mit mir spielen. Ich hasse Spielchen. James hat mir immer auf diese Art Fragen gestellt. Er hat nie direkt gefragt und ich habe mich immer gewundert, was er eigentlich wollte."

„Das klingt sehr verdächtig."

„Denke ich auch."

Red würde herausfinden, ob es dafür einen Grund gab. Er hatte einen geschäftigen Tag vor sich. Sie erreichten sein Haus und er parkte an seinem üblichen Platz. Er stellte den Motor ab, aber er stieg nicht aus. Stattdessen holte er seinen Notizblock hervor und begann zu schreiben. Seine Gedanken rasten und er musste alles notieren, damit er es nicht vergaß.

Terry berührte ihn am Arm. „Bist du okay?"

„Ja." Red schaute kurz auf. „Etwas, das du gesagt hast, hat mich auf ein paar Ideen gebracht, und die muss ich aufschreiben, damit ich sie morgen nicht vergessen habe." Red schrieb wie wild weiter. „Ich hasse James, nur damit du es weißt. Ich habe ihn noch nie getroffen und ich hasse ihn aus tiefster Seele." Red begann zu zittern, als er fertig war. „Du hast ihn geliebt und dafür hasse ich ihn. Er hat dich verletzt und dafür hasse ich ihn auch. Aber am meisten hasse ich, dass er immer noch da ist und dich beeinflusst." Red schloss seinen Notizblock und steckte ihn wieder in seine Tasche. „Ich habe ihn noch nie getroffen, aber ich weiß, dass er ein riesiges Arschloch ist. Er hätte hinter dir stehen sollen, statt dich von deinen Freunden und den Dingen, die du liebst, fernzuhalten."

„Das weiß ich jetzt auch", sagte Terry. „Aber zu der Zeit dachte ich, dass er mich für sich allein haben wollte. Dass er mich so sehr liebt, dass er mich die ganz Zeit bei sich haben will." Terry öffnete die Tür, aber er stieg nicht aus. „Diese Art von Aufmerksamkeit ist wie die Drogen, an denen dieser Kerl gestorben ist. Es steigt einem zu Kopf, wenn man so sehr gewollt wird. Ich dachte, ich wäre etwas Besonderes und dass ich diese Art von Aufmerksamkeit verdient hätte. Und wenn ich sie verdient hätte, dann verdiente auch der Mann, der sie mit zuteilwerden ließ, das gleiche von mir."

„Schon, aber er hätte nie so viel von dir verlangen sollen", sagte Red mit mehr Vehemenz in der Stimme, als beabsichtigt. Seine Gefühle für Terry wurden schnell stärker und er befand sich auf dem sicheren Weg zu Enttäuschung und einem gebrochenen Herzen, aber er konnte nicht anders. Er wurde zu einem führerlosen Lastwagen, der immer schneller und schneller einen Berg hinunterraste, mit der Bremse bis zum Boden durchgetreten, aber nichts passierte. Er hatte erkannt, dass er nichts tun konnte, als es geschehen zu lassen, gebrochenes Herz hin oder her.

„Das weiß ich jetzt. Aber zu der Zeit …" Terry bewegte sich nicht.

Und dann streckte Terry langsam die Hand zu ihm aus. Er schaute ihn mit einem intensiven Blick an, der sich in Reds Herz brannte wie ein Flammenwerfer. Reds Atem stockte, jetzt war er es, der unbeweglich in seinem Sitz saß. Niemals hätte er erwartet, dass ihn jemals jemand so ansehen würde wie Terry ihn gerade, im hellen Tageslicht und ohne eine Möglichkeit, sich zu verstecken, blank und verletzlich.

Und während er grübelte, wer von ihnen der Verletzlichere war, erkannte er: Terry war genauso wie er, genauso verängstigt. Es gab keinen Unterschied. Nach seinem Unfall hatte er immer gedacht, dass er es einfach schwerer hatte. Dass er vieles nie würde haben können und dass die schönen Menschen es viel einfacher hatten als er. So war es ihm erschienen, aber vielleicht war das falsch. Red sah in Terrys Augen die gleiche Unsicherheit, die Red so lange gelähmt hatte. Dieser unglaublich schöne Mann, mit Augen so blau wie Rotkehlcheneier und so warm wie Zimttoast, war wie er.

Red wollte den Moment zwischen ihnen nicht zerstören. Es schien zwischen ihnen eine plötzliche Verbindung zu geben, die tiefer reichte als die Berührung ihrer Hände. Red öffnete seine Tür und schloss sie wieder. Er nahm Terrys Hand und küsste sie zärtlich, bevor er sie losließ. Irgendwie schaffte er es, aus dem Auto zu steigen und die Tür zu schließen.

Es wurde dunkel, als sie den Garten durchquerten. Red hatte in einer Ecke des Gartens seine Sitzecke mit einer großen, gepolsterten Bank unter einer Pergola aufgebaut. An Sommernachmittagen saß er dort gerne im Schatten und trank ein Bier. Terry führte ihn zu der Bank und Red setzte sich, dabei zog er Terry auf seinen Schoß. Während der blaue Himmel sich purpurn verfärbte, küsste er Terry zärtlich. Aber sobald sich ihre Lippen berührten, begann Red die Kontrolle zu verlieren. Terrys Geschmack war so betörend wie ein feiner Scotch, und genauso süchtig machend wie alles andere, was der Mensch oder die Natur sonst noch hervorbrachten.

Purpur wurde zu Indigo und Terry wurde zu einer vagen Gestalt in der Dunkelheit. Red brauchte seine Augen nicht. Er hatte Ohren und, was noch viel wichtiger war, seine Hände und Lippen. Er nahm Terry in seine Arme, vertiefte den Kuss und ließ sich gehen.

Sein gesamtes Sein konzentrierte sich nur auf Terry. Das Zirpen der Grillen, die sonst immer im Garten zu hören waren, war weg. Die Vögel und kleinen Tiere in den Büschen waren verschwunden. Oder zumindest erschien es ihm so. Sogar das Wasser, das in einem Brunnen nur einige Meter entfernt plätscherte, war verstummt. Er liebte den Klang von Wasser, aber das leise Wimmern, das er Terry entlockte, liebte er noch mehr.

„Nach dem Unfall dachte ich immer, ich wäre ein Biest, du weißt schon, wie in der Geschichte. Hässlich, ungeliebt und unzufrieden."

Red hörte Terry seufzen, dann legten sich zwei schlanke Arme um seinen Hals. „Du hast anscheinend den Sinn der Geschichte nicht verstanden." Terrys Gewicht verlagerte sich, dann waren seine Lippen auf Reds und verschlangen ihn nahezu. Red fragte sich einen Moment lang, was Terry gemeint hatte, aber nur, bis sie beide Luft holen mussten. Zu diesem Zeitpunkt hatte er die Fähigkeit, an etwas anderes zu denken als an Terry, verloren und ihn interessierte es kein bisschen, ob er sich je wieder davon erholte.

Red rutschte an die Kante der Bank und Terry schlang die Beine um seine Hüften. Red hielt ihn so fest, wie er es wagte. Ihr Kuss brannte in der Nacht. Er strich über Terrys Rücken und seine Hände packten seinen Hintern, eine Arschbacke in jeder Hand. Er drückte und massierte das feste, üppige Fleisch und wünschte sich, dies wäre wirklich ein Märchen, sodass er sich Terrys Kleidung einfach hinfortwünschen und ihn hier und jetzt nehmen könnte. Um sie herum brodelte Hitze auf.

Red löste ihre Umarmung nicht, als er aufstand und Terry zur Hintertür trug. Er stützte Terry mit einer Hand, während er mit der anderen die Schlüssel suchte und die Tür öffnete.

Drinnen angekommen schloss Red die Tür mit einem Tritt und verriegelte sie. Das war sein letzter Gedanke, der sich nicht um Terry drehte. Er kannte sich in seinem Haus aus, also fand er das Schlafzimmer, ohne nachzudenken. Dort stand sein Bett, in dem er Terry gleich haben würde.

„Red", wimmerte Terry, als der ihn hinlegte und sofort begann, sich um seine Kleidung zu kümmern. „Ist das ein Spitzname?", keuchte Terry, während Red sein T-Shirt hochzog und an seinem Nippel leckte und saugte. Fuck, Red liebte diesen Laut.

„Die Kurzform von Redmond", sagte er leise.

„Redmond", flüsterte Terry. Der Name klang von Terrys Lippen wie ein Gebet. „Redmond."

Auf Reds Armen bildete sich Gänsehaut und auf seinem Rücken entstand ein Kribbeln. Sein Name war noch nie mit solcher Ehrfurcht ausgesprochen worden. Die Zeit für Worte war vorbei und so küsste Red sie hinfort. Terry wimmerte und fuhr auf, unterbrach ihren Kuss mit einem Keuchen, und zog ihn dann für einen weiteren Kuss zu sich, der die Welt stillstehen ließ, zusammen mit seinem Herzen. Warum er so auf diesen Mann reagierte, war ihm unbegreiflich … Aber er erkannte, dass er sich fügen musste, statt es zu hinterfragen, und es akzeptieren, solange es anhielt.

Red zog Terry das Shirt über den Kopf und ließ es neben das Bett fallen. Terrys Schuhe folgten und plumpsten auf den Holzfußboden. Dann kamen die Socken und der Gürtel dran, bis Red seine Position ändern musste, damit auch der Rest von seiner Kleidung weichen konnte. Terry zerrte wie wild an Reds Shirt. Schließlich löste Red ihre Umklammerung und zog sich in Windeseile aus. Hier mit Terry zu sein, mit all seiner Energie, in diesem Moment, fühlte sich an, als wäre er in einem Tornado gefangen, aus dem er nie gerettet werden wollte.

Langsam näherte er sich Terry. Red streckte die Hand aus, berührte Terrys Knöchel und fuhr an seinem samtig weichen Bein hinauf. Heilige Scheiße, das fühlte sich unglaublich an. Er wusste, dass sich Schwimmer oft rasierten, aber er hatte nicht damit gerechnet. Terry musste sich heute rasiert haben, denn letzte Nacht war er nicht so glatt gewesen. Er bewegte seine Hand weiter hinauf über Terrys Knie und seinen Oberschenkel. Er war fest, muskulös, stark, und doch glatt und geschmeidig. Verdammt, er liebte diese Verbindung. „Wann hast du das gemacht?", wisperte er.

Red bekam keine Antwort. Er brauchte keine. Er hatte Terry nur zeigen wollen, dass er es bemerkt hatte. Als Red in das Bett stieg, zwischen Terrys Beine, schlang Terry sie um Reds Hüften und hielt ihn fest, genau wie in der vorigen Nacht und im Garten.

„Fuck, ich liebe es, wie du dich anfühlst." Terry zog ihn kraftvoll zu sich und zeigte Red damit, was er wollte.

Red schob Terry auf dem Bett weiter nach oben und legte seinen Kopf auf das Kissen. Er küsste Terry hart und bewegte sich an seinem Hals hinunter, dabei schmeckte er die salzige Wärme der Haut mit einem Hauch von Chlor aus dem Schwimmbad. Er atmete tief ein und leckte und saugte so viel von Terry ein, wie er nur konnte. Das Stöhnen ließ nicht nach, wurde lauter, als er eine bestimmte Stelle am Halsansatz fand und sich dann an der Schulter entlang zu der Kuhle bewegte, wo sich Arm und Schulter trafen. Er hatte nicht gewusst, dass das ein Hotspot sein konnte, aber für Terry war es das auf jeden Fall. Er zitterte, als Red ihn mit der Zunge bearbeitete.

„Ich will dich", bettelte Terry.

„Ich weiß. Ich kann es fühlen. Aber es ist noch zu früh", besänftigte er ihn und wandte seine Aufmerksamkeit Terrys definierter Brust zu. Er bearbeitete jeden Nippel, bevor er langsam eine lange, heiße Spur hinunter bis zur Spitze seines Schwanzes leckte. Er saugte ihn, ohne zu zögern, ein, tief und hart, während Terrys lautes Keuchen den Raum erfüllte und seine Hüften zuckten. Red hätte schwören können, dass Terry vom Bett abhob.

Der berauschende Geschmack intensivierte sich. Red saugte stärker. Hände, Lippen und Zunge arbeiteten zusammen, um Terrys Verlangen noch zu vergrößern. Er wollte ihm den Verstand rauben und es klang, als hätte er Erfolg.

„Redmond", rief Terry warnend.

Red hörte auf. Terry keuchte und zitterte auf dem Bett. Er hoffte, dass alles in Ordnung war.

„Zu früh", hauchte er und Red ließ ihn aus seinem Mund gleiten. Er vereinte ihre Lippen zu einem harten Kuss, der Terry noch höher schweben ließ. Terry wusste, wie er sich ohne Worte ausdrücken konnte. Als er Reds Hintern packte und ihre Körper zusammenpresste, war deutlich, was er wollte.

Red langte zum Nachtschränkchen, um sich zu holen, was sie brauchten. Er hatte keine Ahnung, wie er das schaffte, weil Terrys Hände ihn die ganze Zeit berührten. Der Mann schien ihn überall gleichzeitig anzufassen und seine Hände standen nie still. Er liebte es, dass Terry nicht davor zurückscheute, ihn zu berühren. Nicht einmal Red mochte es, seine Narben zu berühren. Die Erinnerungen, die er damit verband, waren zu schmerzhaft und das Gefühl von seinen eigenen Händen an der Narbe, die von seinem rechten Brustmuskel zur Schulter verlief, erinnerten ihn an die Qualen der Heilung. Aber mit Terry war es anders. Seine Hände beruhigten und wärmten.

„Ich warte auf dich", hauchte Terry.

Red riss die Schublade auf und sie fiel krachend zu Boden. „Ich gebe mir Mühe, aber du lenkst mich ab." Er tastete auf dem Boden herum und fand, was er gesucht hatte. Den Rest ignorierte er, er würde später aufräumen. Er ließ das Kondom auf das Bett fallen und entschied, es wäre an der Zeit für ein wenig Ablenkung seinerseits. Er drückte Terry auf das Bett, breitete ihn aus und leckte über seine Brust und seinen Bauch, als wäre er der größte und beste Lolli der ganzen Welt. Terry vibrierte auf dem Bett und mit jedem Atemzug entkam ihm ein Wimmern.

„Verdammt, Red", fluchte Terry nach ein paar Minuten.

Red lachte leise und fuhr fort, Terry den Verstand zu rauben. Das musste es sein. Anders konnte man es nicht beschreiben. Sein eigener Körper stand ebenfalls kurz vor der Explosion. Als Red sich aufsetzte, stürzte Terry sich auf ihn. Plötzlich hatte Red einen sich windenden, aggressiven, schlanken Schwimmer auf sich, der versuchte, ihn auf das Bett zu schubsen. Red ließ ihn gewähren. Terry rieb über seine Brust und saugte ihn in seine Hitze, die der Sonne Konkurrenz machte. „Verdammte Scheiße", zischte Red.

„Rache ist süß", brummte Terry.

Wenn das der Fall war, dann musste Red Gott für all den Zucker auf der Welt danken, denn dieser Rache würde er sich jederzeit aussetzen. Das Schwierige war, stillzuhalten. Er war so aufgedreht, dass er nichts anderes wollte, als Terrys Mund auf der Stelle zu nehmen. Ihn besitzen, auf ewig zu seinem zu machen.

„Siehst du, was du mit mir machst? Du machst mich verrückt", sagte Terry und saugte Reds Schwanz erneut ein und leckte um die Spitze, bis Red meinte, er explodierte in eine Million Stücke. Er krallte sich in das Bettzeug, denn Terry machte ihn wahnsinnig.

„Auf die Art bekommst du nicht, was du willst", presste er zwischen zusammengebissenen Zähnen hervor. Seine Bauchmuskeln waren angespannt.

„Soll ich aufhören?"

Red wusste, dass Terry ihn reizen wollte. Selbstverständlich wollte er nicht, dass er aufhörte. Er wollte das und mehr, alles davon. Er wollte es jetzt und für immer. Aber fürs Erste würde er sich mit Jetzt begnügen und sich später um das Für Immer sorgen.

Terry bewegte sich schnell und grazil wie eine Katze. Red spürte, wie er das Bett absuchte. Als er gefunden hatte, was er suchte, setzte Terry sich auf ihn. Sein Blick bohrte sich in Reds, als er seine Hüften bewegte und an Reds Schwanz auf- und abglitt.

Red dachte, er würde sterben oder schon tot und im Himmel sein. Vielleicht hatte er einen sehr unanständigen Engel gefunden. Er hatte keine Ahnung. Himmel, sein Gehirn war überlastet. Und das verdammte Ding stellte seinen Dienst komplett ein, als Terry aufhörte, nach vorne glitt und die Finger um Reds Schwanz legte. „Verdammt", knurrte Red. Er hatte keine Ahnung, was er sonst sagen sollte, also musste das genügen. Terry lächelte und streichelte ihn schneller. Dann hörte der kleine Bastard auf und starrte ihn an.

Red konnte nur zurückstarren, als Terry die Kondomverpackung aufriss und es mit einer Fertigkeit, die nur von höheren Mächten stammen konnte, aufrollte. „Dafür wirst du büßen."

Terry lächelte und sagte nichts. Er tastete auf dem Bett herum und fand das Gleitgel. Nachdem er etwas auf seine Finger gegeben hatte, verteilte er es auf dem Kondom und ließ Red fast durchdrehen. „Du warst derjenige, der so viel Geduld hatte."

Red blieb still und wartete mit schmerzendem Schwanz ab. Terry langte hinter sich und Red wünschte sich, dass er sehen konnte, wie Terry seine Finger in seinem schlanken Körper bewegte. Terry stöhnte ein wenig und sandte damit ein Verlangen durch Red, von dem dieser dachte, es würde niemals aufhören. Er rutschte zurück, richtete sich auf und platzierte Reds

Schwanz an seinem Eingang. Dann hielt Terry inne und wartete. Ihr Atem ging synchron. Terry hielt die Luft an und Red tat das Gleiche. Langsam senkte Terry sich. Red war im Nirwana.

Terrys Hitze dehnte sich um ihn. Red stieß zu und Terry ließ sich mit einem Schrei sinken, der die Nacht durchdrang. Es überraschte Red, dass er ebenfalls aufschrie, als Terry seine Hüften berührte. „Oh Gott", fluchte Red, während er nach oben stieß, seine Hüften und Terry gleich mit hob, und sich so tief in ihm versenkte wie möglich.

„Ja." Terry bewegte die Hüften. „Manchmal bin ich gern derjenige, der den Ton angibt."

„Zweifellos", stimmte Red zu und versuchte, den Blick zu fokussieren. Als Terry begann, sich zu bewegen, gab er den Versuch auf, etwas anderes zu tun, als sich gehen zu lassen. Terry war ein Athlet und er nutzte sein Training und seine Ausdauer voll aus. Er arbeitete auf Red, nahm ihn tief und hart und füllte den Raum mit Lauten der Leidenschaft, die Red nie erwartet hatte zu hören.

Nach ein paar Minuten hob sich Terry zu hoch und Red glitt aus ihm. Er nutzte die Gelegenheit. Mit einem Knurren packte Red ihn, hielt ihn fest, drehte sie herum und presste Terry in die Matratze. Terry quietschte überrascht und stöhnte dann laut auf, als Red sich an seiner Öffnung positionierte und wieder in seiner unglaublichen Hitze versank. Perfektion, absolute Perfektion, umfing ihn erneut.

Red war zu weit, als dass er langsam machen könnte. Er *brauchte* es mehr als alles andere.

Terry schien es genauso zu gehen, denn er kam ihm bei jedem Stoß entgegen. Er stöhnte und knurrte und fluchte ohne Unterlass. „Gottverdammt", zischte Terry. „Fick mich hart."

Red erhöhte das Tempo und bewegte sich, so schnell er konnte. Er klammerte sich an Terry und warf sein gesamtes Gewicht in die Bewegungen. Alles oder Nichts, und er gab alles und ließ Terry wissen, dass er es war – alles von ihm. Red suchte nach Hinweisen des Zögerns bei Terry, aber er fühlte keine. Terry gab sich ihm offen hin.

„Gott, ja!"

Er wollte, dass es andauerte, aber das würde es nicht. Die Hitze zwischen ihnen war zu groß, um lange vorzuhalten.

„Ja, genau so", schrie Terry. Red hob die Hüften ein wenig. Terrys Rücken bog sich durch und er brüllte aus voller Kehle: „Himmel, wag es ja nicht aufzuhören."

Dazu war Red schon lange nicht mehr fähig. Er raste zu schnell auf einer Straße, die bergab führte. Er konnte nichts tun, als das Steuer zu halten und Terry zu beobachten, während er ihn auf der Fahrt seines Lebens begleitete.

Terry keuchte. Schweiß brach auf seiner Haut aus und glitzerte im Licht, das vom Flur hereinschien. Er begegnete Reds Blick und wandte sich nicht ab, nicht ein einziges Mal. Allein dafür konnte Red ihn lieben.

Sobald dieses Wort ihm in den Sinn kam, hielt Red inne. Es fühlte sich an, als wäre er von einem Vorschlaghammer getroffen worden. Aber er schob den Gedanken sofort wieder von sich und verlor sich erneut in Terrys bewunderndem Blick. Er könnte für den Rest seines Lebens in diese Augen sehen.

„Red, bitte, noch ein bisschen mehr", schrie Terry und riss ihn aus seinen Gedanken.

Red stieß Terrys Hand von seinem Schwanz weg und streichelte ihn. Er wollte derjenige sein, der Terry zum Höhepunkt brachte. Also rieb und drehte er Terrys schweres Gerät, während Terry mit den Fäusten auf das Bett schlug. Der Mann war außergewöhnlich, das Feuer in seinen Augen hell und heiß. Innerhalb von Minuten konnte Terry nur noch wimmern. Red fühlte, wie er sich versteifte und sein Atem stockte. Er wusste an den leichten Vibrationen, die Terry durchfuhren, dass er fast so weit war.

„Red, bitte", bettelte Terry. Red streichelte ihn stärker. Terrys Rücken bog sich durch und er versteifte sich, sein Schwanz pulsierte in Reds Hand. Terry kam in dem Moment, als Reds eigener Höhepunkt nicht mehr aufzuhalten war. Er stürzte mit Terry in die Tiefe, verloren in einem Abgrund aus Leidenschaft, aus dem er nie wieder emporsteigen wollte.

LANGE ZEIT rührte Red sich nicht. Es war einfach zu perfekt, und in seinem Leben hielt dieses Gefühl nie lange an, also wollte er es genießen, solange er konnte. Er schloss die Augen, lauschte Terrys Atem, streichelte mit den Fingerspitzen seine Brust und genoss einfach den Moment.

Terry brach den Bann, als er sich vorbeugte und Red zu sich herunterzog. Sie stöhnten beide, als ihre Körper sich voneinander trennten, dann war es still im Raum. Es war eine zufriedene Stille. Red hielt reden nicht für nötig, denn es könnte den Moment nicht verbessern, sondern nur den Raum mit Geräuschen füllen. Red hielt lieber einfach die Augen geschlossen, damit er so tun konnte, als wäre Terry sein, und dass das Leben immer so weiterginge. Er bezweifelte, dass das für Männer wie ihn möglich war. Aber er wollte es, also klammerte er sich an die Fantasie, solange er konnte.

„Wir werden zusammenkleben", flüsterte Terry belustigt, denn jedes Mal, wenn Terry sich bewegte, hielt Red ihn einfach noch fester.

„Ich könnte mir Schlimmeres vorstellen, als an dir festzukleben", murmelte Red und bewegte sich ein wenig. Terry lachte und versuchte, sich aufzusetzen. Red ließ ihn los, dann stand Terry vom Bett auf.

„Na los. Ich will dir die einfachen Freuden des Lebens zeigen." Terry nahm Reds Hand, zog ihn vom Bett hoch und führte ihn durch den Flur ins Badezimmer. Terry schloss die Tür hinter ihnen und schaltete die Dusche an.

„Ah, ich verstehe. Eine der Freuden des Lebens ist es, wenn du nass bist." Reds Meinung nach auf jeden Fall. Terry antwortete nicht. Er trat einfach nur in Reds Arme. „Daran könnte ich mich gewöhnen." Red hatte nicht gewollt, dass Terry das hörte, aber es entsprach der Wahrheit. Er hatte sich so schnell daran gewöhnt, Terry in den Armen zu halten, dass es fast schon unheimlich war.

Red überprüfte die Wassertemperatur, dann stiegen sie in die Dusche und schlossen den Duschvorhang. Das Wasser rann über Red und benetzte seine Haut. Terry blieb dicht an ihn gepresst, nasse Haut an nasser Haut. Er musste die Seife gefunden haben, denn er begann, Red einzuschäumen. Schon bald seiften sie sich gegenseitig ein und hielten einander fest, rieben und streichelten sich mit seifigen Händen und Küssen, die schnell wilder wurden. Schließlich fand Red sich mit dem Rücken an die Duschwand gedrückt wieder, während Terry hart an ihm saugte. Seine Knie wollten nachgeben, und das Einzige, was ihn aufrecht hielt, waren die Wand und Terrys süße Lippen um ihn. Nachdem er zum zweiten Mal gekommen war, konnte er nichts anderes tun, als auf den Boden der Dusche zu sinken.

„Gib mir einen Moment, und dann werde ich …", keuchte Red.

„Hat noch nie jemand etwas einfach nur für dich getan?", fragte Terry. „Entspann dich. Gleiches muss nicht immer mit Gleichem vergolten werden. Manchmal ist es einfach schön, zu geben." Terry legte eine Hand auf seine Brust und Red bedeckte sie mit seiner. Das drängende Verlangen war verschwunden. Zurück blieben die Zärtlichkeit, die Wärme und die

Sache, die er noch nicht beim Namen nennen wollte. Er konnte es nicht, denn sobald er es tat, würde sie verschwinden.

6

TERRY GLITT durch das Wasser. Er liebte das Gefühl. Er fühlte sich wie zu Hause, und er hatte es in der Zeit, als er das Schwimmen aufgegeben hatte, so sehr vermisst. Nun erschien es ihm einfach nur dumm, aber zu der Zeit hatte es bei James so logisch geklungen. Ein paar Züge lang verlor er den Rhythmus, aber er fand ihn wieder. Er musste James aus seinen Gedanken verbannen. Sonst, das hatte Terry bereits erkannt, erschwerte ihm das nur das Leben und störte obendrein seinen Rhythmus.

„Du musst dich konzentrieren."

Terry setzte die Füße auf und wandte sich zum Rand des Beckens. „Oh, hey", grüßte er seinen Vorgesetzten, Steve, der am Rand des Beckens kniete. Terry nahm die Schwimmbrille ab, damit er besser sehen konnte.

„Ich habe dich beobachtet. Terry, du bist wirklich gut, wahrscheinlich einer der Schnellsten, die ich außerhalb des Fernsehens gesehen habe. Du solltest bei Wettkämpfen antreten und würdest gewinnen. Ich habe Erfahrung – ich könnte dich trainieren, wenn du willst. Das Zentrum ist sogar bereit, dich zu sponsern."

„Danke." Terry rieb sich mit den Händen über das Gesicht. „Ich glaube, ich bin schon zu lange raus. Aber ich weiß das Angebot wirklich zu schätzen."

Steve stand auf. „Okay. Wenn du nicht willst, dann ist das deine Sache. Wettkampfschwimmen erfordert Konzentration und ist nichts, was man ohne ein großes Maß an Hingabe tun sollte. Das verstehe ich. Aber ich denke auch, dass du deine Auszeit als Ausrede benutzt. Du bist verdammt schnell und mit dem richtigen Training würdest du noch schneller werden. Du verbringst sowieso schon Stunden im Schwimmbecken. Warum also nicht auf das Ziel hinarbeiten, besser zu werden und vielleicht sogar der Beste?"

Terry blinzelte. „Red hat erzählt, du hättest mit ihm gesprochen."

„Wir haben uns nur unterhalten, während wir dir beim Schwimmen zugeschaut haben." Steve kniete sich erneut hin. „Ich glaube wirklich, dass du es schaffen kannst. Die Ausscheidungen für die Olympischen Spiele sind nächstes Jahr in DC. Wir könnten dich so weit bekommen." Die Aufregung in Steves Stimme war ansteckend. Olympia war Terrys Traum gewesen – der Traum, den er aufgegeben hatte, um mit James zusammen zu sein.

„Das klingt verführerisch, Steve", sagte Terry, als der Funke der Aufregung und des Wettbewerbsgeistes in ihm zündete.

„Es ist mein Ernst, Terry. Der Club würde helfen, dich zu unterstützen, und mir wäre es eine Freude, dich zu trainieren." Ihre Blicke trafen sich. „Denk einfach darüber nach. Du musst mir nicht sofort eine Antwort geben." Steve berührte Terrys Arm. „Aber warte nicht zu lange. Wie du gesagt hast, du bist außer Training und wir müssen die verlorene Zeit wieder aufholen. Aber ich bin zuversichtlich, dass du es schaffen kannst."

„Danke. Ich werde darüber nachdenken. Ich verspreche es." Terry lächelte und sah zu, wie Steve aufstand.

„Aber egal, wie du dich entscheidest, leere deinen Kopf und konzentriere dich aufs Schwimmen. Dein Rhythmus war falsch. Du bist durch das Wasser gepflügt, statt es zu durchschneiden." Steve wandte sich zum Gehen.

„Danke", rief Terry ihm nach. Er setzte die Schwimmbrille wieder auf und kehrte ins Wasser zurück. Nach ein paar Minuten war sein Kopf wieder frei und er schwamm, ohne nachzudenken. Es gab Momente, da wollte er das in der Karibik tun, zum Beispiel über einem Riff. Er hatte sich immer vorgestellt, er könnte mit den Fischen schwimmen und hingehen, wohin er wollte. Das wäre wirklich toll.

Er konzentrierte sich auf seine Bahnen und war schnell wieder bei der Sache. Er musste seine Muskeln trainieren, damit sie genau wussten, was sie zu tun hatten, bis jede Bewegung so eingefleischt war, dass sie Perfektion erreichte. Terry wusste, dass er immer ein wenig im Nachteil sein würde. Wenn er sich wirklich auf diesen Wettkampf einließ, dann würde er gegen Männer antreten, die größer waren und längere Arme hatten als er. Dagegen konnte er nichts tun. Also musste er härter trainieren, um dies auszugleichen. Er hatte große Hände, was recht hilfreich war, und er musste auch weniger Gewicht durch das Wasser bewegen als die größeren Kerle.

Was er tun wollte, schwirrte in seinem Kopf herum, während er sein Training beendete. Als er fertig war, glitt er zum Rand des Beckens und ruhte sich aus, mit geschlossenen Augen und einem Lächeln auf dem Gesicht.

„Ich hatte gehofft, dich hier zu sehen." Terry kannte diese Stimme und das Gefühl der Entspannung wurde sofort von Argwohn und Vorsicht verdrängt. „Du warst nicht mehr in deinem Appartement." James' Stimme war glatt und sanft, aber Terry erkannte den scharfen Unterton, mit dem er Terry gerade mitgeteilt hatte, dass er nach ihm gesucht hatte.

„Ich war bei einem Freund", antwortete Terry. Er stieß sich vom Rand des Pools ab und drehte sich langsam um. James war gut aussehend, daran bestand gar kein Zweifel. Man konnte ihn sogar als königlich bezeichnen. Groß und breitschultrig, mit einer Präsenz, die man unmöglich ignorieren konnte. Man fühlte sich besonders, wenn man seine Aufmerksamkeit bekam. James' Augen leuchteten in der Farbe des Wassers, aber Terry erschienen sie einfach nur kalt. „Was willst du, James? Ich muss mich für die Arbeit umziehen."

„Du weißt, was ich will. Ich habe dir Zeit für dich gelassen, damit du erkennen kannst, wie gut du es bei mir hattest." James trat einen Schritt vom Rand des Beckens zurück. Mit Sicherheit, damit Terry sehen konnte, was er angeblich vermisst hatte. „Wer sonst sollte dich jeden Abend schick ausführen und dir die teure Kleidung kaufen, die du so magst?" James' Blick traf Terrys.

„James, ich habe dich verlassen. Ich bin glücklich." Terry erkannte, dass das die falschen Worte gewesen waren. James' Gesichtsausdruck verdunkelte sich.

„Ich vermisse dich. Du gehörst zu mir." Er beugte sich herunter und streckte die Hand nach Terry aus, der noch tiefer ins Becken glitt. „Ich liebe dich, Terry. Das musst du doch wissen."

„Nein, das tust du nicht", entgegnete Terry. „Du willst mich in deinem Leben haben, als wäre ich ein Auto oder das Haus, in dem du lebst. Du liebst mich nicht wirklich."

„Wer zum Teufel sagt das?", fragte James laut. Seine Stimme prallte von den Wänden ab und hallte durch den riesigen Raum. „Wer zum Teufel hat dich auf diese Idee gebracht? Ich habe mich immer um dich gekümmert, als wir zusammen waren. Ich habe dir alles gekauft, was du dir nur wünschen konntest. Wir sind um die ganze Welt gereist. Ich habe dich wie einen König behandelt, und so zahlst du es mir zurück?" Er schrie nicht mehr, aber die Kraft und die Kälte in seiner Stimme waren unmissverständlich.

Die Tür zur Schwimmhalle öffnete sich knallend, wie ein Pistolenschuss, der auf das Wasser prallte. Sogar James zuckte bei dem Laut zusammen, was Terry ein wenig zum Lächeln brachte. Red marschierte in voller Uniform herein. James wandte sich von Terry ab. Terry beobachtete, wie die Blicke der beiden Männer sich trafen und sie einander anstarrten.

„Ich habe mit meinem Freund eine private Unterhaltung." Plötzlich klang James' Stimme kontrolliert, aber mit unmissverständlicher Schärfe.

„Jemand hat sich über Geschrei beschwert und da ich gerade hier war, habe ich mich entschieden, der Sache auf den Grund zu gehen", erklärte Red und wandte sich an Terry. „Geht es Ihnen gut, Sir?", fragte Red. Terry blinzelte ein paar Mal und fragte sich, was das werden sollte.

„Ja", stammelte er leise.

Red drehte sich zu James. „Ich denke, es ist das Beste, wenn Sie gehen, Sir. Das Geschrei verstört die anderen Gäste." Red klang so kontrolliert, fast schon respektvoll. „Ich gehe davon aus, dass das ein einfaches Missverständnis war, das zu gegebener Zeit aufgeklärt werden wird."

James raffte seine Würde auf wie einen Hermelinmantel. „Selbstverständlich. Ich hatte nicht bemerkt, dass ich so laut geworden bin." James drehte sich zu Terry um. „Wir sprechen uns später noch." James wandte sich zum Gehen und Terry blickte ihm nach. Sobald sich die Tür geschlossen hatte, drehte er sich zu Red, um eine Erklärung zu verlangen.

Red schüttelte den Kopf. „Du musst dich anziehen und mit mir aufs Revier kommen. Ich will nicht hier darüber reden."

Terry stieg aus dem Becken und nahm sein Handtuch, um sich abzutrocknen. Er bemerkte, dass Red die Augen nicht von ihm lassen konnte, und das gefiel ihm. Terry gönnte Red einen guten Ausblick auf das, was kaum von seiner Badehose bedeckt wurde.

„Das ist einfach nur grausam", flüsterte Red.

Terry drehte sich um und grinste ihn an, bevor er sich das Handtuch um die Hüften wickelte und zu den Umkleidekabinen ging. Er zog sich so schnell um, wie er konnte, und kehrte wieder zu Red zurück, der gerade leise mit Steve sprach.

Julie eilte zu ihm, als er näherkam. Er wandte sich zu ihr und umarmte sie. „Wie geht's deiner Mom?"

„Besser, Gott sei Dank. Sie wird wieder gesund", erzählte Julie mit erleichterter Stimme. „Ich bin gerade zurückgekommen und habe gedacht, ich sollte erst hier vorbeischauen." Julies Blick wanderte zu Red. „Was ist los?"

„Ich weiß nicht. Aber James war hier und …" Terry pausierte. „Ich habe dir eine Menge zu erzählen. Aber ich muss für eine Weile weg." Er beobachtete, wie Steve sich umdrehte und zu seinem Büro ging. Red kam auf ihn zu.

„Hast du Ärger?", fragte Julie.

„Nein. Ich erzähle dir alles nachher, ich verspreche es", versicherte Terry ihr. „Und es gibt eine Menge zu erzählen. Wir sehen uns später."

„Okay", sagte Julie verwirrt, als Terry sich zu Red gesellte und sie gemeinsam das Gebäude verließen.

„Was sollte dieser Edler-Ritter-Mist?", fragte Terry, als sie draußen waren. „Warum hast du dich benommen, als würdest du mich nicht kennen?"

„Ich wollte dich gerade abholen. Wir haben etwas über James herausgefunden, bei dem du uns hoffentlich helfen kannst, aber wir wollen nicht, dass James weiß, dass wir hinter ihm her sind, also habe ich mich unwissend gestellt. Er muss nicht wissen, dass ich etwas anderes bin als ein Cop, der zufällig in der Nähe war und gebeten wurde, nach dem Rechten zu sehen." Red ging mit ihm zum Polizeiauto und blickte sich um. „Ich denke, James ist schon weg."

„Darüber habe ich auch nachgedacht. Er ist gewieft." Red öffnete die Tür und Terry stieg ein. Er hatte noch nie in einem Polizeiauto gesessen und schaute sich einen Moment um. „Das hatte ich nicht erwartet." Er deutete auf den Laptop und das restliche Equipment.

„Dieses Auto ist ein mobiles Büro, Kommunikationszentrum, manchmal auch ein Panzerfahrzeug und eine Radarstation." Red schloss seine Tür und startete den Motor. Terry schnallte sich an, während er sich immer noch wunderte, was eigentlich vor sich ging. Als Red gesagt hatte, er würde James überprüfen, hatte Terry erwartet, er würde ein paar Strafzettel oder Beschwerden wegen Ruhestörung finden. Aber es schien ziemlich ernst zu sein.

Die Fahrt zum Revier dauerte nicht lange. Red parkte den Wagen und Terry folgte ihm in das Gebäude. Er hatte erwartet, in einen dieser kleinen Räume gebracht zu werden, die man aus dem Fernsehen kannte, aber Red führte ihn zu einem einfachen Metalltisch und bat ihn, sich zu setzen.

„Du sagtest, ihr habt etwas gefunden", begann Terry.

Red nickte. „Erzähl mir, was du über die Geschäfte von James weißt."

„Er hat dieses Gebäude in der Innenstadt, von dem aus er ein Transportunternehmen leitet. Er erzählt immer, dass er im Transportwesen tätig sei. Ich bin davon ausgegangen, dass er Dinge transportiert, wie UPS oder so, nur größer. Ich war nur ein paar Mal da und habe im Auto gewartet. Wieso?"

Red drehte sich um und ein anderer Polizist kam dazu. „Terry Baumgartner, das ist Officer Aaron Cloud. Er ist für diese Ermittlung zuständig und ich unterstütze ihn."

Terry stand auf und schüttelte die Hand des Officers. „Ich werde helfen, wenn ich kann, aber ich bin nicht sicher wie."

Officer Cloud nahm sich einen Stuhl. „Diese Ermittlung scheint eine ziemliche Kehrtwende genommen zu haben. Offensichtlich hat Red einen Freund gebeten, James Guthrie zu überprüfen, denn er war wegen Ihrer Sicherheit besorgt."

Terry nickte. „Red hat mir davon erzählt." Er biss sich auf die Lippe. „Er bekommt deswegen keine Schwierigkeiten, oder?"

„Nein", antwortete Officer Cloud. „Diese kleine Bitte und die Information, die er gefunden hat, haben weitere umfangreiche Ermittlungen eingeleitet." Terry schielte zu Red und fragte sich, ob Officer Cloud immer so sprach wie eine Figur aus einer Fernsehsendung.

„Terry, hier geht es um zu viel Geld. Teilweise riesige Summen. Sehr wahrscheinlich wird die Firma benutzt, um Geld zu waschen. James hat anscheinend den Ruf, sehr freigiebig zu sein. Wie hat er bezahlt, wenn er mit Ihnen unterwegs war?"

„Bar", antwortete Terry. „Er hatte immer viel Bargeld in der Tasche. Er hat es ausgegeben, als wäre es nichts. Aber das bedeutet nicht, dass er etwas Illegales getan hat. Viele Leute verwenden Bargeld. James hat immer gesagt, dass er Kreditkarten hasst. Angeblich haben seine Eltern dadurch Schulden angehäuft, also hatte er nie welche." Er hatte ihn einmal gefragt, weil es ihm ungewöhnlich vorkam, aber danach hatte er nie wieder darüber nachgedacht.

Red und Officer Cloud machten sich Notizen. „Ich habe Red schon erzählt, wo er wohnt und dass er teure Autos fährt. Er fällt gerne auf."

„Wohin hat er Sie mitgenommen, wenn Sie ausgegangen sind?"

„Restaurants und Clubs. Er schien immer jeden dort zu kennen. Viele Leute sind zu ihm gekommen und wollten mit ihm reden. Wenn das passiert ist, habe ich mich entschuldigt und mir einen Drink geholt. Das kam mehrmals jeden Abend vor, dann wurde nur über langweiliges Zeug geredet. Firmennamen, Straßennamen und so weiter. Das waren böhmische Dörfer für mich."

„Also wissen Sie eigentlich gar nichts?", drängte Officer Cloud.

„Ich war neun Monate mit dem Kerl zusammen, bis ich erkannt habe, dass er versucht hat, mein Leben zu übernehmen. Ich musste dort verschwinden. Mehr wollte ich nicht. Wenn er etwas Illegales macht, dann weiß ich nichts darüber. Ich habe nie irgendetwas gesehen. Ich denke, wenn er etwas gemacht hat, dann hat er versucht, es vor mir zu verbergen."

„Wieso?", fragte Aaron weiter.

„Ich hatte nie das Gefühl, dass er mir wirklich vertraut, was persönliche Angelegenheiten angeht. Was wahrscheinlich richtig war, denn wenn ich von irgendwelchen illegalen Aktivitäten gewusst hätte, hätte ich mich sofort aus dem Staub gemacht." Terry hatte genug Episoden von *CSI* gesehen, um zu wissen, dass er in so etwas nicht hineingezogen werden wollte. „Wissen Sie, wo das Geld herkommt?"

Er schaute beide an und wusste sofort, dass sie keine Ahnung hatten. „Nein. Alles wirkt erstaunlich sauber. Es sind nur die *Mengen* an Geld, die ihn verdächtig aussehen lassen."

Terry nickte. „Ich weiß, dass James Anwälte hat. Ich habe sie mehr als ein Mal getroffen. Manchmal nehmen sie an seinen Geschäftsessen teil. Zusammen mit einem Kerl, den er als seinen Buchhalter bezeichnet hat." Terry überlegte, wen er noch gesehen hatte. „Da war ein Typ, der sein Geld verwaltet. Irgendein großartiger Investor, der einen Ferrari fährt, glaube ich. Einen schwarzen, wenn ich mich richtig erinnere." Sie notierten alles, was Terry sagte. „James fand den Wagen ziemlich cool und hat darüber nachgedacht, sich auch einen zu kaufen, aber vor etwa sechs Monaten hat er die Idee aufgegeben und nie wieder zur Sprache gebracht."

„Was können Sie uns sonst noch über ihn sagen?", fragte Officer Cloud.

„Was wollen Sie wissen? Sie müssen mir schon einen Anhaltspunkt geben. Ich habe ungefähr drei Monate bei ihm gewohnt, bevor ich ausgezogen bin. Das Haus ist riesig und irgendwie bedrückend. Überall sieht man diese hässlichen Kunstwerke, die James so mag, und Fotos von ihm mit Berühmtheiten. Ich weiß nicht mal, ob die echt sind. Er hat nie einen Promi getroffen, während wir zusammen gewesen sind, und ich habe ganz bestimmt keine Fotos von mir mit solchen tollen Hengsten von Footballspielern."

Officer Cloud hob die Hand. „Auf was steht er so? Abgesehen von Männern?" Er blickte erst zu Terry, dann zu Red, aber sagte nichts mehr.

„Sie meinen, zum Beispiel, Ziegen oder Leder?", scherzte Terry. „Nichts zu Abgefahrenes, denke ich. Er will immer die Kontrolle behalten." Terry hielt inne. „Wollen Sie wirklich etwas über sein Sexleben wissen?"

„Eigentlich nicht."

„Ist er treu?", fragte Officer Cloud. Terry öffnete den Mund, um „Ja" zu antworten, aber er schloss ihn wieder. Er hatte keine Ahnung. James hätte es mit der Hälfte der Stadt treiben können und Terry hätte es nicht erfahren.

„Das sagte er zumindest", antwortete Terry. Scheiße, jetzt fühlte er sich wie eine Schlampe – eine benutzte, verbrauchte, dumme Schlampe. Wenn die Menge an Sex, die James gefordert hatte, als sie zusammen gewesen waren, ein Indikator war, dann hätte er in drei Monaten wahrscheinlich die Hälfte der Kerle in der Stadt flachlegen können. „James war immer bereit." Er war ein Narr gewesen zu glauben, dass James ihn geliebt hatte, wirklich geliebt hatte.

„Es ist in Ordnung, Terry. Wir wissen, dass das schwer ist, und wir denken nicht schlecht von dir, wenn du ehrlich bist. Menschen wie er nehmen sich von anderen, was sie wollen", sagte Red. Er blickte zu Officer Cloud, der zustimmend nickte.

„Hat er bestimmte Clubs oder andere Orte bevorzugt?"

„Ja. Er mochte das *Café Fresco*. Die meisten Leute dort kennen ihn vom Sehen. Er war auch eine Weile im *Bronco's*, aber das war von heute auf morgen vorbei, um …" Terry dachte kurz nach. „Januar herum. Genau, es war nach dem großen Sturm. Er hatte einen Streit mit den Besitzern und ist dann gegangen. Anscheinend hat er Hausverbot erteilt bekommen, aber ich bin nicht sicher."

„Lass uns mit den Besitzern reden und sehen, ob sie uns etwas erzählen können", sagte Officer Cloud zu Red, der nickte. Vielleicht hatte er letztendlich doch helfen können. Terry lächelte, als auch Red lächelte. „Wo ist er danach immer hingegangen?"

„Verschiedene Orte. Aber er ist nicht mehr so oft in Clubs gegangen. Er hat gesagt, die wären für Kinder, und er wäre kein Kind mehr. Dann fingen wir an, zu *Fresco* und *Char's* und so weiter zu gehen. Er mochte das Essen. Nachdem wir angefangen haben, regelmäßig hinzugehen, sind sie dort ständig um ihn herumscharwenzelt. James hat das geliebt."

„Okay." Officer Cloud war einen Moment still.

„Du hast nie gesehen, dass James etwas Ungesetzliches getan hat?", fragte Red.

„Wenn du wissen willst, ob ich gesehen habe, wie er mit Drogen dealt oder jemanden verletzt, dann ist die Antwort Nein. James war der Mittelpunkt des Geschehens, und so mochte er es. Wenn ihn jemand nicht so behandelt hat, wie er meinte, es verdient zu haben, dann hat er ihn einfach aus seinem Kreis ausgeschlossen. Er war gut zu den Leuten um ihn herum. Er hat immer die Rechnungen für Essen und Drinks bezahlt und große Trinkgelder gegeben. Aber …"

„Aber was?"

„James hatte einen Freund vor mir. Ich glaube, sein Name war Kirk. Ich habe ihn einmal getroffen. Er hat mich an ein Reh im Scheinwerferlicht erinnert. Kirk hat im *Fresco* zu Abend gegessen, vor vier Monaten etwa. Er war mit ein paar Freunden dort. Als James hereinkam, ist er zu Kirk gegangen, um ihn zu begrüßen. Ich wusste damals nicht, wer das war, aber ich habe gesehen, wie sie miteinander gesprochen haben. Nach etwa fünf Minuten haben Kirk und seine Freunde das Restaurant verlassen. James hat dem Manager des Restaurants gesagt, dass er ihre Rechnung übernehmen und sie nicht zurückkommen würden." Terry erzitterte leicht. „So wie er es gesagt hat, klang es, als kämen sie … nie wieder zurück."

„Okay …", machte Red.

„Danach habe ich mich umgehört. Keiner von James' Freunden wollte darüber sprechen. Ich habe Kirk nie wieder gesehen. Als ich in einer Bar nach ihm gefragt habe, wurde mir gesagt, er wäre manchmal dort gewesen, aber nach diesem Vorfall anscheinend nicht mehr."

„Kennst du Kirks Nachnamen?"

„Nein. Tut mir leid. Aber es gibt da diesen Barkeeper – James hat ihn immer Slim genannt. Er hat sich im *Fresco* um James gekümmert. Wenn er noch dort ist, kann er euch vielleicht weiterhelfen, aber als ich zum letzten Mal im *Fresco* war, habe ich ihn nicht gesehen." Terry schaute auf die Uhr. „Ich muss wirklich zurück zum Schwimmbad. Julie schafft es eine Weile allein, aber jetzt kommen bald die größeren Gruppen, und dann sollten wir beide anwesend sein."

„Okay", stimmte Red zu. „Ich bringe dich zurück."

Terry stand auf und folgte Red in Richtung Eingangsbereich. „Denkst du, ich konnte helfen?"

„Ja", antwortete Red, als sie nach draußen kamen und zum Polizeiwagen gingen. „Ich hole dich nach der Arbeit ab und bringe dich zu deiner Wohnung. Du kannst ein paar Sachen holen, wenn du willst, aber nach heute denke ich, du solltest nicht mehr dorthin gehen, bis wir herausgefunden haben, was vor sich geht." Das klang sinnvoll. „Ich bezweifle, dass Guthrie sonderlich um deine Sicherheit besorgt sein wird, wenn er herausfindet, dass du mit uns über ihn gesprochen hast." Red stieg ins Auto, Terry folgte ihm. „Ich will nicht, dass dir etwas passiert und ich vertraue nicht darauf, dass James dir nichts antut." Red zögerte. „Ich weiß, du glaubst nicht, dass er dir wehtun würde, aber ich habe heute im Schwimmbad seine Wut erlebt. Er hatte sich kaum unter Kontrolle."

„Ich weiß. Ich habe es auch gesehen. Ich habe James einfach für einen herrschsüchtigen Freund gehalten. Ich hätte nicht gedacht, dass er ein Krimineller ist. Denkst du, er hat mit der Mafia zu tun?"

Red lachte. „Das bezweifle ich. Die arbeitet im Verborgenen wenn möglich. Die würden sich nicht mit jemandem abgeben, der so auffällig und nach Aufmerksamkeit heischend ist wie James. Er hat Dreck am Stecken, das kann ich fühlen, aber ich weiß noch nicht, wie genau." Er streckte die Hand aus und streichelte Terrys Wange. „Bringen wir dich wieder zur Arbeit. Ich hole dich dann ab und helfe dir, das Essen auszuliefern. Tante Margie wird sich freuen, dich wiederzusehen."

„Ich bin durchaus in der Lage, die Lieferungen mit meinem Auto zu machen. Ohne eine Polizeieskorte."

„Und was ist, wenn James dir folgt oder schon gefolgt ist? Dein Auto ist nicht gerade unauffällig. Tu mir den Gefallen, okay?"

„Na schön", stimmte Terry zu.

„Gut. Ich habe deinem Manager erzählt, dass James dir Ärger gemacht hat, also hat er im Zentrum keinen Zutritt mehr. Dort solltest du in Sicherheit sein. Aber achte auf die Menschen um dich herum. Pass auf, ob jemand dich beobachtet, obwohl seine Aufmerksamkeit woandershin gerichtet sein sollte. Das ist ein sicheres Zeichen. Es sind schon oft allein dadurch, wohin sie geschaut haben, Attentäter gefasst worden, die auf den Präsidenten angesetzt waren."

Terry rollte mit den Augen. „Genau, wenn also Mädchen nicht auf ihren Schwimmlehrer achten und mich stattdessen beobachten, gehe ich davon aus, dass sie für James arbeiten und lasse sie daher durchsuchen."

„Klugscheißer", gab Red zurück und Terry musste lächeln.

„Ich komme schon klar. Dort sind immer viele Leute, und Julie und ich arbeiten zusammen. Mach dir keine Sorgen. Ich behalte mein Telefon bei mir, falls etwas passiert, damit du herbeieilen und mich retten kannst, als wäre ich ein Fräulein in Nöten." Er klimperte mit den Augen. Er wusste, dass er sich dumm benahm, zumindest ein wenig, aber es war nicht nötig, dass jemand ihn den ganzen Tag lang bewachte.

„Du bist kein Fräulein, das habe ich nicht gemeint. Ich will nur, dass du vorsichtig bist." Red war ernst, und das Lächeln schwand von Terrys Lippen. „Ich glaube wirklich, dass James gefährlich ist. Ich will ihn nicht in deiner Nähe haben."

„Bist du eifersüchtig?"

„Nein", fauchte Red etwas zu schnell.

Terry drehte sich um und schaute aus dem Fenster. „Weißt du, Grün ist keine Farbe, die dir steht."

„Ich bin ernsthaft um deine Sicherheit besorgt, und du machst dich über mich lustig." Red klang gekränkt.

Terry wandte sich ihm wieder zu. „Ich wollte dich nur aufziehen." Er seufzte. „Ich weiß, dass du mich nicht für ein Fräulein in Nöten hältst, und ich bin nicht mehr an James interessiert. Das ist schon seit Monaten vorbei."

„Weil er ein Riesenarsch ist", flüsterte Red.

„Warum bist du wegen James so nervös? Ich weiß, dass du ihn für gefährlich hältst, aber da ist noch mehr. Streite es nicht ab. Das Mürrische ist genauso unattraktiv wie Eifersucht." Terry wartete, während Red von dem Parkplatz fuhr und sie sich wieder auf dem Weg zu seiner Arbeit machten. Er war sich nicht sicher, was Red solche Sorgen machte. Terry beobachtete, wie Red auf seiner Unterlippe kaute.

„Ich habe ihn heute im Schwimmbad zum ersten Mal gesehen." Red fuhr weiter, dabei krallten seinen Finger sich am Lenkrad fest. „Ich kann verstehen, warum du an ihm interessiert warst. Er sieht sehr gut aus, und … es macht jetzt einfach Sinn, das ist alles."

„James ist ein Schwein. Du und Officer Wie-heißt-er-noch-mal haben mir das klargemacht. Ich hatte nicht einmal bemerkt, was er getan hat, bis es zu spät war. Und außerdem denkst du, dass das Schwein etwas Illegales in seiner Firma macht." Terry starrte Red an, während sie weiterfuhren. „Ich verstehe dein Problem nicht. Außer, du hältst mich für so dumm und oberflächlich, dass ich lieber jemanden wie James hätte, der mich wie sein Eigentum behandelt, als jemanden, der sich große Mühe gibt, mir zu zeigen, dass ich ihm etwas bedeute und der mich in Sicherheit wissen will." Red hielt an, dann öffnete Terry die Tür und stieg aus.

„Ich werde da sein, wenn du Feierabend hast, dann können wir zusammen deine Lieferungen machen." Terry schloss die Tür und marschierte ins Zentrum. An der Tür drehte er sich um, um zu sehen, ob Red ihn noch beobachtete, dann ging er hinein.

TERRY VERBRACHTE den Rest seiner Schicht in seinem Hochstuhl und beobachtete die Schwimmer. Er half auch beim Schwimmunterricht der

Kinder. Er liebte diesen Teil seines Jobs. Mit kleinen Kindern zu arbeiten, die Angst vor dem Wasser hatten, und dabei zu sein, wenn sie diese Angst überwanden, war eine dankbare Aufgabe. Außerdem konnte er seine Zeit mit einer Tätigkeit verbringen, die er wirklich liebte.

„Was hast du heute Abend vor? Wollen wir ausgehen?", fragte Julie, als sie ihre Schicht beendet hatten und sich auf den Weg zu den Umkleidekabinen machten.

„Ich liefere Essen aus, dann gehe ich wieder zu Red."

Julie hielt ihn am Arm fest. „Wer ist Red? Ich weiß, dass ich wegen meiner Mutter eine Weile nicht verfügbar war. Was zum Teufel ist passiert, während ich weg war?" Julies Augen weiteten sich und ihr Mund formte ein O, bevor sie die Hand davor schlug. „Du hast einen neuen Freund."

Terry beruhigte sie. „Ich bin nicht sicher, was er ist. Okay, lange Rede, kurzer Sinn, der Polizist, der hier war – der mit den Narben im Gesicht. Seine Tante ist eine der Damen, denen ich Essen liefere. Sie war besorgt, nachdem James angerufen hat, also hat sie Red zu meiner Wohnung geschickt. James war dort gewesen. Es war ein Chaos." Er redete schneller und schneller. „Du warst wegen deiner Mom nicht da, also hat Red mich mit zu sich nach Hause genommen. Dort ist etwas zwischen uns passiert. Seitdem bin ich dort. Wegen meiner Sicherheit. Ich weiß nicht, was Red für mich ist. Im Moment versuche ich noch, mir selbst darüber klar zu werden. Es sind erst zwei Tage, und es ist so viel passiert."

„Inklusive James, der bei dir auftaucht, und Red, der dich rettet", fügte Julie hinzu. „Wie romantisch", seufzte sie melodramatisch. Terry wollte zu den Umkleiden der Männer gehen. „Warte, ich bin verwirrt."

Terry drehte sich um. „Süße, *du* bist verwirrt? In zwei Tagen hat sich meine gesamte Weltsicht durch einen Mann geändert, über den ich mich lustig gemacht habe, als er hier war." Er kam einen Schritt näher. „Und das ist alles deine Schuld. Ich tue das, um Leuten zu helfen. Ich habe angefangen, ein Buch zu lesen, das ich mir vor einem Jahr gekauft habe. Nicht, dass ich schon besonders weit gekommen wäre, weil, na ja, es war eben viel los, aber es ist ein Krimi und es kommen Rennpferde darin vor, daher klang er interessant."

„Du hast also deine Oberflächlichkeit hinter dir gelassen", stellte Julie fest und klang dabei sehr selbstzufrieden.

„Ich schätze schon." Terry seufzte dramatisch. „Ich mag ihn. Er ist ein anständiger Mann …"

„Wo ist das Problem?" Julie stellte sich neben ihn. Die anderen Rettungsschwimmer hatten ihre Plätze eingenommen und Kinder kamen herein, also durften sie nicht so laut reden. „Ist er schlecht im Bett? Halt, ich gehe einfach so davon aus, dass du mit ihm im Bett warst." Terry wurde rot. Er konnte nicht anders. „Also warst du mit ihm im Bett. Mann, du gehst wirklich ran. Wenn du jetzt also zögerst, dann … war er nicht gut."

„Julie, darüber werde ich nicht reden." Terry versuchte, so entschlossen zu klingen, wie er konnte, auch wenn seine Wangen brannten wie noch nie zuvor.

„Oh …" Ihr Mund klappte auf. „Ooooh."

„Ja, genau." Ein Blitz durchfuhr Terry, wenn er an die letzte Nacht dachte. Er schob die Erinnerung daran schnell fort, sonst musste er gleich eine kalte Dusche nehmen.

„Was ist dann das Problem? Behandelt er dich gut? Ist er nett?" Ihre Fragen kamen schnell und Terry bejahte jede mit einem Nicken. „Hat er unter der Uniform noch mehr Narben? Liegt es an seinem Aussehen? Ist das das Problem?"

„Julie, halt. Wie er aussieht, ist nicht das Problem. Die Narben fallen mir fast gar nicht mehr auf. Er ist ein guter Mann, der jemanden, den er kaum gekannt hat, einfach so aufgenommen hat, weil er Hilfe brauchte. Red hat ein riesengroßes Herz."

„Du weißt, was das bedeutet?" Sie wackelte mit den Augenbrauen und hielt ihren kleinen Finger hoch.

Terry wollte ihr eine runterhauen, aber stattdessen rollte er mit den Augen. „Darüber rede ich nicht hier. Aber du liegst *total* daneben." Terry setzte sich auf einen Stuhl an der Wand und legte sich sein Handtuch um die Schultern. „Ich weiß nicht, was es ist. Ich mag ihn wirklich. Aber ich frage mich, ob es an James liegt. Was ist, wenn er nur eine Ablenkung von dem Ärger mit James ist?"

„Willst du das denn?", fragte Julie. Terry schüttelte den Kopf. „Du magst ihn wirklich."

„Ja, das tue ich. Er kann lieb und freundlich sein, aber auch stark und unerschrocken. Manchmal wird er laut, aber er kann trotzdem zuhören."

„Klingt wie der perfekte Mann."

„Vielleicht ist er das. Aber vielleicht ist meine Fähigkeit, Männer auszusuchen, so schlecht …"

„Hey. Das mit James ist vorbei. Du hast einen Schlussstrich gezogen. Lass nicht zu, dass er eine mögliche Beziehung mit jemandem, den du magst, und der dich auch mögen könnte, beeinflusst. James benutzt die Menschen. Zumindest hast du ihn mir so beschrieben. Denkst du, Red würde so etwas tun?"

„Nein", antwortete Terry, ohne zu zögern, und der kleine Knoten des Selbstzweifels schien sich zu lösen. Wenn er mit Red zusammen war, fühlte er nichts dergleichen, aber wenn er allein war, hinterfragte er alles. So etwas hatte er nie getan, und dafür machte er James verantwortlich. *Was soll's, mach den Mann für alles verantwortlich. Warum auch nicht?* „Bei Red fühle ich mich wie ich selbst. Wie der Mensch, der ich wirklich sein will, tief in meinem Inneren, verstehst du?" Es war schwer zu erklären.

Julie klopfte ihm auf die Schulter. „Du bist wirklich ein Glückskind und du weißt es nicht einmal. Was du gerade beschrieben hast, ist das, was jeder zu finden hofft – den einen Menschen, der einem hilft, zu werden, was man sein will. Sicher, Red ist vielleicht nicht so, wie du dir deinen Traumprinzen vorgestellt hast, aber es scheint, als wäre er es trotzdem." Sie wandte sich zu den Umkleiden der Frauen. Terry konnte schwören, dass er sie „Glücklicher Bastard" murmeln hörte.

Terry duschte, zog sich an und packte seine Tasche. Als er in den Eingangsbereich kam, saß Red in einem der Stühle bei der Tür und beobachtete die Leute, die kamen und gingen. Er stand auf, als Terry auf ihn zusteuerte, dabei wünschte er den Leuten einen schönen Abend, während sie das Gebäude verließen. „Fahren wir zu meinem Appartement?" Terry wollte sichergehen, dass alles in Ordnung war.

„Ja. Ich habe nach deinem Auto gesehen, es ist okay. Niemand hat sich daran zu schaffen gemacht. Es kann noch ein paar Tage bleiben, wo es ist. Die Jungs fragen sich, wem es gehört, also ist es allen aufgefallen."

„Also wüssten sie sofort, wenn ihm etwas passieren würde?", wollte Terry wissen. Red nickte. „Okay. Ich hatte sowieso darüber nachgedacht, es zu verkaufen." Er liebte dieses Auto, aber er war mehr denn je entschlossen, alles loszuwerden, das er von James bekommen hatte, und das Auto war ein großer Teil davon. „Es ist Zeit für etwas Neues, denke ich." Terry starrte aus dem Fenster, während die Häuser vorbeizogen. Er hatte wirklich etwas angerichtet.

„Bist du in Ordnung?", fragte Red, als sie hinter Terrys Wohnhaus parkten.

„Ja. Ich habe mich nur im Selbstmitleid gesuhlt." Terry öffnete die Tür und stieg aus dem Truck. Er wartete auf Red, dann gingen sie zusammen zum Haus. Sie stiegen die Treppen in den zweiten Stock hinauf.

Alles schien in Ordnung zu sein. Seine Tür war verschlossen. Terry holte seine Schlüssel aus der Tasche und schloss auf. Die Tür öffnete sich ohne großen Kraftaufwand.

Red hob seinen Arm und hielt ihn zurück. Terry machte ihm Platz, während er hineinspähte. „Was ist los?" Terry lugte um den Türrahmen herum und schaute hinein. Der Raum schien unverändert. Nichts war zerbrochen oder umgekippt. „Es sieht okay aus."

Red trat ein und Terry folgte ihm. Das Appartement war still, abgesehen von dem Brummen des Kühlschrankes. „Ich sehe im Schlafzimmer nach. Bleib hier und nimm die Beine in die Hand, wenn irgendetwas passiert." Red stieß die Schlafzimmertür auf. Terry sah, wie er sich erst ent- und dann wieder anspannte.

„Was ist los?" Terry schloss die Eingangstür und hörte, wie sie einschnappte. Red trat zurück und wartete, während Terry das Wohnzimmer durchquerte und in sein Schlafzimmer spähte. „Sieht alles gut aus, finde ich." Dann sah Terry es. Ein glitzerndes Häufchen in einer Ecke. Er ging hin. Es war Glas, jede Menge Glas.

„Er war hier", stellte Terry fest und schluckte.

„Wie bitte?", fragte Red.

„James hat immer gesagt, dass ich für ihn so schön und elegant wäre wie geschliffener Kristall. Und das war es, was er mir immer gekauft hat." Terry drehte sich zu seiner Kommode. „Hier auf der Kommode hat eine Schale gestanden. Ich nehme an, sie ist unter den zerbrochenen Dingen." Terry holte tief Luft. „Ich denke, er versucht mir zu sagen, dass er mich genauso kaputt machen wird wie das hier." Er ging um das Bett herum, dabei war er bemüht, nicht auf das Glas zu treten oder etwas zu berühren. Auf der anderen Seite des Bettes war noch mehr Glas verstreut. Terry keuchte und drehte sich um. „Er weiß von dir."

„Was weiß er?"

Terry deutete auf die Scherben. „Sie sind rot."

„Das muss nichts heißen." Red berührte ihn vorsichtig am Arm. Terry wusste, dass er ihn damit beruhigen wollte, aber seine Knie begannen zu zittern und sein Atem ging schneller.

Er drehte sich um. „Ich hatte nichts in dieser Farbe. Wer auch immer hier war, und ich nehme an, es war James, hat dieses Glas mitgebracht, denn es ist nicht von mir. Er hat mir die Botschaft hinterlassen, dass er mit mir machen wird, was er mit dem Glas getan hat, und es ist ihm egal, ob du in die Schusslinie gerätst oder nicht."

„Er eskaliert", stellte Red fest und schaute sich um. „Er könnte eine Menge Zeit hier verbracht haben."

„Was willst du damit sagen?"

„Verschwinden wir hier. Wir kaufen dir, was du brauchst." Red nahm Terrys Arm und führte ihn aus dem Schlafzimmer und aus der Wohnung. Als sie die Tür verschlossen hatten und im Flur standen, machte er einen Anruf. „Aaron, Terry und ich waren in seiner Wohnung." Red beschrieb, was sie vorgefunden hatten. „Ich könnte wetten, dass er irgendwo eine Kamera platziert hat. Er hat sich große Mühe gegeben, eine Botschaft zu übermitteln. Ich wette, er will es erfahren, wenn wir sie bekommen haben." Terry stützte sich an der Wand ab, während Red zuhörte. „Okay. Wir müssen noch etwas erledigen, dann verschwinden wir von hier." Red lauschte erneut und begann zu nicken. „Das sehe ich auch so. Wir müssen schneller arbeiten oder es geht schief."

Terrys Herz hämmerte und er wartete, bis Red fertig war. „Gehen wir jetzt?"

„Ja. Wir werden das Essen so schnell ausliefern wie möglich. Aaron wird herkommen und das Kommando übernehmen, damit die Kollegen sehen, was sie finden können. Wir erhoffen uns allerdings nicht viel. Wenn das wahr ist, was du denkst, dann war James vorsichtig genug, nichts zu hinterlassen, was man gegen ihn verwenden kann."

„Gehen wir wieder zu dir, wenn wir mit der Lieferung fertig sind?"

„Nein. Ich bleibe in Kontakt mit Aaron, aber wenn wir fertig sind, dann gehen wir tanzen. Wir müssen mit den Leuten vom *Bronco's* reden. Dabei müssen wir vorsichtig vorgehen. Das ist nicht unser Zuständigkeitsbereich, also kann ich nicht offiziell auftreten."

Terry lächelte. „Keine Sorge. Ich glaube, ich kenne jemanden, der uns helfen kann." Sie verließen das Gebäude und gingen zum Truck. Sie fuhren los und Terry leitete Red zu Lavelle, dann lieferten sie die Mahlzeiten aus. Bei Reds Tante stellten sie sicher, dass es ihr gut ging und sie zufrieden war. Dann gingen sie. Die ganze Zeit über hatte Red sich umgeschaut.

„Werden wir verfolgt?", fragte Terry.

„Ich denke nicht. Alles, was sie sehen würden, wäre bloß, wie wir Essen an hausgebundene Menschen ausliefern. Das ist eine tolle Tarnung – vielleicht sollte ich das in Zukunft ausnutzen. Jeder, der uns verfolgen will, würde angesichts der vielen Stopps verrückt werden."

Beide hatten großen Hunger, also hielt Red an einem Drive-in an, dann fuhren sie nach Harrisburg. Red parkte in der Nähe des Clubs und sie gingen hinein. Es war noch recht früh. Die Musik spielte, die Lichter liefen, aber es waren erst wenige Leute da. Terry stieß Red an, als sie sich an einen der Tische setzten. „Das ist Bull. Mit ihm musst du reden."

„Meine Güte", flüsterte Red. „Ich dachte, ich wäre groß."

„Bull ist nicht so groß wie du. Aber egal. Er ist der Chef der Security und einer der Besitzer des Clubs. Wenn hier etwas vor sich geht, weiß er davon." Terry erlangte Bulls Aufmerksamkeit und winkte ihm zu. Sie hatten sich ein paar Mal getroffen. Tristan, ein Schulfreund von Terry, war mit Bulls Lebensgefährten befreundet. Bull kam zu ihrem Tisch.

„Ist Zach hier?", fragte er freundlich.

„Heute Abend nicht", antwortete Bull misstrauisch. Der Mann schien niemandem zu vertrauen. „James ist nicht hier, oder?" Bull schaute sich um, dabei leuchtete sein kahl rasierter Kopf im Scheinwerferlicht. Er war unglaublich einschüchternd, aber Terry wusste, dass er dieses Image gut gepflegt hatte.

„Ich bin nicht mehr mit ihm zusammen", erklärte Terry. „Er war nicht so, wie ich gedacht hatte."

Bull nickte. „Das habe ich schon öfter gehört."

Red stand auf. „Bull, das ist Red. Er … also, er interessiert sich für James, und ich hätte gehofft, du könntest ihm erzählen, was vor ein paar Monaten passiert ist."

Bull schätzte Red ab. „Bist du ein Cop?"

„Ja", antwortete Red. „Aber ich bin momentan nicht im Dienst. Du könntest uns dennoch eine große Hilfe sein."

Diese Antwort hatte Bull nicht erwartet. Die Überraschung in seinem Gesicht war nicht zu übersehen, aber sie war schnell wieder verschwunden. „Ich tue, was ich kann, um zu helfen."

Bull nahm sich einen Stuhl und setzte sich. Er drehte sich um und gestikulierte einem der Barkeeper, der ein Glas mit einer klaren Flüssigkeit brachte und es auf den Tisch stellte. Es sah aus wie Schnaps, aber Terry nahm an, dass es etwas Nicht-Alkoholisches war, aber er fragte nicht. Er bestellte ein Bier, genau wie Red, dann verschwand der Barkeeper wortlos.

„Terry hat mir erzählt, dass James vor ein paar Monaten Hausverbot bekommen hat. Kannst du mir erzählen, warum?", fragte Red und beugte sich über den Tisch. „Ich weiß, du kennst mich eigentlich nicht, aber ich will dir oder dem Club keinen Ärger machen. Wir sind hinter James Guthrie her, größtenteils wegen Terry, aber die Ermittlungen haben sich ausgeweitet und wir müssen schnell handeln." Reds Blick zuckte zu ihm, dann wieder zu Bull.

Bull hob das Glas an die Lippen und nahm einen Schluck. „Wir konnten nie etwas beweisen, sonst hätten wir die Polizei gerufen und es ihr überlassen, sich darum zu kümmern. Aber nachdem James anfing, hierher zu kommen, hatten wir plötzlich ein Problem mit illegalen Substanzen." Bull stellte sein Glas ab. „Unser Club ist sauber, das war schon immer so. Wir werden einen Typen los, und sofort versucht ein anderer, seinen Platz einzunehmen. Wir wollen in unserem Geschäft keine Drogen haben. Das habe ich noch nie toleriert, und das werde ich auch nie."

„Also habt ihr ihm aufgrund eines Verdachts Hausverbot erteilt?"

„Nein. Wie ich schon sagte, wir konnten nichts beweisen. Ich habe ihm Hausverbot erteilt, weil er einen der Kellner schlecht behandelt hat. Er war offensichtlich der Meinung, dass an diesem Abend die Cocktail-Kellner auch zum Verkauf stünden. Damit will ich ebenfalls nichts zu tun haben." Bull setzte sein Glas erneut an und leerte es. „Meine Angestellten sind mir wichtig und müssen jederzeit mit Respekt behandelt werden. Das ist ein Club, keine Drogenhöhle oder ein Bordell."

„Ich wollte nicht dein Urteil infrage stellen", sagte Red ruhig. „Es war nur eine Frage. James scheint mit Geld nur so um sich zu werfen. Es wäre für einen Geschäftsmann schlecht, das abzulehnen. Das ist alles."

„Das klingt fair", meinte Bull.

„Bull", unterbrach Terry. „Ist dir etwas aufgefallen, nachdem James nicht mehr hierherkam?"

„Schlechter Stoff ist in der Stadt aufgetaucht, auch in meinem Club. Wir haben uns Gedanken gemacht, wie wir damit umgehen sollen, als er etwa zur gleichen Zeit wie James verschwunden ist." Bull drehte sich zu Red. „Ich kann dir nicht mehr sagen als das, was ich weiß, aber die Drogen waren verschwunden, als James es auch war. Oder besser gesagt, sie sind weitergezogen, als er es auch ist. Gott sei Dank, denn das Zeug, das im Umlauf ist, besonders das Heroin, ist wahnsinnig stark."

„Das ist uns auch schon aufgefallen. Die Leute sterben daran." Das leichte Zittern ins Reds Stimme traf Terry mitten ins Herz. Es wäre so einfach für ihn, die Menschen zu vergessen, die davon verletzt wurden. Sie waren Drogensüchtige, Menschen mit Problemen, mit denen niemand etwas zu tun haben wollte. Aber Red sah sie und versuchte, ihnen zu helfen.

„Zweifellos. Aber ich muss fragen: Warum interessiert dich das? Es ist ja nicht so, dass die ganzen Junkies deinen Job leichter machen. Sie stellen den Markt für den Abschaum, der diesen Dreck unter die Leute bringt. Man könnte meinen, ein paar weniger würden dir den Job erleichtern." Bulls Blick war stechend und Terry war froh, dass er ihn nicht so ansah. Er konnte die Hitze praktisch spüren und wollte stellvertretend für Red erschauern.

„Das könnte man so sehen. Aber das Einzige, was meinen Job leichter macht, ist, ihn richtig zu machen, damit dieser Mist von den Straßen verschwindet. Basta!" Reds Blick schien Bull zu durchbohren. „In den letzten zwei Tagen sind zwei Männer direkt vor meinen Augen an diesem Scheiß gestorben, weil ich zu spät gekommen bin. Ich glaube, einem konnte ich helfen, aber wer weiß? Die Ärzte bezweifeln, dass sein Gehirn keine dauerhaften Schäden davongetragen hat. Vielleicht wäre es besser, wenn er auch gestorben wäre. Ich weiß es nicht." Red zögerte. „Früher habe ich alles schwarz und weiß gesehen. Jetzt bin ich mir bei vielem nicht mehr so sicher. Was ich aber sicher weiß, ist, dass dieses Zeug schlimm ist und noch viele Leute daran sterben werden, weil sie nicht wissen, was sie da nehmen."

Bull nickte einmal und stand dann auf. „Ich weiß nicht, wie er es macht oder wie er es verbirgt, aber er hat Dreck am Stecken. Ich habe eine Nase dafür. Wenn er in der Nähe war, ging mein innerer Alarm sofort los." Er blickte zur Tür des Clubs, dann wieder zu ihnen. „Ich werde keine Aussage machen, also frag erst gar nicht. Ich habe einen Club zu führen, und das werde ich auch tun." Bulls Blick wanderte zu ihm und Terry brach der Schweiß aus. „Ich hoffe, du bist fertig mit James."

Terry nickte. „Das bin ich."

„Er hat ihn bedroht", erzählte Red.

„Typen wie James mögen es nicht zu verlieren … niemals. Sie ziehen sich vielleicht für eine Weile zurück, aber wenn sie zurückkommen, dann mit aller Macht, besonders, wenn sie der Meinung sind, dass ihr Ruf oder ihr Stolz verletzt wurde." Bull nahm sein leeres Glas. „Ich wünsche euch beiden alles Gute." Damit drehte er sich um und marschierte durch den Club davon, dabei traten die Leute ihm aus dem Weg.

„Heilige Scheiße", murmelte Terry und nahm sein Bier. Er kippte einen Großteil davon hinunter, um seine Nerven zu beruhigen. Dann setzte er das Glas ab, nahm es erneut und leerte es. „Ich war … ich war …"

„Hey, du hast es nicht gewusst." Red streckte die Hand aus und tätschelte Terrys.

„Aber er … er ist ein …", stammelte Terry und stand auf. Er ging zur Bar und bestellte noch ein Bier. Er bezahlte es, ging zurück zum Tisch, dann wünschte er sich sofort, es wäre etwas Stärkeres.

„Terry, du hast nicht gewusst, was er ist", sagte Red, als er wieder zum Tisch kam. Nicht, dass es eine Rolle spielte. Terry war immer noch bis ins Mark erschüttert. Er hatte gedacht, dass er einfach mit einem Typen zusammen gewesen war, dabei war er … eine Gangsterbraut gewesen. Darüber würde er nie hinwegkommen … niemals.

„Das spielt keine Rolle." Er stellte sein Glas mit mehr Wucht auf den Tisch als beabsichtigt und das Bier schwappte über den Rand. „Ich wollte nicht sehen, was er war. Ich wollte nur die tollen Klamotten sehen, die schicken Restaurants, die Autos und alles andere, das man für Geld kaufen kann. Deshalb war ich mit ihm zusammen." Terry holte tief Luft und hustete. „Ich dachte, dass ich ihn liebe und dass er mich liebt, aber das war Unsinn. Ich war nichts für ihn und er war einfach eine Quelle für die Dinge, die ich haben wollte." Terry schnappte das Glas und trank erneut. Er brauchte es. Er leerte das Glas und stellte es wieder ab. „Ich wette, er hatte hinter meinem Rücken auch was mit anderen Typen. Das hätte ich ebenfalls wissen sollen." Seine Hände zitterten. Er schloss fest die Augen, um die aufkeimenden Ängste aus seinen Gedanken zu verbannen.

„Hast du … dich geschützt?", fragte Red kaum hörbar.

Terry nickte. „Aber ich lasse mich besser testen, um sicherzugehen. Gott weiß, was er mit nach Hause gebracht hat." Er blickte wieder zur Bar.

„Ich denke, du hattest genug für den Moment." Red stand auf und ließ sein halb leeres Bier stehen. Terry war versucht, sich das Glas zu schnappen und es auszutrinken. Aber er ließ es stehen und folgte Red. Er erwartete, dass er zur Tür geführt wurde, aber sie landeten in der Mitte der Tanzfläche. Red drehte sich um, als das Lied endete, und nahm Terrys Hand, als die Musik erneut einsetzte.

Terry bewegte sich mit Red, so gut er konnte. Er war überrascht … nein, schockiert über die Art, wie Red sich bewegte. Es war unelegant, dreist, verwegen, unkoordiniert, fast schon gefährlich und der unglaublichste Tanz, den Terry je in seinem Leben gesehen hatte. Er lachte, Red lachte und die Leute um sie herum gingen ihnen aus dem Weg. Es machte einfach Spaß. Am Ende zog Red Terry in seine Arme und küsste ihn vor aller Augen, dass ihm die Luft wegblieb. Es erklangen Pfiffe und sie ernteten einige neidische Blicke.

„Ich denke, es ist an der Zeit, nach Hause zu gehen", erklärte Red.

Terry nickte und hielt Reds Hand, als sie von der Tanzfläche zum Ausgang des Clubs gingen. Bull stand an der Tür. Er folgte ihnen hinaus, als sie an ihm vorbeigingen. „Ihr wisst schon, dass James von eurer kleinen Vorstellung erfahren wird?"

Red zögerte, dann nickte er. Terry unterdrückte ein Keuchen. War das alles nur Show gewesen? „In dem Moment habe ich nicht daran gedacht, aber ich glaube, du hast recht. Ich denke auch, dass es an der Zeit ist, dass James erfährt, dass er sich nicht mehr einfach nehmen kann, was er will."

„Er wird herausfinden, wer du bist", fügte Bull hinzu. „Du bist ein ziemlich auffälliger Mensch, Officer."

„Dann sucht er sich hoffentlich ein Loch, in dem er sich verkriechen kann, zusammen mit all dem anderen Abschaum, und bleibt dort. Oder er ergreift die Flucht, solange er noch kann." Die Vehemenz in Reds Stimme war erschreckend und aufregend zugleich. Terry wusste nicht recht, was er davon halten sollte.

„Das wird er wohl kaum tun", meinte Bull leise. „Typen wie er kämpfen. Ihr Ego ist einfach zu groß." Er trat zurück. „Ich wünsche euch eine gute Nacht."

Terry und Red drehten sich um und gingen zum Truck. Red war still und hatte die Hände in den Taschen vergraben. „Ich habe einen Fehler gemacht. Bull hat recht. James wird herausfinden, dass ich mit dir zusammen bin. Vielleicht habe ich gerade alles kaputt gemacht. Er wird wissen, dass ich mit dir hier war. Bestimmt erinnert er sich vom Familienzentrum an mich."

„Also ich denke, er hat bestimmt schon einen Verdacht. Denk mal an das Glas." Terry hielt inne. „Wenn wir etwas tun müssen, dann schnell herausfinden, was er vorhat. Ich meine, wenn Bull recht hat und James so impulsiv ist, wie er sagt, dann ist es das Beste, ihn loszuwerden, richtig?" Terry öffnete die Tür des Trucks und stieg ein. Red tat das Gleiche, schloss seine Tür und drehte sich zu ihm.

„Komm auf keinen Fall in James' Nähe", warnte Red ihn. „Wenn du ihn siehst, ruf die Polizei."

„Wo kommt das denn her?", fragte Terry.

„Ich will nicht, dass du ihn aufsuchst oder ihm hinterher spionierst. Du hast 'wir' gesagt. Ich überprüfe ihn. Das ist mein Job. Du bleibst in Sicherheit und hältst dich von Schwierigkeiten fern. Hast du das verstanden?"

„Jawohl, Eure kaiserliche Majestät. Selbst ein Gehörloser hat dich verstanden." Terry packte den Türgriff und zog daran. „Ich kann auf mich selbst aufpassen. Das mache ich schon seit Jahren. Vielleicht habe ich Fehler gemacht, aber das ist meine Sache, und es ist nicht nötig, dass du mir sagst, was ich tun kann und was nicht." Terry stieß die Tür auf und stieg aus dem Truck. Er drehte sich um und warf die Tür energisch zu. Der Truck wackelte, während Terry sich abwandte und davonmarschierte.

Je weiter er den Truck hinter sich ließ, desto mehr ließ seine Entschlossenheit nach. Er fühlte sich schrecklich, dann vernahm er Schritte hinter sich, was es noch schlimmer machte. Terry blickte über seine Schulter und lief schneller.

Arme schlangen sich um seine Taille und hielten ihn fest. „Ich wollte dir nicht sagen, was du zu tun hast. Ich mache mir Sorgen, dass James dir etwas antun könnte." Red zögerte. „Ich will nicht, dass dir etwas passiert. Es würde mir zu sehr wehtun."

„Warum hast du das dann nicht gesagt?"

„Weil ich ein grober Klotz bin, der dauernd Befehle erteilt und anderen sagt, was sie zu tun haben." Red hielt ihn fester. „Ich weiß, dass es falsch war, aber ich habe es getan, weil du mir etwas bedeutest. Ich will James nicht in deiner Nähe haben. Verdammt, ich will niemanden in deiner Nähe haben, außer mir. Aber das ist bestimmt nicht das, was du willst. Ich will, dass du sicher bist. Ich kann alles ertragen, solange du in Sicherheit bist."

Terry versuchte nicht mehr, sich von ihm zu lösen, sondern drehte sich um. „Warum hast du das denn nicht einfach gesagt? Du musstest nicht so unsensibel sein."

„Ich weiß. Es tut mir leid." Red zögerte, dann zog er Terry an sich. Red legte seine Arme um ihn und seine Hand ruhte in Terrys Kreuz. „Ich wollte dich nicht anschreien oder herumkommandieren. Ich will, dass du in Sicherheit bist." Terry spürte einen warmen Luftzug in seinem Haar und merkte, dass es Reds Atem war. Er schloss die Augen, aber er nahm Red nicht ebenfalls in die Arme. Er war noch nicht bereit, ihm zu verzeihen, aber fast. Es war schön, von jemandem im Arm gehalten zu werden, dem man wirklich etwas bedeutete, auch wenn die Art dieses Jemands, es zu zeigen, einem Elefanten im Porzellanladen glich. Er schloss die Arme um Red und legte seinen Kopf an dessen Brust.

„Ich hätte nicht überreagieren dürfen", flüsterte Red in die Dunkelheit. Terry hob den Blick und Red begegnete ihm sofort. „War das unser erster Streit?"

Red lächelte. „Wahrscheinlich, und bestimmt auch nicht unser letzter, wenn wir weiterhin viel Zeit zusammen verbringen." Er beugte sich vor. „Aber es gibt Entschädigungen. In Filmen heißt es doch immer, dass Versöhnungssex am besten ist."

Terry lachte auf. „Ich glaube nicht, dass das ein Problem für uns ist."

„Hoffen wir nicht. Bei irgendetwas müssen wir ja gut sein." Red stimmte in sein Lachen ein, bevor er sie beide mit einem Kuss unterbrach. „Wir sollten zum Truck zurückgehen, bevor wir einen Menschenauflauf verursachen."

Terry nickte und trat einen Schritt zurück. Er musste, denn wenn er es nicht täte, würde er Dinge tun, die man in der Öffentlichkeit nicht tun sollte. Sie gingen zurück zum Truck und stiegen ein. Dieses Mal waren sie still, während Red aus Harrisburg heraus auf den Freeway fuhr. Sie überquerten den Susquehanna River und gelangten nach Carlisle. Reds Telefon klingelte. Er nahm das Gespräch per Bluetooth an. „Hi, Tante Margie, ist alles in Ordnung?"

„Ja, mein Schatz. Mir geht's gut. Ich habe keine Eiscreme mehr, aber ich hätte gerne welche. Bist du zu Hause?"

„Nein, Terry und ich sind auf dem Heimweg von einem Club in Harrisburg. Wir können unterwegs anhalten und dir welche besorgen. Welche Geschmacksrichtung hättest du gerne?"

„Rocky Road. Such dir mit Terry aus, was ihr wollt. Ich habe alles da, was wir sonst noch brauchen." Sie klang zufrieden. Red lächelte und schüttelte den Kopf.

„Okay. Wir halten an und holen Eiscreme, dann sind wir in ein paar Minuten da." Red beendete das Gespräch. „Das macht dir nichts aus, oder? Das war nur ein Vorwand, damit wir zu ihr kommen, weil sie nicht allein sein will. Tante Margie ist oft allein. Normalerweise besuche ich sie alle paar Tage.

„Natürlich nicht." Terry konnte noch eine Weile warten, bevor sie wieder zu Red gingen. Sie bogen von der High Street ab und hielten an einem Lebensmittelladen am Rand der Stadt an. Red suchte das Eis für seine Tante aus. Terry nahm eine Packung Schoko-Pfefferminz-Eis. Sie bezahlten und fuhren zu Tante Margie.

Es dauerte eine Weile, einen Parkplatz zu finden und dann zu ihrem Haus zu laufen. Selbstverständlich erwartete Tante Margie sie mit bereitgestellten Schälchen und Streuseln. „Du hättest einfach fragen können, ob wir vorbeikommen wollen", sagte Red, während er das Eis auspackte und auf die Anrichte stellte. „Eine Ausrede war nicht nötig."

Sie blickte ihn abschätzig an. „Also ob du jemals Eiscreme ablehnen würdest."

Terry legte die Hand vor den Mund, um sein Lächeln zu verbergen. Das war gut zu wissen. Wenn er Red jemals dazu bringen wollte, etwas zu tun, dann wusste er jetzt, wie er ihn bestechen konnte. Red füllte die Schälchen und räumte die Eiscreme weg, bevor sie sich zusammen aufs Sofa setzten.

„Ihr ward also tanzen?", stellte Tante Margie fest. „Red ist wirklich furchtbar. Einmal hat er bei einer Hochzeit der Braut fast ein Auge ausgeschlagen."

„Tante Margie, das habe ich nicht!", rief Red empört. „Es war eine der Brautjungfern und sie hat darauf bestanden, mit mir zu tanzen, auch nachdem ich ihr gesagt hatte, wie schlecht ich bin. Es war also ihre eigene Schuld."

Terry konnte sich nicht mehr halten. Die Vorstellung von Red, der mit einer Frau in einem pinkfarbenen Brautjungfernkleid auf der Tanzfläche um sich schlug, war zu viel. Er lachte aus voller Kehle. „Guter Gott", keuchte er und lachte erneut auf. „Wir behalten dich besser beim nächsten Polizeiball im Auge, oder du schlägst noch einen der Spender k.o."

„Deshalb tanze ich nicht", erklärte Red fröhlich.

„Du hast heute Abend mit mir getanzt." Terry rutschte näher zu Red. „Treffen wir einfach eine Abmachung. Du tanzt nur mit mir. Du bist einfach zu … enthusiastisch für die breite Öffentlichkeit."

„Enthusiastisch … spastisch", warf Tante Margie ein.

„Ich bin hergekommen, weil du Eiscreme wolltest. Mir war nicht bewusst, dass seelische Misshandlung auch dazugehören würde." Red gab sich verletzt, aber Terry konnte sehen, dass er es nicht war. Terry stieß ihm mit dem Ellenbogen in die Seite und zwinkerte.

„Ich fand es eigentlich schön, dass er mich zum Tanzen aufgefordert hat. Das hat schon lange niemand mehr gemacht, das werde ich nicht vergessen." Nicht, dass er es je könnte, angesichts der Art, wie Red sich bewegt hatte, aber das sagte er nicht. Red hatte sich etwas getraut. Es war nicht schön anzusehen gewesen, aber es war ehrlich, und das zählte eine Menge.

„Scheint so", brummte Red, dann nahm er einen Löffel und wandte sich seiner Schale Schoko-Minz-Eis zu.

„Du wirst nie einen Preis für Anmut gewinnen, und *Let's Dance* sehe ich in deiner Zukunft auch nicht, aber das warst einfach nur du. Du hast mit mir getanzt, obwohl du wusstest, dass dich die Leute beobachten würden", flüsterte Terry.

„Du hast ausgesehen, als wolltest du tanzen", flüsterte Red zurück.

„Das wollte ich und ich würde jederzeit wieder mit dir tanzen." Terry stellte seine Schale auf den Couchtisch und drehte sich zu Red, dabei kam er ihm sehr nah. „Beim nächsten Mal stellst du dir das Tanzen einfach als Liebesspiel im Stehen und mit Kleidung vor. Wenn du das tust, dann bist du jedes Mal der beste Tänzer im Raum."

Red hielt inne und wurde leuchtend rot. Margie schaute zum Fernseher und schien es nicht zu bemerken.

„Also essen wir jetzt unser Eis zu Ende und sagen deiner Tante Gute Nacht, damit ich dir zeigen kann, was ich meine."

Red aß schnell, sehr schnell, fast schon in Cartoon-Geschwindigkeit. Als er fertig war, war Terry es noch lange nicht. Red räumte sein Geschirr weg und entschuldigte sich, um Officer Cloud anzurufen. Als er zurückkam, war Margie fertig. Terry hatte das Geschirr abgespült und in der Spüle stehen gelassen. Er war bereit zu gehen, falls Red es auch war. Margie war dabei, in ihrem Sessel einzuschlafen, deshalb half Red ihr hoch und brachte sie in ihr Schlafzimmer. Als er zurückkam, verließen sie das Haus und gingen durch die Nacht zum Truck.

„Was hat Aaron gesagt, als du ihm erzählt hast, was wir herausgefunden haben?"

„Dass wir eine Menge zu tun haben." Red blickte sich um und lief schneller zum Truck. Als sie eingestiegen waren und die Türen geschlossen hatten, sprach er weiter. „Dass eine mögliche Verbindung zwischen James und den schlechten Drogen eine Überraschung für ihn war, auch wenn er sich freuen würde, wenn es stimmt. Aber er ist nicht überzeugt. Und wir brauchen Beweise, die ihn als Verteiler identifizieren."

„Ja. Ich schätze, für Bull ist es viel einfacher zu sagen, was er vermutet, als für euch, es zu beweisen, damit ihr jemanden verhaften könnt."

„Und Drogenfälle sind wirklich hart. Diejenigen, die das Sagen haben, verstecken sich hinter vielen anderen, die zu viel Angst haben, um zu reden, oder einfach nichts wissen. Wir verhaften einen von ihnen zusammen mit seinem Lieferanten, dann übernimmt ein anderer seinen Platz und wir stehen wieder am Anfang." Red war offensichtlich entmutigt.

„Aber wenn James derjenige ist, der die Gegend durch seine Firma versorgt …"

„Dann können wir vielleicht der Schlange den Kopf abschneiden, zumindest fürs Erste. Das ist die Natur der Polizeiarbeit und dieser Art von Handel. Wir machen Fortschritte, aber die anderen werden schlauer und finden Möglichkeiten, uns aus dem Weg zu gehen." Red startete den Motor, verließ den Parkplatz und fuhr zu seinem Haus.

Terry gähnte, als sie dort ankamen und Red die Hintertür aufschloss. Er lauschte an der Tür, dann schaltete er die Lichter an. „Ist alles in Ordnung?"

„Ja", antwortete Red und ging weiter ins Haus. „Ich glaube, ich bin nur übervorsichtig." Red schloss die Tür hinter ihnen ab. „Es nicht zu sein, ist schwer. James ist nicht, was ich erwartet habe, und jetzt, wo wir gegen ihn ermitteln, damit du in Sicherheit bist, hat sich das Ganze in etwas viel Größeres und Gefährlicheres verwandelt. Ich …"

„Du willst, dass ich in Sicherheit bin. Das verstehe ich. Aber die beste Möglichkeit ist herauszufinden, was James vorhat, damit wir ihn aus dem Verkehr ziehen können."

„Das ist mein Job, gemeinsam mit dem Rest der Polizei. Dein Job ist es, dich von ihm fernzuhalten. Das ist alles. Häng dich nicht rein oder … gar nichts. Diese Ermittlung wird über mein Revier hinausgehen. Wir werden die Polizei in Harrisburg miteinbeziehen müssen, vielleicht auch andere Dienststellen. Das hängt davon ab, wie weit die Drogen verbreitet sind."

„Aber ich will helfen", sagte Terry.

„Das weiß ich, und das kannst du am besten tun, indem du in Sicherheit bist, damit ich mir nicht die ganze Zeit Gedanken um dich machen muss. Wenn ich weiß, dass es dir gut geht, dann kann ich meinen Job machen. Wenn du in Gefahr bist, dann mache ich mir Sorgen um dich und kann nicht tun, was nötig ist."

Terry schluckte hart. „Ich werde nichts Dummes tun und den Helden spielen." Er erschauerte. „Wurde in meiner Wohnung etwas gefunden?"

„Abgesehen von dem zerbrochenen Glas, nein. Da war keine Kamera. Sie sagten, das Schloss wurde aufgebrochen. Es sah aus, als wäre derjenige nicht lang dort gewesen. Aaron denkt das Gleiche wie du. Dass es eine Botschaft für dich war."

Terry schluckte. „Ich glaube nicht, dass ich wieder dorthin zurückkehren kann. Wenn das alles vorbei ist, werde ich mir eine neue Wohnung suchen müssen. Ich muss sie ausräumen und alles hinter mir lassen." Allein der Gedanke, in dem Appartement leben zu müssen, ließ es ihm eiskalt den Rücken hinunterlaufen. „Ich muss das ganz Zeug loswerden, das ich von James bekommen habe, inklusive des Autos. Ich muss aus dieser Wohnung raus. Vielleicht sollte ich irgendwo anders hinziehen und neu anfangen."

„Ist es das, was du wirklich willst?", fragte Red.

Fuck. Er hatte einfach drauflosgeredet und nicht darüber nachgedacht, was er gesagt hatte. „Nein. Ich rede nicht wegen dir so. Das war nur laut gedacht." Er hatte einen langen Tag gehabt, und dieser Mist mit James hatte ihm die letzte Energie geraubt. Er fühlte sich verletzt, verängstigt und vollkommen verwirrt. Im Moment ergab nichts einen Sinn, abgesehen von Red. „Können wir nach oben gehen? Ich will nicht mehr über all das nachdenken." Er war so müde. Er hatte gedacht, dass er James entkommen war und sich ein eigenes Leben aufgebaut hatte. Der verdammte Typ musste psychotisch sein.

Red nahm seine Hand und führte ihn durch das Haus und die Treppe hinauf. „Geh ins Badezimmer. Ich muss noch etwas erledigen." Red ließ seine Hand los. Terry ging geistesabwesend ins Bad und schloss die Tür. Er benutzte die Toilette und wusch sich. Als er fertig war, stand Red vor der Tür und wartete darauf, dass er an der Reihe war.

Terry ging ins Schlafzimmer, zog sich aus und schlüpfte unter die Decke. Manchmal liebte er große Verführungsszenarien. Allerdings nicht heute. Er wollte nur vergessen. Als Red ins Zimmer kam, wartete Terry, während er sich auszog und dann das Licht ausschaltete. Er wollte Dunkelheit und Stille. Red stieg ins Bett, rutschte näher und zog ihn eng an sich, bis Terry seine Wärme spüren konnte.

„Ich bin bei dir. Niemand wird dir wehtun", versicherte Red.

„Das hat er schon", flüsterte Terry in die Dunkelheit.

„James kann dir nur wegnehmen, was du ihm erlaubst zu nehmen. Ich weiß, dass das wie ein Klischee klingt, aber es ist wahr. Er kann dich nur erschüttern, wenn du an dem festhältst, was passiert ist und dir darüber Gedanken machst. James wird hier nicht herein- und auch nicht in deine Nähe kommen. Ich werde ihn schnappen, dann muss sich niemand mehr wegen ihm Gedanken machen.

Terry wünschte sich mehr als alles andere, dass das der Wahrheit entsprach.

7

RED VERSTÄRKTE seine Umarmung. Er war nicht sicher, was Terry in dem Moment wollte. Er hatte gesagt, dass er vergessen wollte, wobei Red ihm helfen konnte. Er konnte Terry zum Schreien bringen und dazu, in den nächsten paar Stunden alles, was passiert war, zu vergessen. Red war sich nicht sicher, ob dies das Beste wäre, also hielt er ihn stattdessen einfach fest. „Du kannst tun, was auch immer du dir vornimmst."

„Wie kannst du das in einem Moment wie diesem sagen?", forderte Terry. „Du solltest sagen, dass sich alles regelt und wieder gut werden wird."

„Es wird wieder gut, wenn du bereit bist, es zuzulassen."

Terry drehte sich um, um ihn anzusehen. „Wenn James das ist, was Bull uns erzählt hat, dann frage ich mich, wie jemals alles wieder gut werden kann. Er hat bestimmt Leute, die er auf mich hetzen kann."

„Das wissen wir nicht. Zuerst einmal scheint es ihm ziemlich gut zu gehen, basierend auf dem, was wir herausgefunden haben. Er ist der Dealer des Monats oder des Jahres. Sehr wahrscheinlich hat er Verbindungen. Falls wir James erwischen und ihm genug Angst machen, könnten wir einen größeren Fisch fangen, aber das wird sich erst herausstellen. Aaron möchte, dass du morgen Früh erneut aufs Revier kommst, um noch ein paar Fragen zu beantworten, aber dann liegt es an uns, die Beweise zu sammeln, die wir brauchen." Red erzählte Terry nicht, dass bereits ein ganzes Team daran arbeitete. Sie würden alles durchgehen, was sie finden konnten. Aaron war so aufgeregt gewesen, als Red ihm von Bulls Vermutung erzählt hatte, dass Red fast damit gerechnet hatte, Aaron würde durchs Telefon kriechen. „Schließ deine Augen und ruh dich etwas aus. Versuch, nicht daran zu denken."

„Das kann ich nicht", sagte Terry. „Wie soll ich die Augen schließen und vergessen, dass ich mit einem Drogendealer geschlafen habe?" Terry erschauerte in Reds Armen. „Was, wenn er versucht hätte, mich von dem Zeug, das er verkauft, abhängig zu machen?"

„Die Kunden kommen größtenteils von selbst auf das Zeug, dann brauchen sie jemanden, der sie mit Stoff versorgt. Leider gibt es mehr als genug von solchen Kunden. James wollte dich wahrscheinlich in seinem Leben haben, weil du gut aussiehst und ihm den Eindruck von Ehrbarkeit verschaffst, in Ermangelung eines besseren Wortes." Red holte tief Luft. „Das heißt nicht, dass du es nicht an einem bestimmten Punkt herausgefunden hättest oder James es dir erzählt hätte. Dann hätte es kein Zurück mehr gegeben. Nie mehr. In dem Moment, in dem du Details seiner Geschäfte gekannt hättest, hätte es für dich keinen Ausweg mehr gegeben."

„Willst du mir Angst machen?", flüsterte Terry.

„Nein, ich will sagen, dass du noch rechtzeitig den Absprung geschafft hast." Red strich Terry das Haar aus der Stirn und küsste ihn. „Ist das okay?", wisperte Red. Als Antwort legte Terry seine Arme um Reds Hals, vertiefte den Kuss und stöhnte tief. Der Klang vibrierte in Terrys gesamtem Körper. Red verstärkte seinen Griff, dabei genoss er das Gefühl von Terrys glatter Haut an seiner eigenen.

Red drückte Terry zurück in die Matratze. Er tastete sich an Terrys Seiten und Armen entlang, dann hob er Terrys Arme über seinen Kopf. Terry wimmerte leise, als Red begann, hart an seinem Halsansatz zu saugen. „Was soll ich auf der Arbeit sagen?" Terrys Frage endete in einem Stöhnen.

„Du sagst gar nichts. Lass sie sich alle fragen, was passiert ist, doch das ist privat. Nur zwischen dir und mir", hauchte Red in Terrys Ohr, bevor er sacht daran saugte. Terry keuchte leise auf und drehte den Kopf zur Seite, damit Red besseren Zugang zu ihm hatte. Red fuhr mit der Zunge hinter Terrys Ohr und lauschte seinem leisen Stöhnen.

Red leckte und saugte über Terrys Brust und Bauch. Muskeln zitterten, Terrys Atem stockte mehrmals. Stöhnen folgte auf Keuchen und scharfes Luftholen. Er hielt Terry bei der Stange, sodass dieser nie wusste, welche Stelle als Nächstes geleckt, berührt oder eingesaugt wurde. Terry ließ ihn gewähren. Red genoss seinen Liebhaber und kostete auf jede erdenkliche Art von ihm. Er schwebte innerlich von Terrys himmlischem Geruch und landete mit jedem unglaublichen Lecken wieder auf der Erde.

„Red", beschwerte sich Terry leise.

„Was? Ich lasse mir Zeit."

„Aber ich kann kaum noch denken", wimmerte Terry. Red saugte ihn tief ein und gab ihm, was er wollte. „Oh Gott, blas ihn mir." Terry stieß nach oben und Red nahm ihn bis zum Ansatz auf. „Himmel!"

Red lächelte um Terrys Schwanz herum, bevor er mit der Zunge um die Spitze fuhr. Terry keuchte und klammerte sich an das Bettzeug. Red liebte es, dass er in der Lage war, diese Reaktion hervorzubringen. Es gab nichts Besseres auf der Welt, als zu hören, wie Terry diese Laute machte. Er hatte davon geträumt, jemanden in seinem Leben zu haben, aber er hatte nie erwartet, dass es tatsächlich passieren würde. Er war sich nicht mal sicher, dass es jetzt gerade passierte, aber er würde nichts riskieren. So lange Terry bei ihm war, würde er den Mann so glücklich und begeistert machen, wie er konnte.

„Fuck, Red!", schrie Terry, als er den Kopf schnell auf und ab bewegte und genüsslich saugte. Terry schmeckte nach Moschus und Wärme – perfekt, seiner Meinung nach. Red streichelte Terrys Bauch und Brust und kniff leicht in seine Brustwarzen, während er saugte. „Willst du mich umbringen?"

„Nein", antwortete Red und ließ Terry aus seinem Mund gleiten. „Du wolltest doch für eine Weile vergessen."

Terrys Brust hob sich im Licht, das durch das Fenster herein schien. „Ich weiß nicht mehr, wer ich bin."

„Das ist gut", versicherte Red grinsend, während er Terrys Knöchel packte und vorsichtig seine Beine hochhob.

„Was machst du da?", fragte Terry keuchend.

„Ich bereite dich vor, Liebling", antwortete Red. Er drückte Terrys Beine an dessen Brust und blies zart in seine Spalte. Terry zitterte, als Red die empfindliche Haut vorsichtig mit den Fingern berührte. Red kam näher und glitt mit der Zunge an seinen Fingern vorbei.

„Red!", schrie Terry auf.

„Hat das noch nie jemand für dich getan?", fragte Red und hielt inne.

„Nein", wimmerte Terry.

„Dann mach dich auf etwas gefasst, Schatz." Red leckte hart, berührte die faltige Haut mit der Zunge, bevor er vorsichtig zustieß. Terrys Moschusgeschmack explodierte auf seiner Zunge, seine Beine zitterten und das gesamte Bett mit ihm. Ein tiefes Stöhnen erklang und hörte nicht mehr auf.

„Red, was ... wie ..." Terry sprach vollkommen zusammenhanglos. Das war genau das, was Red wollte. Er wollte, dass es etwas Besonderes wurde, perfekt für Terry.

„Fick mich, bitte."

„Das werde ich", flüsterte Red und drang tief ein. Er streichelte Terrys Hintern und Oberschenkel, spreizte seine Arschbacken, um noch besseren Zugang zu haben.

„Red!", rief Terry ungeduldig.

Red erbarmte sich und holte ein Kondom und Gleitgel aus der Schublade. Er benetzte seine Finger und reizte Terrys Öffnung, bevor er langsam mit einem Finger in dessen Körper eindrang.

Die Hitze brannte. Red keuchte und Terry stöhnte, als er seinen Finger langsam hinein und heraus bewegte. Eine Weile später nahm Red einen zweiten Finger dazu und spreizte sie. Da keuchte Terry und riss am Bettzeug. Als er nicht mehr aufhörte zu zittern, zog Red langsam seine Finger zurück, rollte ein Kondom auf seine Länge und brachte Terry auf dem Bett in Position, sodass Red ihm in die Augen sehen konnte.

Langsam und so vorsichtig, wie er konnte, drang Red in Terrys Körper ein. Hitze strahlte von ihm aus, als sie zusammensanken, sich ihre Körper mit jedem Moment mehr verbanden und ihre Blicke sich vertieften.

Terry zischte und schüttelte sich, bis Reds Hüften sich an seinen Hintern drückten. Dann entließ er ein tiefes Seufzen und hielt inne. „Verdammt. Auch wenn wir das noch eine Million Mal tun, werde ich mich nie daran gewöhnen, wie groß du bist." Terry holte tief Luft und atmete schaudernd aus.

„Habe ich dir wehgetan?"

„Nein, verdammt", antwortete Terry und zog Red in einen Kuss. „Du fühlst dich toll an."

Sie küssten sich lange. Red ließ Terry Zeit, sich an ihn zu gewöhnen, bevor er begann, sich zu bewegen. Als er es dann tat, stöhnte Terry. Der Klang änderte sich. Das Stöhnen wurde tiefer, wenn er eindrang und höher, wenn er sich wieder zurückzog. Es gab nichts Melodischeres oder Harmonischeres als die Laute, die Terry beim Sex machte.

„Genau so", flüsterte Terry. „Gib's mir." Terry wurde herrisch, aber das war Red egal. Er wusste mittlerweile, was Terry gefiel, und er ließ sich darauf ein. Er gab die Kontrolle ab und überließ seinen Instinkten die Führung. Er hielt Terry in seinen Armen, während seine Hüften sich bewegten und sie beide vor Leidenschaft erschauerten.

Terry warf den Kopf zurück und schrie aus voller Kehle. Red nutzte den Moment und küsste ihn hart, dabei legte er alles, was er hatte, in den Kuss. Wie Terry darauf ansprach, törnte ihn an wie nichts anderes. Für Red gab es in mehr als einer Hinsicht kein Zurück mehr. Er ließ sich mit Herz und Seele darauf ein, Terry zu lieben, und konnte nur hoffen, dass er es wert war, ebenso geliebt zu werden.

„Red, oh Gott …" Terry warf den Kopf zurück und bog den Rücken durch. „Ja!", schrie er erneut. Für Red gab es kein Halten mehr. Seine

Gedanken verschwammen, als er komplett die Kontrolle über seinen Körper verlor. Er schien zu schweben. Es war fast zu schön und zu perfekt, um wahr zu sein.

„Terry", flüsterte Red und nahm dessen Lippen in einem brennenden Kuss gefangen.

Red war so kurz davor, dass er sich verkrampfte. Er musste so dringend zum Orgasmus kommen, wie er Luft zum Atmen brauchte, aber irgendwie fand er die Kraft, es hinauszuzögern, bis Terry sich versteifte und um ihn herum verkrampfte. Red konnte Terrys Höhepunkt fühlen und das brachte ihn selbst zu seinem Höhepunkt, der überhaupt nicht mehr aufzuhören schien. Er wollte, dass er nie wieder aufhörte.

Red konnte sich nicht bewegen. Er ließ sich einfach gehen. Alles an ihm war empfindlich. Er wollte, dass dieses Gefühl anhielt. Das war es, was er brauchte. Schließlich trennten sie sich unter Keuchen. Red legte sich aufs Bett, ohne die Augen zu öffnen. Es war einfach zu viel für ihn. Er entfernte tastend das Kondom. Auf die gleiche Weise tastete er sich an Terrys Körper entlang, dabei prägte er sich jede einzelne Kontur ein – das kleine Grübchen über seiner Hüfte, seine kraftvollen Oberschenkel, wie Muskeln seinen Bauch geformt hatten. Er spürte, wie Terry sich streckte und das Geräusch von Taschentüchern, die aus der Box neben dem Bett gezogen wurden, drang an sein Ohr.

Terry war schweißbedeckt – genau wie Red selbst. Die Klimaanlage schaltete sich ein und kühlte seine Haut. Red lag auf dem Rücken, dabei hielt er Terrys Hand und rührte keinen Muskel. Es war zu heiß, um etwas anderes zu tun, als abzuwarten, bis es etwas abgekühlt hatte.

„Wow", sagte Terry leise.

„Ja. Das warst du auf jeden Fall." Red drehte sich auf die Seite und öffnete seine Augen einen Spalt. Er konnte sie nicht länger geschlossen halten. Er musste Terry sehen, sein Lächeln beobachten und ihm tief in die Augen schauen.

„Ich habe dich damit gemeint", gab Terry zärtlich zurück und streichelte Reds Wange. „Der Bart gefällt mir."

„Ach ja?"

„Ja. Er wird toll, wenn er etwas länger und weicher wird." Terry zog die Hand zurück. „Du wirst richtig gut aussehen." Terry drehte sich auf die Seite und rutschte näher.

„Ich bezweifle, dass ich jemals gut aussehen werde. Das ist einfach nicht möglich. Vielleicht weniger hässlich, aber niemals gut aussehend."

Der Schlag auf seinen Oberschenkel hallte wie ein Peitschenknall. „Wofür war das denn?"

„Hör auf, dich kleinzureden", forderte Terry. „Das machst du andauernd. Du bist ein gut aussehender Mann und durch den Bart siehst du vornehm aus. Wenn er dichter geworden ist, helfe ich dir, ihn zu stutzen, dann wirst du richtig markant aussehen."

„Terry, es ist so, wie es ist. Ich weiß, wie ich aussehe, wie wir zusammen wirken."

„Ja, das hast du schon einmal gesagt: Der Schöne und das Biest. Kennst du die Geschichte? Ich kenne nur den Film von Disney, und ich denke, du hast da etwas nicht richtig verstanden. Denn es geht nicht um das Aussehen, sondern darum, wie man in seinem Inneren ist. Das Biest hat sich in einen Prinzen verwandelt, weil es sich wie ein Prinz verhalten hat, freundlich und fürsorglich. Die Schöne war nicht einfach nur hübsch, sondern ebenfalls freundlich und fürsorglich. Deshalb war sie schön. Das wahre Biest in der Geschichte war der Typ, der Belle für sich selbst haben wollte. Äußerlich sah er gut aus, aber sein Inneres war hässlich." Terry setzte sich neben ihm auf und schaute in Reds Augen. „Nicht schlecht für jemanden, der so oberflächlich ist wie ich."

„Schatz, du bist nicht oberflächlich", sagte Red leise und blinzelte ein paar Mal. Dann zog er Terry an sich, denn er wollte nicht, dass dieser sah, wie sich seine Augen mit Tränen füllten wie die eines Kindes.

„Oh doch, ich bin oberflächlich, was bestimmte Dinge angeht", flüsterte Terry. „Aber vielleicht nicht mehr so sehr, wie ich es einmal war." Terry küsste ihn, als Red den schmaleren Mann in eine feste Umarmung zog. „Denn ich habe einen Einblick in wahre Schönheit und Freundlichkeit bekommen, weißt du?"

„Wann war das?", fragte Red, doch er fürchtete sich vor der Antwort.

„An dem Tag, als ein Mann, den ich kaum gekannt habe, mich bei sich aufgenommen hat, weil ich in Gefahr war. Was für ein Mensch tut so was?" Terry umfasste Reds Wangen. „Nur jemand mit der wundervollsten Seele, die ich je in meinem Leben treffen werde. Wie ich schon sagte, ich bin vielleicht oberflächlich, und damit kann ich leben, aber ich bin nicht dumm."

„Terry", setzte Red an, aber ihm blieben die Worte im Hals stecken. „Du verdienst jemanden, auf den du stolz sein kannst, wenn du mit ihm gesehen wirst." Ein weiteres Klatschen hallte im Raum – dieses Mal traf der Schlag seinen Hintern.

„Hör auf damit! Ich bin stolz auf dich und ich werde mich mit dir sehen lassen, wo auch immer du mit mir hingehst. Ich erkenne eine gute Sache, wenn ich sie sehe, und du bist das Beste, was mir je passiert ist." Terry hielt ihn fest und küsste ihn mit solcher Hingabe, dass Red fast glauben konnte, was Terry gesagt hatte. „Also vergiss deine Unsicherheit und was auch immer du glaubst, im Spiegel zu sehen, denn ich muss dir sagen, dein Spiegel *lügt*." Die Art, wie Terry das letzte Wort betonte, brachte Red zum Lachen. „Du hast einen Lügenspiegel. Und da wir gerade beim Thema Märchen sind, verbanne, was auch immer dir etwas einreden will, und hör auf mich. Meine Mom hat immer gesagt, Schönheit ist nur äußerlich, aber Hässlichkeit reicht bis ins Mark."

„Okay, ich verstehe, was du meinst", sagte Red und Terry lehnte sich an ihn. Der folgende Kuss war vorsichtig und zärtlich, aber nicht misszuverstehen. Red konnte fühlen, dass Terry diese Worte nicht nur dahingesagt hatte. Er meinte sie ernst. Es gab vieles, das man einem anderen vormachen konnte. Menschen konnten einem ins Gesicht lügen, das hatte er mehr als einmal erlebt. Aber etwas so Intimes und Fürsorgliches wie dieser Kuss … ohne Täuschung, die reine Wahrheit … Red versuchte, sich über seine Gefühle klar zu werden.

„Red", wisperte Terry an seinen Lippen. „Hör auf, so viel zu denken." Terry bewegte sich, der Lichtschalter neben dem Bett klickte und es wurde hell. „Ich sehe dich. Du musst dich nicht im Dunkeln verstecken."

Red wand sich unter Terrys intensivem Blick und drehte den Kopf, damit die vernarbte Seite seines Gesichts auf dem Kissen ruhte. Er sollte eigentlich daran gewöhnt sein, dass man ihn anstarrte, besonders bei der Arbeit, aber vor Terry fühlte er sich entblößt. „Das macht es leichter für mich zu glauben, dass es keine Rolle spielt, wie ich aussehe." Red setzte sich seufzend auf. Es war so schwer zu erklären. Terry hatte ihn gesehen, viele Male schon. Er hatte ihn sogar schon nackt gesehen und die Narben an seiner Seite berührt. Warum, zum Teufel, machte er sich solche Sorgen?

„Also, damit ist jetzt Schluss!" Terry funkelte ihn an, während er die Decke zurückschlug und sich mit verschränkten Beinen auf das Bett setzte, direkt vor ihn. „Was nicht tötet, härtet ab, richtig? Das habe ich zumindest schon einmal gehört. Kompletter Unsinn, wenn du mich fragst, denn was nicht tötet, hinterlässt Narben. Aber dann geht das Leben weiter."

Red holte Luft, um etwas zu sagen, aber Terry schüttelte den Kopf.

„Was macht dir solche Sorgen? Du bist ein großer, starker Cop. Du siehst jeden Tag Dinge, wegen denen ich die Flucht ergreifen würde. Wurde schon einmal auf dich geschossen?"

„Ja", gab Red zu. „Ich wurde auch schon einmal getroffen. Die kugelsichere Weste hat das Geschoss abgefangen." Terry hielt inne und schluckte. Red erkannte, dass Terry darauf nicht vorbereitet gewesen war. „Das gehört zum Job, dafür wurden wir ausgebildet. Nicht auf mich schießen zu lassen, aber den Kugeln möglichst aus dem Weg zu gehen."

„Ich verstehe. Sieh mal, wenn jemand auf mich eine Pistole richten würde, würde ich mir wahrscheinlich in die Hose machen. Aber du weißt, was zu tun ist und wie du mit der Situation umgehen musst." Red nickte zustimmend. „Aber wenn ich dich ansehe, bekommst du Muffensausen." Terry rührte sich nicht. „Ich sehe dich jetzt gerade an." Terry streckte langsam die Hand nach ihm aus. Red spielte mit dem Gedanken, die Decke hochzuziehen und sich zu bedecken wie eine Jungfrau, die ihre Tugend bewahren will. „Ich verstehe es, Red. Alles ist gut, solange du die Kontrolle hast. Dann kannst du dich hinter den Mauern verstecken, die du errichtet hast."

„Kann schon sein", gab Red zu. Weiter würde er nicht gehen.

„In Ordnung." Terry rutschte auf dem Bett nach unten, dabei zog er die Decke mit sich. Reds Schritt und seine Beine wurden entblößt. Er wollte sich schon vorbeugen, um sie wieder hochzuziehen, aber Terry schleuderte die Decke außer Reichweite, bevor er die Gelegenheit dazu bekam. „Leg dich hin, Red." Terry kam näher und legte eine Hand auf Reds Brust. „Leg dich einfach hin."

Red fiel kein Gegenargument ein, also tat er, worum Terry gebeten hatte und drehte sich auf den Bauch.

„Nein Red. Auf den Rücken." Terry tippte vorsichtig auf Reds Seite. „Ich glaube, es ist an der Zeit, dass wir uns diesen Dämonen ein für allemal stellen." Er ließ keinen Widerspruch gelten, also drehte Red sich um. Er legte den Kopf auf das Kissen und schloss die Augen, um sich von der Angst abzugrenzen, die drohte, ihn zu überwältigen. „Ich habe dir schon gesagt, dass ich dich gesehen habe, das habe ich wirklich."

Er rechnete damit, dass Terry ihn berührte. Aber er hatte nicht erwartet, dass Terry ihn mit seiner heißen, feuchten, unglaublichen Zunge berührte. Red erschauerte und seine Haut kribbelte, als strichen Federn über die gesamte Länge der Narbe auf seiner Brust. „Ich hatte einen Freund in der Highschool. Er stand total auf BDSM und wollte, dass ich sein Boy werde. Das ist nicht mein Ding – ich bin passiv, aber kein Sub." Terry fuhr mit den Händen über Reds Brust und rieb dabei über seine Nippel.

„Du bist zu fordernd", stellte Red mit einem erregten Brummen fest.

„Deshalb bin ich kein Sub. Wie auch immer, er war schon älter, so um die Dreißig." Red hustete und vernahm Terrys Kichern. „Ich weiß, dass du auch fast so alt bist, aber ich war damals neunzehn. Das Alter habe ich auch bloß erwähnt, damit du weißt, dass er schon Erfahrung hatte." Terry kam näher. „Ander hat mir erklärt, dass es beim BDSM um den Sub und dessen Bedürfnisse geht."

„Ich verstehe nicht, worauf du hinauswillst", warf Red ein, während er sich verspannte.

Terry hielt inne, aber behielt die Hände auf Reds Brust. „Ich erkläre es wohl nicht sehr gut." Er seufzte laut. „Nachdem ich Ander abgewiesen hatte, traf er seine große Liebe. Es war ein Schulfreund von mir. Scotty hatte große Probleme, trotzdem hat Ander sich schwer in ihn verliebt. Eigentlich beruhte das auf Gegenseitigkeit, und das war so toll. Scotty ging es wegen seines Vaters so schlecht, denn der war der König der Arschlöcher. Hat den Gürtel zum Disziplinieren genommen und so weiter." Terry hielt wieder inne. „Ander hat erzählt, dass er die Narben, die Scotts Dad verursacht hat, mit seinen eigenen überdecken musste. Scotty musste diese Narben annehmen, sie lieben, sie akzeptieren – sie symbolisch von Schmerz in Vergnügen wandeln."

Terry hielt Reds Handgelenk sanft fest und hob seinen Arm hoch. „Hast du deswegen über meine Narben geleckt?"

„Ja. Sie schmecken wie der Rest von dir." Terry hielt inne. „Ich würde dir nie wehtun. Was Ander tut, ist, seinem Sub auf kontrollierte Art die Schmerzen zuzufügen, die er braucht. Das ist nicht das, was du brauchst, und ich könnte es dir auch nicht geben, selbst wenn es so wäre. Was du allerdings brauchst, ist die Erkenntnis, dass die Narben ein Teil von dir sind, genau wie deine unglaublichen Augen, die, kurz bevor du kommst, so dunkel und unergründlich werden, oder die winzigen Grübchen, die auf deinen Wangen erscheinen, wenn du dich gehen lässt und wirklich lächelst." Terry bewegte sich langsam an Reds Körper hinunter, dabei rieb seine glatte Brust über Reds behaarten Bauch. Verdammt, er liebte dieses Gefühl. Er bekäme in seinem ganzen Leben nie genug davon.

Terry leckte und saugte an Reds Hüfte, dort, wo ein Metallstück des Autos in ihn eingedrungen war. Diese Stelle schmerzte immer noch – man hatte ihm gesagt, dass dieser Schnitt seinem Leben fast ein Ende gesetzt hätte. Er hatte bis zum Knochen gereicht. An manchen Tagen hatte er das Gefühl, als steckte das Metall immer noch in ihm. Terry strich über die raue Haut. Red kniff die Augen so fest zusammen, wie er konnte, denn er rechnete jeden Moment mit einem Seufzen oder einem Keuchen, irgendetwas, das zeigte, dass Terry angewidert war. Nichts passierte, außer einem Lecken und dem Gefühl von warmem Atem auf feuchter Haut. Terry leckte erneut, stärker dieses Mal, und schickte einen Blitz durch sein Rückgrat. Dieser Bereich war so empfindlich, dass Red seine eigene Berührung unangenehm war. Er entzog sich Terry fast, aber dieser hörte auf und legte vorsichtig eine Hand auf die Narbe. „Das ist ein Teil von dir, Red."

„Kein schöner Teil", flüsterte Red. „An kalten Tagen tut sie manchmal immer noch weh. Die Ärzte haben mir gesagt, dass ich wahrscheinlich Arthritis bekomme, wenn ich älter werde. Manchmal glaube ich, dass es schon so weit ist."

Terrys Hand bewegte sich nicht und Red öffnete langsam die Augen. „Komm mit mir zum Schwimmen. Nicht für lange, aber es wäre eine gute Übung und belastet die Gelenke nicht." Terry rutschte näher, ohne die Hand zurückzuziehen. Es war gerade eben erträglich, trotzdem wollte Red nicht, dass Terry seine Hand wegnahm.

„Es ist, wie es ist", sagte Red leise. „Davon abgesehen bin ich ein grauenhafter Schwimmer. Ich platsche durch das Wasser, statt hindurchzugleiten wie du." Ihre Blicke trafen sich. Red sah, wie Terry nickte und den Kopf senkte. Terry streckte seine pinkfarbene Zunge heraus und leckte langsam über Reds Brust. „Sie machen dir wirklich nichts aus."

„Nein, Red. Die Narben und alles andere sind ein Teil von dir. Ohne sie und all das, was passiert ist, wärst du nicht der fürsorgliche Mensch, der du bist. So hart das auch vielleicht klingen mag, aber ich glaube, dass alles aus einem bestimmten Grund passiert. Ich habe James getroffen, damit ich erkennen konnte, dass ich mein Leben ändern muss, oder mir passiert etwas Schlimmes. Und so kam es auch fast."

„Welchen kosmischen Grund könnte ein Unfall haben, der meine Eltern getötet und mich auch fast das Leben gekostet hat? Abgesehen davon, mir äußerliche und innerliche Narben zu verpassen?" Red verspannte sich und Terry hielt inne.

„Ich weiß es nicht. Ich habe auch nicht auf alles die Antwort. Aber ich weiß, dass alles, was dir zugestoßen ist, dich zu dem gemacht hat, der du heute bist." Terry hörte auf und seine Hände glitten von Reds Haut. Red setzte sich langsam auf. Terry kniete sich auf das Bett und blickte ihn an.

„Ist es zu früh, sich zu verlieben?", fragte Terry. „Wir kennen uns seit drei Tagen, aber ich weiß, dass mein Leben nie wieder dasselbe sein wird."

„Das bedeutet nicht, dass du mich liebst." Reds Herzschlag hallte in seinen eigenen Ohren so laut, dass er kaum verstehen konnte, was Terry sagte. „Es bedeutet nur, dass ich nett zu dir war und du mir dankbar dafür bist."

Terry beugte sich vor und sein Blick verdunkelte sich. „Wenn du denkst, dass das, was wir in den letzten Nächten zusammen getan haben, aus Dankbarkeit geschehen ist, dann sollte ich diesen Gedanken aus dir herausprügeln. Ich bin keine verdammte Schlampe. Ich werfe mich nicht jedem Kerl an den Hals, der mir über den Weg läuft."

„Warum dann?"

„Was glaubst du denn? Warum war ich mit dir zusammen? Warum will ich immerzu bei dir sein? Warum, zum Teufel, kann ich nicht aufhören, an dich zu denken, wenn ich mich aufs Schwimmen konzentrieren sollte? Ich wünschte wirklich, ich wüsste, warum und ich dachte, dass …" Terrys Blick wanderte zum Bett. „Ich weiß, dass ich dumm und oberflächlich bin. Ich dachte, dass ich in James verliebt war, aber es war nur eine Art von Selbsterhaltung, zusammen mit dem Wunsch, den einfachen Weg im Leben zu nehmen. Das ist es nicht, was ich für dich fühle. Mit dir wird das Leben nie einfach sein."

Red berührte Terrys Kinn und der hob den Blick. „Du bist nicht dumm oder oberflächlich." Red schluckte hart. Zwischen ihnen war es sehr schnell sehr ernst geworden. Es war nicht so, dass er nicht nachvollziehen konnte, wovon Terry sprach. „Ich weiß, wie du dich fühlst. Ich habe mir schon dieselbe Frage gestellt. Ich weiß nicht, wie ich das, was ich für dich empfinde, bezeichnen soll. Ich habe mich zum Narren gemacht, weil ich bei dem Gedanken, dass du dich in die Nähe von James wagst, vor Eifersucht nicht klar denken konnte." Reds verletztes Bein zitterte. Er streckte es aus, um es zu entspannen. „Ist es möglich, sich innerhalb von drei Tagen zu verlieben? Verdammt, ich weiß es nicht. Aber …" Red wollte die Worte aussprechen, aber er konnte nicht. Sein Mund bewegte sich, aber es kam kein Ton heraus. „Warum ist es so schwer auszusprechen, was man fühlt?", platzte es aus Red heraus. Terry grinste und begann zu lachen.

„Ich wünschte, ich wüsste warum. Vielleicht weil man Angst hat, dass der andere nicht das Gleiche fühlt." Terry beugte sich vor und sein Lachen erstarb schnell. „James hat mir dauernd gesagt, dass er mich liebt, aber das waren nur leere Worte ohne Bedeutung. Er hat bei etwas so

Kostbarem gelogen." Terry kam immer näher. „Ich muss also die Worte nicht hören, zumindest nicht, bis du bereit bist, sie auszusprechen und auch zu meinen. Genauso wenig, wie du sie von mir brauchst." Terry küsste ihn. Es war tollpatschig und eigenartig. Terry fiel auf ihn und Red fing ihn auf, hielt ihn fest in seinen Armen. Er legte ihn aufs Bett, wo er ihn wieder und wieder und wieder küsste. Das war wahrscheinlich das umständlichste Liebesgeständnis in der Geschichte der Menschheit gewesen, aber gut genug für Red. Terry hatte Gefühle für ihn und das ließ sein Herz hüpfen. Der Rest würde sich finden, sobald die Angelegenheit mit James erledigt war.

Red unterbrach ihre Küsse gerade lange genug, um das Licht ausschalten zu können. Seine Hände strichen über Terrys glatte Haut, das leise Stöhnen setzte wieder ein und sie liebten sich bis spät in die Nacht, bevor sie eng umschlungen einschliefen. Kurz bevor er einschlief, fragte Red sich, wie lange sein Glück wohl halten würde. Er war früher schon glücklich gewesen, aber es hatte nie lange angedauert. Er hoffte wirklich, dass es dieses Mal anders sein würde.

AM FOLGENDEN Morgen brachte Red Terry auf das Revier. Anschließend fuhr er Terry zum Familienzentrum und kehrte wieder zu seinem Arbeitsplatz zurück. Aaron und er verbrachten den Tag damit, alles auszugraben, was sie über James Guthrie finden konnten. Sie machten seine Eltern ausfindig, die verstorben waren, und einen Bruder, der sich anscheinend aus geschäftlichen Gründen im Ausland aufhielt. Red überprüfte ihn und fand heraus, dass er als Ingenieur am Bau eines Wolkenkratzers in Dubai mitwirkte. Als er einen ziemlich verschlafenen Karl Guthrie am Telefon hatte, erfuhr er, dass die beiden Brüder kein gutes Verhältnis zueinander hatten und dass Karl nichts über die Geschäfte seines Bruders wusste. Dann hörte Red nur noch, dass das Gespräch beendet wurde. „Also das war sinnlos", stellte Red fest, während er den Hörer wieder auflegte. „Der Captain wird wegen der Telefonkosten einen Anfall bekommen."

„Was haben wir noch?", fragte Aaron von seinem Schreibtisch aus. „Das Harrisburg PD beobachtet seine Geschäfte. Sie sind vor sechs Monaten misstrauisch geworden, doch sie konnten nie etwas Konkretes finden. Anscheinend ist einer Menge Leuten das viele Geld aufgefallen, aber niemand konnte es zurückverfolgen."

„Was meinst du?", fragte Red und rollte mit seinem Stuhl von dem Schreibtisch weg.

Aaron glitt mit seinem Stuhl zu Reds Pult. „Das Harrisburg PD hat die finanziellen Ungereimtheiten vor etwa sechs Monaten bemerkt, aber sie haben nie etwas anderes feststellen können als die normalen Lieferungen. Leute haben die Trucks verfolgt, aber sie haben nur ihre Zeit verschwendet, während die Fahrer ihre üblichen Lieferungen in der Gegend gemacht haben." Aaron lächelte. „Einmal dachte der verantwortliche Officer anscheinend, sie hätten ein Muster entdeckt, aber es stellte sich heraus, dass Guthrie einen Vertrag mit einer der Firmen in der Gegend hatte, Bürostühle zu liefern und aufzubauen. Fünfhundert Stück. Einer der Fahrer nahm jeden Tag eine andere Route als die anderen und hielt an einem bestimmten Ort an." Aarons Mundwinkel hoben sich zu einem Lächeln.

„Was war der Grund?"

„Die Frau des Kerls war schwanger. Er hat jeden Tag bei ihr halt gemacht, um zu sehen, ob bei ihr alles in Ordnung ist. Das war alles." Aaron begann zu lachen. „Danach rief James ein paar Freunde an und die Ermittlungen wurden eingestellt. Sie hatten schon alle Möglichkeiten ausgeschöpft und hatten nichts mehr in der Hand, bis wir sie kontaktiert haben."

„Also arbeiten wir zusammen?"

Aaron nickte. Beide Polizeistationen wollten diesen Mist von ihren Straßen haben.

„Was also tun wir als Nächstes?", fragte Red.

„Wir fangen noch mal vor vorne an und gehen alles durch, was wir haben." Aaron rollte zu dem Whiteboard, auf dem sie die bisherigen Informationen zusammengetragen hatten. „Wir wissen, dass bei *Guthrie Expediters* mehr Geld unterwegs ist, als es sein sollte, ein Großteil davon in bar. Wir wissen auch, dass Guthries Privatvermögen beträchtlich ist und aus zweifelhafter Quelle stammt, neben dem Geschäftsvermögen." Das alles stand schon auf der Tafel. „Dein Freund Mr. Baumgartner hat uns erzählt, dass James in einem Club Hausverbot hat. Du hast eine mögliche Verbindung zu den Drogen entdeckt, die auf der Straße im Umlauf sind. Aber das ist anfechtbar. Das Ganze könnte ein Zufall sein."

„Das bezweifle ich", sagte Red. „Ich habe den Clubbesitzer überprüft. Er hat eine recht interessante Vergangenheit. Er war beim Militär, hochdekoriert, dann hat er anscheinend für eine Privatarmee gearbeitet." Red blickte auf seine Notizen. „Ich konnte nicht viel aus ihm herausbekommen – er hat sofort gemauert."

„Was hat das mit dem Fall zu tun?", wunderte sich Aaron.

„Bull scheint nicht der Typ Mensch zu sein, dem man leicht etwas vormachen kann. Wenn Guthrie etwas vorhatte, dann konnte er es schon von Weitem riechen. Darauf möchte ich wetten. Aber selbst er hat uns gesagt, dass es zwei Paar Schuhe sind, etwas zu wissen und es auch beweisen zu können."

Aaron schlug auf seinen Schreibtisch. „Wie verschifft er das Zeug, wenn nicht durch seine Firma?"

„Wer sagt, dass er das nicht tut? Nur weil ihn noch niemand erwischt hat, heißt das nicht, dass er seine Firma nicht zumindest teilweise für seine illegalen Geschäfte benutzt." Red stand auf und ging zum Board. „Wir übersehen etwas. Ich wünschte, wir hätten eine Liste seiner Kunden."

„Wir haben eine partielle Liste. Die Orte, an denen die Lieferfahrer angehalten haben."

„Die werden bestimmt nicht mehr angefahren. Mir kam da noch ein Gedanke. Vielleicht nutzen sie die Disponenten, um Lieferungen an einen bestimmten Ort zu bringen", schlug Red vor. „Sie wissen, dass sie beobachtet werden, und sind vorsichtig geworden. Auf die Art können sie auch eine Menge Geld waschen. Allein dafür wäre es schon von Nutzen." Red trat neben Aaron. „Was wäre, wenn sie nicht regelmäßig an einen bestimmten Ort liefern? Was, wenn es nur wie eine gewöhnliche Lieferung erscheint?"

„Dann werden wir sie nie finden", sagte Aaron. „Wenn sich in ihren Bewegungen kein Muster findet und wir keinen Zugriff auf die Geschäftsunterlagen erhalten, haben wir nichts in der Hand, um einen Durchsuchungsbefehl zu bekommen … Jep, wir sind im Arsch."

„Nein, sind wir nicht", beharrte Red. „Wenn sie den Stoff verschneiden und unter die Leute bringen, dann muss das keine große Operation sein. Nicht, wenn sie mehrere Standorte haben."

„Das klingt ja schön und gut", stellte Aaron fest. „Denkst du wirklich, dass sie so weit entwickelt sind?"

„Warum nicht? Der Kopf des Unternehmens ist der Leiter eines Logistikgeschäfts. Für ihn wäre es einfach, so etwas auf die Beine zu stellen. Lieferungen können über anonyme Botschaften abgestimmt werden. Die Leute, die den Stoff mischen, müssen nicht notwendigerweise wissen, wer dahintersteckt. Nicht mal *wir* wissen, wer dahintersteckt. Wir haben nur

Ahnungen und Verdachtsmomente. Wahrscheinlich ist das nur Teil einer größeren Sache. Wenn sie denken, dass wir ihnen auf der Spur sind, könnten sie sich ganz schnell zurückziehen."

„Du bist heute wirklich optimistisch", stellte Aaron trocken fest.

„Tut mir leid. Ich habe bloß laut gedacht. Nehmen wir an, jemand mischt und vertreibt das Zeug in Carlisle, Lancaster, York und Harrisburg. In diesen vier Städten. *Guthrie Expediters* ist der Hauptlieferant, neben dem legalen Geschäft. Sie machen die Lieferungen, wenn die Bestände wieder aufgestockt werden müssen. Von da an arbeitet jeder Standort unabhängig und niemand weiß, wer der andere ist." Red drehte sich zu Aaron.

„Außer demjenigen, der die Lieferungen macht. Er muss Bescheid wissen, damit er nicht zu den falschen Leuten liefert."

„Und das ist die Schwachstelle." Aaron begann, auf und ab zu gehen. „Wie bist du auf diese vier Städte gekommen?"

Red lächelte und wühlte in den Papieren auf seinem Schreibtisch. „Die Drogen haben dieselben Komponenten, aber das Mischverhältnis unterscheidet sich je nach Ort. Deshalb haben wir hier so viele Tote. Das Zeug, das hier in Carlisle verkauft wird, ist stärker als in den anderen Gegenden. Das sagt mir, dass verschiedene Leute die Mischungen herstellen." Red hob die Augenbrauen, als Aaron grinste und ihm einmal auf die Schulter klopfte.

„Also, wie schnappen wir sie?", fragte Red.

„Keine Ahnung. Aber wir suchen und graben weiter – das ist unsere einzige Möglichkeit. Wenn wir nicht etwas Eindeutigeres finden, wie genau sie es anstellen, haben wir nicht genug für einen Durchsuchungsbefehl. Wir sind dicht dran, aber jeder Richter wird uns sagen, dass wir im Trüben fischen.

„Ich weiß", sagte Red lauter als nötig. Diese Ermittlung machte ihm zu schaffen. Er musste einen klaren Kopf behalten. Bis jetzt war ihm das auch gelungen, aber nach der letzten Nacht machte er sich ständig Sorgen um Terry, denn er wusste, dass James noch auf freiem Fuß und gefährlich war. Man erreichte nicht eine solche Position wie er, indem man rücksichtsvoll vorging. Zuerst hatte Red angenommen, dass James ein eifersüchtiger, zurückgewiesener Freund war, der irgendwann aufgeben würde. Aber Typen wie James gaben nicht auf. Red hatte den Mann nur einmal kurz getroffen, aber er kannte diesen Typ Mensch. Er würde nicht aufgeben, bis er bekommen hatte, was er wollte.

„Red." Der Officer an der Rezeption deutete auf Reds Telefon, das zu klingeln begann. Red nahm den Hörer ab.

„Hier ist Terry", vernahm er am anderen Ende der Leitung. „James war hier." Red konnte seine Stimme kaum hören. „Er ist mit zwei seiner Kumpane im Schwimmbad aufgetaucht."

„Wo bist du?"

„In der Umkleide", flüsterte Terry. „Ich habe sie gesehen, als ich mit meinen Runden fertig war. Da habe ich das Becken verlassen, bin hierhergerannt und habe dich angerufen. Ich habe mich nicht getraut herauszukommen, weil ich nicht weiß, ob sie noch da sind. Hier ist ein kleiner Putzschrank. In dem habe ich mich eingeschlossen."

„Ich bin unterwegs", sagte Red. „Bleib, wo du bist." Er legte auf und drehte sich zu Aaron. „James war im Familienzentrum. Terry ist weggerannt und hat sich versteckt."

„Gehen wir", sagte Aaron. Sie hasteten aus dem Gebäude zu Reds Wagen. Sie verloren auf dem Weg zum Familienzentrum keine Zeit und eilten hinein.

„Wir haben sie zum Gehen aufgefordert", erklärte Steve, der sie an der Eingangstür erwartete. „Das haben sie auch gemacht, aber wir wissen nicht, wo Terry ist." Er hielt inne. „Wir haben erst vor einem Moment angerufen. Wie sind Sie so schnell hergekommen?" Er sah sehr nervös aus. „Sie sind auf der Stelle gegangen, also haben wir gedacht, alles wäre in Ordnung, aber dann konnten wir Terry nicht finden. Also haben wir angerufen und –"

„Terry hat mich angerufen", unterbrach Red, ohne stehen zu bleiben. Er ging direkt zum Schwimmbecken.

„Wir haben sofort gehandelt, als wir wussten, dass sie hier sind", versicherte Steve und war ihm dicht auf den Fersen.

„Ich verstehe. Wie sind sie hereingekommen?"

„Anscheinend hatten sie Mitgliedspässe, deshalb wurden sie am Eingang hereingelassen", erklärte Steve. „Das hier ist ein Familienzentrum. Wir sind nicht auf Sicherheit ausgelegt."

Red blieb an der Tür zu den Umkleiden stehen, dankbar, dass der Schwimmbereich größtenteils leer war. Ein paar Leute zogen ihre Bahnen, also sprach er leise. „Das verstehe ich. Aber Terry ist derjenige, den Sie überzeugen müssen. Er muss darauf vertrauen können, dass er hier in Sicherheit arbeiten und trainieren kann. Er kann nicht im Wasser sein und gleichzeitig die Tür beobachten." Wut kochte in ihm hoch. Es war nicht Steves Schuld, dass James hier hereingekommen war. Das Gebäude war einfach nicht sicher. Hauptsächlich war er auf sich selbst wütend, dass er angenommen hatte, Terry wäre an seinem Arbeitsplatz in Sicherheit. Es ärgerte ihn, dass er so dumm gewesen war.

Red betrat den Umkleidebereich, dabei machte er klimpernde Geräusche. Ein paar Leute zogen sich gerade um. Sie starrten ihm nach, aber er bemerkte sie kaum. Als er am anderen Ende angekommen war, entdeckte er den Schrank und klopfte leise. „Terry, ich bin's. Red."

„Wir wären nie auf die Idee gekommen, dort zu suchen", sagte Steve. „Mein Gott, dort hat er sich die ganze Zeit verkrochen?"

Die Tür öffnete sich langsam. Terry spähte heraus und öffnete sie dann ganz. Er trug nichts außer einer knappen blauen Badehose. Das fiel Red sofort auf. In der Nähe stand eine Wanne mit ungefalteten Handtüchern, davon nahm er zwei und reichte sie Terry. „Ist schon in Ordnung. Steve hat sie weggeschickt und ebenfalls die Polizei angerufen."

Terry trat einen Schritt vor und fiel ihm wortlos in die Arme.

Red streichelte vorsichtig sein feuchtes Haar. „Alles in Ordnung. Du bist jetzt in Sicherheit." Er schloss die Augen und wartete, dass sein rasendes Herz sich beruhigte. Terry ging es gut. Er hatte sofort reagiert und sich ein Versteck gesucht. Red wollte ihn küssen, ihn ausziehen und jeden Zentimeter von ihm untersuchen, um sicherzugehen, dass ihm niemand wehgetan hatte. Er verdeckte den Blick auf Terry mit seinem Körper, um ihm etwas Privatsphäre zu geben. „Willst du dich anziehen, damit wir uns unterhalten können?" Terry hob das Gesicht von Reds Uniform. „Okay."

„Es kommt alles wieder in Ordnung. Wir werden herausfinden, was James vorhat, dann ziehen wir ihn aus dem Verkehr", versicherte Red so überzeugend, wie er konnte. „Selbst wenn ich ihn dafür drankriegen muss, weil er bei Rot die Straße überquert hat."

Terry nickte und drückte ihn noch einmal an sich, bevor er ihn losließ. „Ich ziehe mich um." Er schlang ein Handtuch um seine Hüften und warf sich das andere über die Schulter. Für Red schien es so, als wollte er verschwinden oder sich verstecken.

„Sie können mein Büro benutzen", bot Steve an und wandte sich dann Terry zu. „Wir haben uns solche Sorgen gemacht, als wir dich nicht finden konnten."

Terry nickte. „Ich konnte an nichts anderes denken, als mich zu verstecken, und diese Tür lässt sich abschließen."

„Das war ein guter Gedanke", bestätigte Aaron. „Ziehen Sie sich an, dann treffen wir uns im Büro des Managers. Lassen Sie sich Zeit."

Aaron wandte sich an Red. „Ich sage auf dem Revier Bescheid, dass Terry gefunden wurde und in Sicherheit ist. Es waren noch andere Officers auf dem Weg, aber ich habe sie zurückgeschickt. Wir kümmern uns im Rahmen unserer Ermittlungen um diese Sache."

„Danke", sagte Red und Aaron ging.

„Wo ist dein Spind?", fragte Red. Terry deutete auf den, der am nächsten lag. Alle waren mit einem Schloss versehen, also nahm Red an, dass Terry einen festen Spind hatte. Terry ging hin und öffnete ihn. Red setzte sich auf eine Bank und sah zu, wie Terry seine Shorts und ein T-Shirt hervorzog. Als Terry seine nasse Badehose auszog, gab Red sich große Mühe, nicht auf seine perfekten, strammen, weißen Arschbacken zu starren. Unter anderen Umständen hätte Terry versucht, ihn zu reizen, da war Red sich sicher. Das war einfach seine Art. Stattdessen trocknete er sich ab und zog die Shorts und das T-Shirt an.

„Ich bin so weit", flüsterte Terry, während er in ein Paar Flipflops schlüpfte.

„Bist du sicher?", fragte Red. „Lass dir Zeit und hol tief Luft." Terrys Knie hatten gezittert, als er vom Spind zurückgetreten war.

„Ich bin okay, Red", versicherte Terry. „Ich hatte Angst, aber jetzt ist alles gut."

Red berührte sanft Terrys Wange. Er hielt Terrys Blick fest. Er wollte ihn in seine Arme nehmen und ihn beschützen. „Vielleicht solltest du für eine Weile die Stadt verlassen. Verschwinden …"

„Für wie lang? Eine Woche, einen Monat? Für immer?", fragte Terry. „Zulassen, dass James für den Rest meines Lebens Macht über mich hat?" Er schüttelte den Kopf. „Ja, ich habe Angst, aber *das* werde ich nicht akzeptieren. Ich will, dass er mich in Ruhe lässt, das ist alles. Vielleicht kann ich eine einstweilige Verfügung erwirken, damit er sich von mir fernhält."

„Das könntest du. Dann hätten wir etwas in der Hand, um ihn zu verhaften, wenn er dir das nächste Mal zu nahe kommt." Red wünschte sich, dass er vorher schon daran gedacht hätte. Das hätte er eigentlich tun sollen. Aber er wusste auch, dass ein Stück Papier, das von einem Richter unterzeichnet worden war, James nicht abschrecken würde. Er würde andere Wege finden, um an Terry heranzukommen. Das Geräusch einer Spindtür, die geschlossen wurde, riss Red aus seinen Gedanken. „Bist du so weit?"

„Ja", antwortete Terry ein wenig außer Atem. Er führte Red aus der Umkleide hinaus durch den Gewichtheberaum zu Steves kleinem Büro.

Aaron und Steve erwarteten sie bereits. Steve entschuldigte sich, sobald sie eingetreten waren, und Red schloss die Tür hinter ihm.

Aaron bedeutete Terry, sich zu setzen. Sie nahmen alle auf den alten Stühlen Platz, die an der Wand gegenüber des Schreibtisches aufgereiht waren. „Erzählen Sie einfach, was passiert ist."

„Ich war mit dem Training fertig und stieg gerade aus dem Becken. Da sah ich, dass James am Beckenrand auf mich zukam. Er ... er sah wütend aus. Ich glaube, zwei andere Männer waren bei ihm. Keiner von ihnen war passend fürs Schwimmbad angezogen."

„Hat er etwas gesagt?", wollte Aaron wissen.

„Ja. Er sagte, dass ich nicht mehr zu Hause gewesen wäre. Er habe sich Sorgen gemacht, dass mir etwas passiert sein könnte. Ich wäre nur bei ihm in Sicherheit." Terry hielt inne. „Ich wollte meine Sachen schnappen, aber die lagen hinter ihm. Ich habe ihm gesagt, dass er mich in Ruhe lassen soll. Dass ich ihn nicht mehr sehen will. Er hat nur gelacht und gesagt, dass das ..." Terry blickte zu Red und dann wieder zu Aaron. „Das wandelnde Wrack, mit dem ich in der Stadt getanzt habe, mich nicht beschützen könnte – nur er könnte das. Als er noch näher kommen wollte, habe ich mein Handtuch geschnappt, das auf einem Sitz in der untersten Sitzreihe lag. Mein Handy war darin eingewickelt, denn Red hat mir gesagt, ich soll es immer so nah wie möglich bei mir haben. Dann bin ich in die Umkleide gerannt. Ich war mir nicht sicher, ob jemand hinter mir war. Ich habe mich im Schrank eingeschlossen und Red angerufen."

„Er beobachtet Terrys Appartement", stellte Red fest, woraufhin Aaron nickte. „Und er weiß, dass wir im *Bronco's* waren."

„Ich werde jemanden hinschicken, um nachzusehen, ob sich etwas verändert hat", sagte Aaron. „Keiner von euch beiden sollte dorthin fahren. Ich will nicht, dass James zu eurem Aufenthaltsort geführt wird. Soll er sich doch weiterhin wundern. Das bedeutet Sicherheit für Terry und Ahnungslosigkeit für James, und das ist gut. Das hält ihn auf Trab. Er scheint Sie nur auf der Arbeit aufspüren zu können, deshalb kommt er wahrscheinlich immer wieder her." Aaron blickte Terry fest in die Augen. „Ich frage mich die ganze Zeit, was er meint, dass Sie über ihn wüssten, weshalb er so hinter Ihnen her ist."

Terry zuckte mit dem Schultern. „Ich weiß überhaupt nichts über seine Geschäfte."

„Vielleicht nicht. Aber es muss etwas geben, von dem er nicht will, dass Sie es uns sagen oder von allein draufkommen."

Terry öffnete den Mund, aber sprach nicht sofort. „Ich weiß nicht, was ich Ihnen sagen soll. Ich hatte mit seinen Geschäften nichts zu tun."

„Aber Sie haben mit ihm zusammengelebt."

„Ja, das habe ich. Es war das Dümmste, das ich je in meinem Leben getan habe. Ich habe es gehasst. Das Haus war riesig, unbehaglich und voll von dieser geschmacklosen Kunst, die er so mag. Er sagte, dass er Kunst der Ureinwohner bevorzugt, aber sein Haus war voll von diesem billigen Kram. Es sah nett aus, aber es waren keine Originale … Es war einfach Zeug, das jeder auf einer Reise nach Mittelamerika kaufen konnte. Zumindest zum Teil. Der Rest war teures Zeug, das so farbenfroh war, dass einem davon die Augen bluteten." Terry hielt sich die Hände vors Gesicht. „Ich weiß überhaupt nichts. Ich habe nie gesehen, dass er etwas Illegales getan hat. Ich wünschte mir fast, ich hätte es. Denn dann hätte ich ihn viel früher verlassen." Terry begann zu zittern. „Wenn ich etwas mitbekommen habe, dann habe ich keine Ahnung, was es ist."

„Okay", sagte Aaron. „Ich weiß, dass das schwer ist, aber wir versuchen, Ihnen zu helfen."

„Das weiß ich. Aber ich kann Ihnen nichts sagen, das ich nicht weiß." Terry legte die Hand an die Stirn und Red wollte zu ihm gehen, ihn festhalten und ihm etwas Beistand leisten. Aber er konnte nicht. Nicht in dieser Situation. „Ich überlege die ganze Zeit, ob etwas Außergewöhnliches vorgefallen ist. Da war nichts. Er ist ständig ausgegangen, hat Freunde getroffen und war der Mittelpunkt jeder Party."

„Kannst du uns eine Liste seiner Freunde geben?", fragte Red. Danach hätte er schon früher fragen sollen. Das schien in letzter Zeit sein Motto zu sein. Er sollte die Ermittlungen professioneller handhaben, mit mehr Abstand und einem klareren Kopf vorgehen. Stattdessen ließ er zu, dass seine Gefühle für Terry seiner Polizeiarbeit im Weg standen. „Wir spüren sie auf und sehen, ob sie uns irgendwo hinführen."

„Das bezweifle ich. Es waren größtenteils Typen aus dem Fitnessstudio. James kann sehr charmant und unglaublich nett sein, wenn er will. Er ist wie die Sonne. Er leuchtet und die Leute fühlen sich von ihm angezogen. Sie landen in seinem Umkreis und nur wenige können von dort entkommen. Die meisten werden benutzt und dann weggeworfen. Ich bezweifle, dass seine Freunde mehr über seine Geschäfte wissen als ich. Sie lieben einfach die schnellen Autos, den Spaß und alles, was dazugehört."

„Kann schon sein. Aber irgendjemand muss etwas wissen", beharrte Aaron. „Der Mann kann seine Geschäfte und sein Privatleben nicht derart voneinander getrennt halten."

„Wieso nicht?", wollte Terry wissen. „Ich war monatelang mit ihm zusammen und hatte keine Ahnung, dass etwas nicht gestimmt hat. Und ..." Terry blickte die beiden an. „Niemand kann beweisen, dass dem wirklich so ist. Ich meine, wir wissen, dass er irgendwie mit Drogen zu tun hat, aber es gibt nichts Eindeutiges. Ich habe nie etwas gesehen, und James hat selbst nichts genommen, so weit ich weiß." Terry schluckte. „Ich habe seinen Körper von Nahem gesehen. Dafür gab es keine Anzeichen."

Bei dieser Offenbarung knirschte Red mit den Zähnen. Er wurde nicht gern daran erinnert, dass Terry und James sich so nahegekommen waren.

„Ich muss wieder zur Arbeit. In fünfzehn Minuten beginnt ein Kurs, bei dem ich assistieren muss." Terry rutschte auf seinem Stuhl herum. „Ich muss wirklich wieder an die Arbeit. Man war sehr verständnisvoll, was all das angeht, das ist nicht selbstverständlich."

„In Ordnung. Aber wenn du fertig bist, musst du zum Revier kommen, damit wir eine Übersicht über die Aktivitäten von James erstellen können. Es muss etwas geben, das wir übersehen, und du bist der Einzige, der vielleicht etwas Licht in die Sache bringen kann. Denn wenn wir nicht bald etwas Handfestes finden, verlaufen die Ermittlungen im Sand." Das passierte ständig. Wenn Ermittlungen zum Stillstand kamen, konnten sie nur für eine bestimmte Zeit weitergeführt werden, bevor etwas anderes mehr Priorität bekam, egal wie groß das Potenzial war. Für einen Polizisten war dies Alltag, aber für Terry würde es bedeuten, dass er noch länger im Ungewissen blieb, was James anging, und das konnte Red nicht akzeptieren. Nicht im Geringsten.

Terry stimme zu und verließ das Büro.

„Ich weiß nicht, wie viel mehr er uns noch sagen kann", bemerkte Red, nachdem Terry die Tür hinter sich geschlossen hatte.

„Aber es muss etwas geben. Wir müssen es versuchen. Letzte Nacht gab es wieder einen Toten", sagte Aaron. Das hatte Red ebenfalls in dem Bericht der letzten Nacht gelesen. „Und es wird noch mehr geben. Wir haben keinen Beweis, aber wir wissen, dass dieser Typ irgendwie involviert ist. Wir müssen die Verbindung finden und der Sache ein Ende machen. Viele andere arbeiten auch daran, aber sie kommen nicht weiter. Wir haben es nur wegen Terry so weit geschafft. Wir müssen in seinem Gehirn wühlen, ob da noch mehr ist." Aaron stand auf und Red tat es ihm gleich. „Ich weiß, dass du ihn magst." Er hielt inne. „Vielleicht mehr als das."

Red gab sein Bestes, um sich die Überraschung nicht anmerken zu lassen. Das ganze Revier hatte an einem Sensibilitätstraining teilnehmen müssen, aber Aaron war immer direkt.

„Ich bin nicht der Arsch, für den alle mich halten", stellte Aaron fest.

„Na ja, ich habe nicht gerade viel Verständnis erwartet." Red wollte nicht über dieses Thema reden. Die meisten wussten, dass er schwul war, aber er hielt sein Privatleben gerne von seinem Job fern. Dank seines Gesichts war das einfach gewesen. Er hatte eine lange Zeit kein Date gehabt und die wenigen Männer, mit denen er zusammen gewesen war, hatten nicht gewusst, dass er Polizist war. Außerdem hatten sie genug Alkohol intus gehabt, damit sie sich nicht an sein Gesicht erinnern konnten. Wenn es vorbei war, war er nicht lange genug geblieben, damit sie bereuen konnten, was passiert war. So war es für alle am einfachsten gewesen.

„Du bist nicht der einzige Schwule im Revier", sagte Aaron.

Das war Red bewusst, aber es war nicht so, dass sie einander besonders nahestanden. Red zuckte mit dem Achseln, aber Aaron war noch nicht fertig.

„Ich will damit nur sagen, dass du dich von dem Fall zurückziehen kannst, wenn dir deine Gefühle im Weg stehen. Dieser Job ist schwer genug, da ist es etwas Besonderes, wenn einer von uns jemanden findet, dem wir etwas bedeuten, wenn man bedenkt, was alles passieren kann. Frag einfach meine Verflossenen."

„Es ist alles in Ordnung … wirklich."

„Gut." Aaron lächelte und öffnete die Tür des Büros. „Wir sollten zum Revier zurückkehren und weiter suchen … und das schnellstens."

Auf dem Weg nach draußen trafen sie auf Steve, dem sie dankten, dass sie sein Büro hatten benutzen dürfen. Sie verließen das Gebäude und kehrten zum Revier zurück. Unglücklicherweise kamen sie nicht weit, bevor sie zwei weitere Male ausrücken mussten.

RED STARRTE auf die geschlossenen Augen des verwahrlosten Mannes. Er war einundzwanzig, nur ein Kind, jemandes Kind, und jetzt war er fort. Der erste Notruf war nicht besser verlaufen als dieser hier. Der Captain würde einen Anfall bekommen und noch mehr Druck auf Aaron und ihn ausüben, damit sie zu einem Ergebnis kommen – und das zu Recht. Das musste ein

Ende haben. Red wandte sich ab, als der Körper auf eine Trage gehoben und in den Krankenwagen geschoben wurde. Die Türen schlossen sich und Red nickte dem Fahrer zu, als er zu seinem Wagen ging.

„Du warst wirklich heldenhaft", sagte Aaron neben ihm. Sobald sie vor Ort gewesen waren, hatte Red mit den Wiederbelebungsmaßnahmen begonnen, aber leider erfolglos. Nicht, dass er viel Hoffnung gehabt hätte. Er hatte in den letzten Wochen einfach zu viele solcher Fälle gesehen. Er wollte keinen weiteren mehr erleben müssen.

„Es war nicht genug", erwiderte Red, ohne ihn anzusehen. Er wusste nicht, warum gerade dieser Fall ihm zu schaffen machte. Vielleicht, weil der Kerl noch so jung gewesen war. Oder er konnte es einfach nicht mehr ertragen.

„Ich weiß, trotzdem hast du dein Bestes getan."

Red drehte sich zu Aaron. „Du musst mir keinen Honig um den Bart schmieren. Ich konnte dem Jungen nicht helfen und er ist gestorben." Wut und Frustration kochten in ihm hoch. Es war nicht Aarons Schuld. Es war niemandes Schuld, außer von diesem Stück Scheiße, das das Zeug herstellte und verkaufte.

„Wir sollten zum Revier zurückfahren, unsere Berichte schreiben und uns überlegen, wie wir das Arschloch, das dafür verantwortlich ist, finden können, damit wir es dann aus dem Verkehr ziehen." Red vermutete, dass Aaron nicht so gleichgültig war, wie es den Anschein hatte. Er nickte, dann gingen sie zum Auto. Sie holten Terry von der Arbeit ab und fuhren wortlos zum Revier.

Sie bearbeiteten Terry eine gute Stunde lang und stellten ihm jede erdenkliche Frage, die ihnen einfiel, bevor sie ihn baten, einen typischen Tag mit James zu beschreiben. Er beschrieb die Orte, an denen sie gewesen waren, wie James lebte, sein Haus und wie es eingerichtet war. Nicht die kleinste Auffälligkeit.

„Ich kann euch nicht sagen, was ich nicht weiß", wiederholte Terry.

„Aber Sie müssen die Männer getroffen haben, die für James arbeiten", beharrte Aaron erneut.

„Ich habe bereits von den wenigen erzählt, die ich getroffen habe", sagte Terry und rieb sich den Nacken. „Wie oft soll ich die gleiche Frage noch beantworten?" Terry sah aus, als würde er jeden Moment zusammenbrechen. Red wollte ihn in die Arme nehmen, ihn festhalten und ihm versichern, dass alles gut werden würde.

„Ich weiß, dass es schwer ist, aber uns geht es um Ihre Sicherheit. Um die zu gewährleisten, brauchen wir so viele Informationen wie möglich."

„Sehen Sie", sagte Terry hitzig. „Ich war ein Spielzeug für ihn, hübsch anzusehen. Wie diese dummen, hässlichen Kunstwerke in seinem Haus. Nichts weiter war und bin ich für ihn. Er hat mich schon mehr als einmal bedroht, und ich weiß genau, was er mir sagen wollte. Er will mich nicht zurück, sondern mich in der Hand haben. Wie Sie schon sagten, vielleicht weiß ich etwas, oder er denkt das zumindest, aber ich habe keine Ahnung, was es ist." Terry stützte den Kopf in die Hände. „Kann ich jetzt gehen?"

„Ja", sagte Aaron. „Mir ist bewusst, dass das schwer für Sie war und ich … wir wissen Ihre Hilfe zu schätzen. Wir wissen, dass Sie Ihr Bestes getan haben." Aaron stand auf und verließ den Raum. Red und Terry blieben allein zurück.

„Es tut mir leid. Aaron …"

„Du musst dich nicht entschuldigen. Du versuchst, mir und den Leuten, die wegen James gestorben sind, Gerechtigkeit zu verschaffen. Wenn ich helfen kann, werde ich es tun. Aber im Moment brauche ich etwas zu essen und will ins Bett."

„Ich muss noch ein paar Berichte anfertigen." Red dachte kurz nach. „Das kann ich auch morgen Früh machen. Fahren wir nach Hause und kümmern uns um die einstweilige Verfügung."

„Danke, Red." Terry stand auf und Red ging mit ihm zu seinem Schreibtisch. Er stellte sicher, dass nichts mehr anlag, das nicht bis zum Morgen warten konnte, verabschiedete sich von Aaron, damit dieser wusste, dass er nach Hause fuhr, und ging dann mit Terry zu seinem Truck. Sie fuhren still nach Hause. Red machte Abendessen, das sie vor dem Fernseher aßen. Er kümmerte sich um das Geschirr, dann setzte er sich auf das Sofa. Terry kam zu ihm und lehnte sich an ihn. Es war schön, einander einfach festzuhalten. Nach einer Weile bemerkte Red, dass Terry in seinen Armen eingeschlafen war. Er schaltete den Fernseher aus und weckte Terry vorsichtig.

„Gehen wir nach oben."

Terry schniefte und stand auf, bevor er die Treppe nach oben tappte. Die letzten paar Tage waren schwer für ihn gewesen. Red vermutete, dass die ganze Aufregung nun ihren Tribut verlangte. Terry ging zuerst ins Bad und Red wartete, bis er an der Reihe war. Als er fertig war, lag Terry im Bett, die Lichter waren ausgeschaltet und leises Schnarchen erklang zwischen den Kissen. Red zog sich aus und stieg zu ihm ins Bett. Terry rutschte näher heran und Red legte die Arme um ihn.

„Tut mir leid, Red", murmelte Terry. „Ich bin heute nicht in Stimmung."

„Schhh", wisperte Red. Ja, sein Körper hatte auf die Nähe zu Terry reagiert. Red verstärkte seine Umarmung und Terry schlief wieder ein, dicht an ihn gedrängt, seine Hand auf Reds, zwei Finger haltend und kleine kreisende Bewegungen auf Reds Hand machend. Schließlich hörten die Bewegungen auf und Red schlief ebenfalls ein.

RED SCHRECKTE aus dem Schlaf hoch und fragte sich gleichzeitig, was ihn geweckt hatte. Dann spürte er es. Terry rollte sich neben ihm hin und her. „Nein."

„Terry, ich bin's. Red", sagte er leise und streichelte sanft seine Schulter. „Wach auf." Terry wurde ruhiger. „Es ist ein Traum."

„Red?", murmelte Terry.

„Ja. Es war nur ein Traum." Red rieb sanft über Terrys Arm, um ihn zu beruhigen. „Du bist in Ordnung."

Terry drehte sich zu ihm und kam näher. Red legte die Arme um ihn und hielt ihn fest. Langsam strich er über Terrys Rücken, um ihn zu beruhigen. Er schloss die Augen und wartete, dass der Schlaf ihn wieder überkam. „Red", flüsterte Terry und presste sich an ihn. Red drehte sich auf den Rücken und Terry machte die Bewegung mit. Er hielt ihn fest und folgte Terrys süßem Atem zu seinen Lippen. Er verstärkte die Umarmung und vertiefte den Kuss.

Terry stöhnte leise. „Ich will dich, Red."

Reds Hand fuhr an Terrys Rücken hinunter zu der Kurve seiner glatten Arschbacken. „Ich will dich auch. Nein, ich brauche dich." Terry küsste ihn und schnitt ihm die Worte ab. Nicht, dass Worte in dem Moment nötig gewesen wären. Küssen war eine viel bessere Beschäftigung für die Lippen, und er genoss Terrys ausgiebig. Red drehte sie auf dem Bett herum.

Er hatte herausgefunden, dass Terry während des Sex sehr mitteilsam war. Dieses Mal war er still. Red mochte den lauten, athletischen Terry, aber er liebte auch diesen Terry, der jetzt bei ihm im Bett war. Terry stöhnte leise, während Red sich die Zeit nahm, ihn zu berühren, an ihm zu lecken und jeden Zentimeter von ihm zu kosten. Jede Bewegung war langsam und ausgiebig. Red liebkoste Terrys Füße und streichelte den Fußrücken und die Knöchel. Seine Hände fuhren über Terrys Waden und seine glatten Oberschenkel. Er inhalierte Terrys Duft und atmete tief ein, um so viel von ihm wahrzunehmen wie möglich – wie er brummte, wenn Red an seinen Nippeln leckte, das leise, erstickte Stöhnen, wenn er an der Haut über der Hüfte saugte, und wie Terry aufkeuchte, wenn Red seine Seite mit der Zunge entlangfuhr, durch seine Achselhöhle bis zu seinem Ellenbogen.

Red pausierte mit seinen Zuwendungen gerade lange genug, um die benötigten Utensilien zu holen. Er ließ sich Zeit damit, Terry vorzubereiten. Er drehte ihn auf den Bauch und benutzte seine Zunge, um ihn durch Lecken, Saugen und vorsichtiges Eindringen in ein zitterndes, wimmerndes Häufchen zu verwandeln. Er konnte sich kaum noch zügeln, als er in Terrys Körper eindrang. Die Hitze, die ihn umgab, trieb ihn an, aber er ging langsam und vorsichtig vor, dabei erstickte er Terrys Stöhnen mit seinem eigenen.

Ihre Bewegungen erschienen unwirklich. Red nahm nichts wahr außer Terry. „Ich liebe dich", wisperte er. Die Worte entkamen ihm, bevor er sie zurückhalten konnte. Mochten Herz und Sicherheit verdammt sein. Das war, was er fühlte, und wenn er am Ende verletzt wurde, dann sollte es eben so sein. „Ich liebe dich", flüsterte Red erneut. Er wusste nicht, wie oft er die Worte tatsächlich gesagt hatte, aber sie erklangen wieder und wieder in seinen Ohren und seinem Herzen.

„Ich liebe dich auch", vernahm Red durch sein eigenes Mantra hinweg. Sein Herz schien zu schweben.

Red verlor den Bezug zu allem außer Terry, während sie stöhnten, wimmerten und das Herz des anderen erkundeten … als sie sich liebten. Sekunden verschmolzen zu Minuten, die in Terrys Augen und der Wärme seines Atems verstrichen. Es war eine neue Erfahrung, dass sein Herz genauso involviert war wie sein Körper. Red hoffte mehr als alles andere, dass sie ihm noch sehr lange Zeit erhalten bleiben würde.

RED FLUCHTE leise, als am Morgen sein Wecker ertönte. Er hielt Terry immer noch in den Armen. Nach ihrem Liebesspiel war er glücklich und zufrieden eingeschlafen. Sein Herz war so voll wie noch nie zuvor in seinem Leben. Terry drehte sich um und öffnete seine wunderschönen Augen. Für einen Moment fragte Red sich, ob er zu weit gegangen war, als er seine Gefühle gestanden hatte, aber das Lächeln, das auf Terrys Lippen erschien und immer breiter wurde, bis auch seine Augen strahlten, sagte das Gegenteil.

„Morgen", sagte Terry und rutschte näher. Ihre Lippen trafen sich und der Kuss wurde sofort intensiver.

Red wollte wiederholen, was sie in der Nacht getan hatten, aber dafür war nicht genug Zeit. „Wir müssen uns fertig machen."

„Hm-mh", machte Terry und saugte leicht an Reds Unterlippe. „Hast du ernst gemeint, was du letzte Nacht gesagt hast?"

„Dass ich dich liebe?", fragte Red mit einem Lächeln. „Ich habe es jedes einzelne Mal gemeint, als ich es gesagt habe."

„Genau wie ich", flüsterte Terry.

Er zog Terry an sich und sie kuschelten noch eine Weile. Dann ertönte erneut der Wecker. Die Zeit stand auch für sie nicht still. Terry musste zur Arbeit und Red zurück zu seinem Fall.

Sie duschten gemeinsam, was eine große Herausforderung war, besonders für Reds Selbstkontrolle. Er schaffte er größtenteils, seine Hände bei sich zu behalten. Als sie fertig waren, zogen sie sich an. Sie frühstückten schnell und machten sich bereit zum Gehen. Red ließ Terry im Haus warten, während er sich draußen umsah, um sicherzugehen, dass ihnen niemand auflauerte. Er war über die Aussicht, Terry im Schwimmbad allein zu lassen, nicht gerade begeistert. James war schon mehr als ein Mal dort eingedrungen und Red war sich nicht sicher, ob er nicht erneut einen Weg finden würde.

„Keine Sorge. Julie wird auch dort sein", versicherte Terry, als sie in den Truck einstiegen. „Ich werde nach meiner Schicht schwimmen, wenn noch andere Leute da sind, danach muss ich Essen ausliefern."

„Das halte ich für keine gute Idee", merkte Red an. Er setzte sich auf den Fahrersitz und drehte sich zu Terry um.

„Mir wird nichts passieren. Julie liefert auch Essen aus, es ist also nicht so, dass niemand weiß, wo ich bin. Außerdem wirst du auch wissen, wo ich bin, denn ich beliefere dieselben Leute wie letztes Mal, als wir gemeinsam gefahren sind. Als Letztes komme ich zu Tante Margie."

Red war immer noch nicht überzeugt.

„Ich werde mein Handy die ganze Zeit bei mir haben. Ich weiß, dass du mich beschützen willst, aber ich muss trotzdem mein Leben leben, und diese Leute brauchen mich." Der ernste Ausdruck auf Terrys Gesicht ließ Red nachgeben. „Ich kann sie nicht im Stich lassen. Du hast die Leute gesehen, als du letztes Mal mitgekommen bist. Für einige von ihnen bin ich der einzige Mensch, den sie den ganzen Tag über zu sehen bekommen. Ich kann sie nicht enttäuschen."

„Okay, aber du nimmst nicht dein Auto." Red löste einen Schlüssel von seinem Schlüsselbund und reichte ihn Terry. „Mein anderes Auto steht in der Garage. Es ist ein alter Taurus, nichts Besonderes, aber wenigstens ist es kein Auto, das jeder sofort erkennt." So würde Terry nicht zu viel Aufmerksamkeit auf sich ziehen. Nur das beruhigte Red ein wenig. Er gab Terry auch den Schlüssel zur Garage. Terry befestigte beide an seinem Schlüsselbund. „Vergiss aber nicht, die Garage abzuschließen.' Terry wollte Julie bitten, ihn nach der Arbeit zurückzubringen.

Terry lachte. „Das werde ich nicht. Danke, Red."

„Ich will, dass du in Sicherheit bist, jetzt da ich dich gefunden habe."

„Das weiß ich zu schätzen. Aber ich muss trotzdem noch mein Leben leben."

Terry legte den Gurt an, bevor Red den Truck startete und zum Familienzentrum fuhr. Als Terry ausstieg, ließ Red ihn versprechen, dass er sich mehrmals am Tag melden würde.

„Du wirst noch zum Schwarzseher."

„Na ja, also dieser Schwarzseher hier liebt dich. Ruf mich auf dem Handy an, wenn du mich brauchst. Auf dem Revier anzurufen, wie letztes Mal, kostet nur Zeit."

„Das werde ich", versicherte Terry und beugte sich durch das geöffnete Fenster. „Ich liebe dich. Ich liebe es, dass du dir Sorgen um mich machst. Mir wird nichts passieren." In Terrys Stimme lagen Zweifel, die er versuchte zu verbergen. Red hätte sich Gedanken gemacht, wenn sie nicht da gewesen wären. Die Zweifel würden Terry daran erinnern, aufmerksam zu bleiben und seine Umgebung im Auge zu behalten.

„Ganz genau. Aber zögere nicht anzurufen." Red wünschte sich wirklich, dass er Terry bei sich behalten konnte, bis die Sache mit James ausgestanden war, aber Terry hatte einen Job, um den er sich kümmern musste, genau wie Red. Wenigstens hatte Terry Leute um sich, die ein Auge auf ihn hatten, wenn Red es nicht selbst tun konnte. Terry trat vom Wagen zurück. Red wartete, bis er sicher im Gebäude war, bevor er losfuhr.

Auf dem Revier fertigte er seine Berichte über den vorherigen Abend an und schickte sie zum Captain, bevor er sich auf die Suche nach Aaron machte. Einmal mehr vertieften sie sich in die Informationen, die sie gesammelt hatten, und gingen weiteren Hinweisen nach, allerdings ohne

Erfolg. Dennoch ließen sie nichts unversucht, um auch nichts zu übersehen. Aber die Aussichten wurden immer schlechter.

„Red", rief Aaron von seinem Schreibtisch herüber und winkte ihn heran, als der Tag sich dem Ende neigte. „Vielleicht haben wir etwas. Das Harrisburg PD hat einen Truck von *Guthrie Expediters* wegen eines Verkehrsdeliktes angehalten. Das gab ihnen, zusammen mit der Tatsache, dass der Fahrer zum Mittagessen ein Bier getrunken hatte, die Gelegenheit, den Truck zu durchsuchen. Sie haben eine Straßenkarte und Lieferpläne der letzten Woche gefunden. Das ist vielleicht nicht viel, aber wir müssen diese Orte überprüfen, denn der Fahrer war auf dem Weg nach Carlisle."

Reds Herzschlag beschleunigte sich. Nicht selten kamen in einem Fall Informationen nach einer Verkehrskontrolle ans Tageslicht. „Okay. Wie schicken sie die Unterlagen her?"

„Die Dokumente sind eingescannt und werden hergemailt. Ich habe gerade die ersten Seiten bekommen." Aaron klang aufgeregt. Er druckte die Unterlagen aus und breitete sie auf dem Schreibtisch aus. Red begann, sie durchzusehen. „Der Rest kommt gerade rein."

Red ging weiter die Dokumente durch. Sein Telefon klingelte und er nahm es geistesabwesend aus der Tasche. „Hallo." Er schaute kaum von den Dokumenten auf.

„Red, ich bin's. Ich bin bei deinem Haus. Julie wartet, während ich dein Auto hole." Terry klang glücklich und aufgeregt. „Es ist so schön hier draußen. Ich war den ganzen Tag drinnen und die Sonne fühlt sich so gut an."

„Wir können im Garten essen und eine Weile draußen sitzen bleiben, wenn ich nach Hause komme", schlug Red vor. Seine Konzentration auf die Dokumente ließ nach, als er an Terry und sein strahlendes Lächeln dachte. „Ruf mich an, wenn du etwas Ungewöhnliches siehst und wenn du zu Tante Margie kommst."

„Das werde ich – keine Sorge", versprach Terry und legte auf.

Red verstaute das Telefon wieder in seiner Tasche, als Aaron mit den restlichen Akten zu seinem Schreibtisch kam. „Ich denke, wir sollten damit anfangen, nach Mustern zu suchen."

„Okay", stimmte Red zu und ging weiter die Pläne durch. „Sie haben regelmäßig den Elektrohandel und den Farmhandel beliefert."

„Und an *Hardwell Cabinet*, *Certified Millwork* und das *Downtown Design* Warenhaus."

„Alles Brutstätten an illegaler Aktivität", murrte Red und betrachtete weiter die Akten.

Aaron zog das Whiteboard heran und begann, die neuen Informationen zu übertragen. „Wir sollten überprüfen, ob sich die Routen irgendwo überschneiden. Vielleicht machen sie Zwischenstopps, die nicht auf den Plänen verzeichnet sind."

„So würde ich es machen – mich vor aller Augen verstecken. Je weniger Leute wissen, was vor sich geht, desto besser. Also versteckt man die Drogenlieferungen zwischen den normalen, damit sie so wenig wie möglich auffallen."

„Damit könntest du recht haben. Aber wir wissen es nicht mit Sicherheit", bemerkte Aaron. Da Red keine weiteren Argumente hatte, half er Aaron weiter, die Listen zu sortieren. „Sie waren jeden zweiten Tag bei *Haven's Pet and Supply*", stellte Aaron fest, als er einen Schritt von der Tafel zurücktrat. Sie waren jetzt schon fast eine Stunde damit beschäftigt, aber er schien nicht überzeugt, dass es irgendwo hinführen würde. Red nahm das nächste Blatt und übertrug es auf die Tafel.

Er hatte die Hälfte übertragen, als es in seinem Kopf Klick machte. „Heilige Scheiße!"

„Was?", fragte Aaron.

„Ich glaube, ich habe es gefunden." Red trat einen Schritt zurück und erkannte dieselbe Adresse noch zwei Mal, wenn auch ohne Namen. „Es ist mir vorher nicht aufgefallen, weil da nur eine Adresse stand. Aber auf diesem hat der Fahrer einen Namen notiert." Red zeigte Aaron das Blatt.

„Ich verstehe nicht."

Reds Rücken kribbelte und sein Bein zitterte. Das musste es sein, danach hatten sie gesucht. „Warum sollte ein Unternehmen, das Baumärkte und Equipment Stores beliefert, regelmäßig eine Organisation anfahren, die Essen an Senioren und heimgebundene Menschen liefert?" Der Stift, den er immer noch in der Hand hielt, fiel zu Boden. „Verdammt noch mal! Terry!" Red holte sein Telefon aus der Tasche und wählte Terrys Nummer. „Geh ran, um Himmels willen, geh ran!" Nach dem vierten Klingeln schaltete sich Terrys Voicemail ein, also hinterließ er eine Nachricht: „Terry, bitte ruf mich sofort an, wenn du das hörst!" Er legte auf und rief Tante Margie an. Sie nahm sofort ab, dabei vernahm Red den Fernseher im Hintergrund. „Hat Terry dir schon das Abendessen gebracht?"

„Nein, aber er sollte jeden Moment hier sein."

„In Ordnung." Er wollte ihr keine Angst machen. „Er soll mich bitte anrufen, wenn er da ist, okay?"

„Natürlich, mein Lieber", sagte sie. „Er ist ein netter junger Mann. Ich mag ihn wirklich."

„Ich auch, Tante Margie. Ich mag ihn sehr." Jetzt machte er sich wirklich Sorgen. Terrys Route dauerte ungefähr eine Stunde. Er hätte schon längst bei Tante Margie sein sollen. „Ich komme nachher vorbei." Er verabschiedete sich und legte auf.

„Was ist los?", fragte Aaron.

„Das Essensprogramm für Senioren – so liefern sie es. Guthrie liefert oder spendet regelmäßig Essen. Da sind die Drogen drin."

„Die Frauen sind in den Drogenhandel verwickelt?"

„Eine einzige Person reicht aus, das weißt du. Sie nimmt die Lieferungen an und arrangiert, dass sie auf den Routen verteilt werden. Niemand muss etwas erfahren. Wer würde schon etwas vermuten, wenn Essen an heimgebundene Menschen geliefert wird?" Alles ergab einen Sinn. Man organisiert ein paar Lieferungen an Leute, die nicht existierten. Das reichte schon aus.

„Wie sieht unser nächster Schritt aus?"

Red packte seine Ausrüstung und wollte hinauseilen. „Terry liefert Mahlzeiten aus und geht nicht an sein Telefon. Wir müssen ihn finden." Er stand kurz vor der Panik. Wenn Terry etwas passierte, würde Red sich das nie verzeihen, nicht in einer Million Jahren.

„Du denkst doch nicht …" Aaron war schon unterwegs, bevor er den Satz beendet hatte.

8

TERRY ERREICHTE Lavelles Haus und parkte hinter Julie. Sie gingen zusammen zur Tür. „Willst du den ganzen Abend so dümmlich grinsen?" Julie stieß ihn gutmütig mit der Schulter an. „Du musst verliebt sein, denn aus keinem anderen Grund lächelt man auf diese Art und Weise."

„Okay", lenkte Terry ein und blieb vor der Tür stehen. „Letzte Nacht hat Red mir gestanden, dass er mich liebt. Es war außergewöhnlich, dass er sich mir so geöffnet hat."

„Männer", seufzte Julie und rollte mit den Augen. „Ihr fangt euch lieber eine Kugel ein, als über eure Gefühle zu sprechen." Sie standen vor der Tür. „Ich hoffe, ihr werdet glücklich."

„Ich denke, das sind wir schon", meinte Terry.

Julie öffnete die Tür und sie traten ein. Lavelle eilte zu ihnen. „Oh, bin ich froh, euch zu sehen." Sie schien außer Atem. „Einer der Freiwilligen hat sich krankgemeldet." Sie knetete ihre Schürze zwischen den Händen. „Es tut mir leid, dass ich euch darum bitten muss, aber könnte jeder von euch fünf Lieferungen zusätzlich übernehmen? Die anderen sind schon unterwegs, sonst würde ich sie noch weiter aufteilen, aber …"

„Selbstverständlich", sagte Terry sofort. „Gib mir einfach die zusätzlichen Boxen, dann kümmere ich mich darum. Keine Sorge."

„Das weiß ich wirklich zu schätzen", versicherte Lavelle Terry. „Du bist ein netter junger Mann." Sie lächelte ihn an. „Ich wollte die Lieferungen gerade selbst übernehmen."

„Kein Problem. Wir helfen gern", antwortete Terry für Julie und sich selbst. „Ich muss los, aber ich rufe an, wenn ich fertig bin." Er winkte und eilte zu seinem Auto.

Seine regulären Lieferungen klappten ohne Zwischenfälle. Die Leute kannten ihn alle. Er brachte jeder der neun älteren Personen ihr Essen und stellte ihnen auch etwas zu trinken bereit, bevor er sich verabschiedete. Dann machte er sich auf den Weg zu dem ersten der neuen Leute. Sie waren genauso nett wie die, denen er normalerweise etwas brachte. Natürlich fragten sie alle nach Cassie. Terry erklärte, dass sie krank war, und stellte sicher, dass die alten Leute alles hatten, was sie brauchten, bevor er sich wieder auf den Weg machte. Bei jedem Haus, das er verließ, blickte er sich um, um zu sehen, ob er beobachtet oder verfolgt wurde. Red wäre so stolz auf ihn gewesen. Er hatte seine Route geändert und Umwege gemacht, um denjenigen, der ihm vielleicht folgte, zu verwirren. Schließlich war er beim letzten Halt vor Tante Margie. Er klopfte an die Tür und wartete, dass sie geöffnet wurde. Dabei verglich er den Namen auf der Tüte mit dem auf der Liste. Lavelle hatte ihm eingeschärft, dass es wichtig war, wer was bekam. Manche Leute mussten eine spezielle Diät einhalten, und sie tat ihr Bestes, die Mahlzeiten daran anzupassen.

Terry klopfte erneut, denn er war sich sicher, dass er an der richtigen Adresse war. Da hörte er Schritte im Haus. Die Tür wurde von einer jungen Frau geöffnet, die überrascht schien, ihn zu sehen.

„Ich habe Rogers Mahlzeit", sagte Terry.

„Natürlich, kommen Sie herein." Sie öffnete die Tür und Terry trat ein.

„Wo soll ich es hinstellen?", fragte er.

„Das ist egal", sagte sie.

Terry ging in die Küche und stellte die Tüte auf die Anrichte. „Ist Roger da?"

„Er ist im Bad, aber er müsste gleich fertig sein. Sie haben bestimmt noch andere Lieferungen, also kümmere ich mich darum."

„Wenn Sie meinen", sagte Terry und ging zur Tür. Er wollte gerade gehen, doch dann wandte er sich um. Ein Mann eilte ins Wohnzimmer. Terry erkannte ihn und riss die Tür auf. Er dachte gar nicht erst darüber nach, was James hier zu suchen hatte. Er wusste nur, dass er so schnell wie möglich verschwinden musste.

Terry schaffte es, die Tür zu öffnen, bevor sich starke Arme um ihn schlossen und er zurückgerissen wurde. „Lass mich los!", schrie er. Die Frau knallte die Tür zu und James schleuderte Terry auf das Sofa. „Was soll das, James?", fragte Terry, während er von den Kissen abprallte und auf dem Boden landete.

„Das ist toll! Wir haben auf der Suche nach dir jeden Stein umgedreht, und du stolzierst einfach so zur Tür herein", sagte James mit einem Lächeln. Terry rappelte sich auf und machte einen Schritt in Richtung Tür. „Du gehst nirgendwohin."

„Jimmy, wer ist das?"

„Niemand, um den du dir Sorgen machen müsstest. Nimm dir, weswegen du hier bist und verschwinde." James drehte sich zu der Frau. Sie rannte in die Küche, schnappte sich den Essensbehälter von der Anrichte und eilte durch das Haus. Terry hörte, wie sich die Hintertür öffnete und wieder schloss. Dann war alles still.

„Was ist dein Problem?", fragte Terry. „Ich liefere nur Essen aus." Er schaute James an und plötzlich war ihm alles klar. Er wusste, was er gerade geliefert hatte, und das war bestimmt keine Seniorenmahlzeit. Heilige Scheiße! Er versuchte, seinen Gesichtsausdruck so neutral zu halten wie möglich. Wahrscheinlich war das der einzige Weg, um lebendig hier herauszukommen.

„Stell dich doch nicht blöd. Als wir zusammen waren, habe ich gedacht, du wärst hübsch, aber so dumm wie Bohnenstroh. Jetzt weiß ich es besser. Also setz dich hin und rühr dich nicht, bis ich mir überlegt habe, was ich mit dir mache."

„Also bitte", höhnte Terry. Da schlug James ihm mit dem Handrücken ins Gesicht und er fiel seitlich auf das Sofa. Seine Wange brannte wie Feuer.

„Ich prügele die Scheiße aus dir heraus, wenn du mich auch nur schief ansiehst", knurrte James und packte seine Handgelenke. „Ich habe viel zu viel Zeit und Energie an dich verschwendet. Ich hätte dich anfixen sollen, als wir noch zusammen waren. Dann hätte ich jetzt keinen Ärger mit dir."

„Meine Güte, James", keuchte Terry, während ihm die Tränen in die Augen traten.

„Nichts 'Meine Güte'. Und das ist genau das, was du bist – nichts. Ein nettes Sexspielzeug, das ist alles." Er schlug ihn erneut und Terry sah Sterne. „Jetzt halt deinen verdammten Mund und rühr dich nicht, sonst muss man aus dem Teppich kratzen, was von dir noch übrig ist, so wahr ich hier stehe." James trat zurück und Terry kauerte sich ans andere Ende des Sofas. Er hatte Angst, sich zu bewegen, und beobachtete, wie James ihn anstarrte. „Scheiße, du machst wirklich nur Ärger." James holte sein Telefon hervor, während Terry seine schmerzende Wange rieb.

„Was hast du vor?" Terry nahm an, dass James sich wie ein gefangener Tiger verhalten würde, wenn er mit dem Rücken zur Wand stand. Das Problem war, dass James tatsächlich mit dem Rücken zur Wand stand, aber Terry betete, dass er das nicht erkannte. Er hoffte, dass Red schon bemerkt hatte, dass etwas nicht stimmte. Er hätte mit den Lieferungen schon fertig sein und ihn von Tante Margie aus anrufen sollen. Red war ein guter Cop und Terry wusste, dass er handeln würde, wenn Terry sich nicht meldete. Er konnte nur hoffen, dass James das nicht wusste.

„Ich bin's", sagte James ins Telefon. „Komm sofort her. Wir haben ein echtes Problem." Es entstand eine Pause, während der Terry sich im Zimmer umschaute und nach etwas suchte, das er als Waffe verwenden konnte. Er war sich nicht sicher, ob James eine Pistole trug. In der Vergangenheit hatte er es nicht getan, so weit Terry wusste, aber er hatte auch nicht gewusst, dass James ein Arschloch war, das mit Drogen handelte. „Nein, es ist schlimmer." Eine weitere Pause. „Komm einfach her. Ein alter Freund hat sich entschieden, uns einen Besuch abzustatten. Wir müssen uns überlegen, was zum Teufel wir tun sollen." Terrys Hoffnung schwand schnell dahin. James schaltete das Telefon aus und steckte es zurück in seine Tasche.

Terry schluckte nervös, als James sich zu ihm umdrehte. Das Eis in James' Augen reichte aus, um die Wasserrohre in der Küche gefrieren zu lassen. Er konnte nicht verstehen, wie er diesen Mann jemals geliebt haben konnte.

„Du hast schon immer viel mehr Ärger gemacht, als du wert warst", fauchte James. Er klang wie ein Bösewicht aus einem alten Film, nur dass das hier kein Film war. Es war verdammt real.

Terry wusste nicht, was er tun sollte, also unterbrach er den Augenkontakt und starrte auf den Boden. Sollte James doch denken, dass er fügsam war. Wenn er aus dieser Situation entkommen wollte, dann bekäme er nur eine Chance, und die müsste überraschend kommen. Nicht, dass er irgendwelche Ideen hatte. Es war wahrscheinlich das Beste, Zeit zu schinden, um Red die Möglichkeit zu geben herauszufinden, wo er war. „Ich habe gedacht, dass du mich liebst", sagte er so mitleiderregend, wie er konnte. „Das hast du mir immer gesagt."

Terrys Telefon klingelte und er zuckte zusammen. Das Geräusch war laut und durchdringend in dem großen, stillen Raum. Er wusste, dass es Red sein musste. Er griff nicht danach. James eilte zu ihm und rammte seine Hand in Terrys Hosentasche. Er zog das Telefon hervor und schaute auf das Display, dann warf er es durch die Tür auf den Küchenboden. Das Telefon zerschellte und gab keinen Laut mehr von sich. Terry zuckte bei dem Geräusch zusammen und verlor erneut einen Teil Hoffnung. Er hätte versuchen sollen, den Vibrationsalarm einzuschalten.

James lachte diabolisch, wie ein Oberbösewicht aus einem James Bond-Film. Vielleicht verlor James den Verstand, möglicherweise nahm er auch selbst den Dreck, den er verkaufte, und der begann, seinen Geisteszustand zu beeinflussen. Aber was auch immer der Grund war, er jagte Terry eine Heidenangst ein. „Ich habe dir gesagt, was du hören wolltest. Du warst hübsch und hast gut ausgesehen, wenn wir zusammen ausgegangen sind." James kam näher und Terry bereitete sich auf einen weiteren Schlag vor. „Du warst ein toller Fick, das gebe ich zu. Aber das waren die Dutzenden anderer Kerle auch, mit denen ich es gemacht habe. Hast du gedacht, du wärst der Einzige? Wie süß. So gut warst du auch wieder nicht." James trat zurück.

Terry änderte seine Position auf dem Sofa. „Was habe ich dir je getan?"

„Nichts! Du hast nichts getan!", schrie James. „Das ist das Problem. Du solltest bei mir bleiben, nicht abhauen wie die anderen."

Was James sagte, ergab keinen Sinn. Terry fragte sich, um was es gerade ging, aber er hatte zu viel Angst, um darüber nachzudenken. James war immer ruhig und besonnen gewesen. Das hatte ihn zu Beginn so attraktiv für Terry gemacht. Er schien ein Mann zu sein, der wusste, was er wollte und wie er es bekommen konnte. Das hatte Terry angezogen. Aber dieser Mann – der James, der jetzt vor ihm stand – war das genaue Gegenteil.

James' Telefon klingelte, und er riss es aus seiner Tasche. „Was?", fauchte er. „Beweg einfach deinen Arsch hierher. Das Haus an der Louther. Wir müssen uns schnell um dieses Problem kümmern." James klappte sein Telefon zu. Terry schaute zum Vorderfenster. Die Vorhänge waren bis auf einen kleinen Spalt zugezogen. Er sah etwas Blaues vor dem Fenster vorbeischießen. Einen Moment lang hoffte er, es wäre Red. Er hatte keine Ahnung, wie die Polizei vorgehen würde. Aber nichts geschah.

„Warum das alles, James? Du bist ein intelligenter Mann. Du hättest alles tun können." Er musste James irgendwie dazu bringen weiterzureden, und das Lieblingsthema von James war James.

„Ja, das bin ich. Ich habe dieses gesamte Unternehmen aus dem Nichts aufgebaut und verdiene das große Geld damit. Ich fahre teure Autos und wohne in einem riesigen Haus. Alle wollen so sein wie ich." Er grinste. Das war es, was James sein wollte – er wollte Jemand sein.

„Alle sehen zu dir auf", sagte Terry.

James lächelte, aber es lag kein Gefühl oder Wärme darin. „Ja. Ich habe die Blicke gesehen, die ich geerntet habe, wenn ich vor dem *Fresco* geparkt habe. Die Frauen haben sich mir an den Hals geworfen und selbst Heteros haben mir ihren Arsch angeboten, damit sie Zeit mit mir verbringen durften. Das war verdammt heiß und hat eine Menge Geld gekostet. Also habe ich nach anderen Einnahmequellen gesucht. Du weißt schon, abwechslungsreicheren." Er klang sehr stolz auf sich.

Es ging nur ums Image. Terry wusste, dass er ein Teil davon gewesen war. Ein Schmuckstück, um James gut aussehen zu lassen.

Es klopfte an der Tür. Terry zuckte leicht zusammen und James funkelte ihn an. „Denk nicht mal dran, dich zu bewegen, sonst breche ich dir den Arm und verarbeite dein Gesicht zu Hackfleisch, sodass nicht einmal deine Mutter dich ohne DNS-Test wiedererkennt."

James ging zur Vordertür, spähte durch den Vorhang und öffnete dann die Tür. Terry kannte den Mann nicht, der hereinkam. James schloss und verriegelte hinter ihm die Tür.

„Ist das das Problem?" Der Kerl war riesig. Sein irres Grinsen mit der Zahnlücke jagte Terry einen Schauer über den Rücken. Er hatte James schon für eiskalt gehalten, aber der war nichts gegen diesen Typen.

„Ja. Er weiß viel zu viel."

„Darum kümmere ich mich. Niemand wird je etwas herausfinden."

Terry gefror das Blut in den Adern. Er zog die Beine dicht an den Körper. Gegen dieses gefühllose Monster würde er nicht lange durchhalten. Er war nicht so groß wie Red, aber, Scheiße, er jagte einem wirklich Angst ein. Der fehlende Zahn, das ungepflegte Haar, Muskeln, die die Ärmel seines T-Shirts spannten. Seine Augen waren grau und kalt wie Eis.

„So einfach ist es nicht. Er ist mit einem Cop zusammen. Der wird bestimmt nach ihm suchen. Du musst ihn hier rausbringen und darfst dabei keine Spuren hinterlassen. Im Keller ist ein Seil. Fessle ihn damit, dann lass ihn verschwinden."

„Kann ich mit ihm spielen?", fragte der riesige Mann.

„Mir ist scheißegal, was du mit ihm machst. Hauptsache, er ist weg", sagte James.

Terry steckte tief in der Scheiße und es schien keinen Ausweg zu geben. Die Zeit lief ihm davon. Er wünschte so sehr, dass er wüsste, was er tun konnte, aber er konnte nur ans Wegrennen denken, auch wenn ihm bewusst war, dass er nicht weiter käme als höchstens einen Meter, bevor er erledigt wäre.

Der Mann drehte sich um und James ging in die Küche. „Beeil dich und hol dir, was du brauchst. Sein Freund wird nach ihm suchen und wir müssen verschwunden sein, wenn er herkommt."

Der Muskelprotz stapfte aus dem Raum und James wandte sich zu Terry. „Zu schade, dass ich nicht sehen kann, was er mit dir vorhat. Er kann sehr unterhaltsam sein." James drehte sich zur Küche. „Er ist ein Meister des Schmerzzufügens und liebt es, Menschen schreien zu hören." James, der Bastard, grinste. „Und du wirst schreien, wenn er mit dir fertig ist. Das wird das Letzte sein, was man von dir sieht oder hört. Nicht mal dein Cop wird herausfinden, was aus dir geworden ist."

Terry zitterte, was James zu gefallen schien. „Du hättest mit dem zufrieden sein sollen, was ich dir gegeben habe. Ich habe dich gut behandelt und dir alles gegeben, was du dir wünschen konntest. Das hätte genug sein müssen. Aber jetzt …" James schüttelte den Kopf. „Ich hasse es wirklich, das tun zu müssen, aber es gibt keinen anderen Weg." Er trat zurück und schaute Terry mitleidig an.

Terry hatte keine Ahnung, was er tun sollte. Er hoffte immer noch, dass Red zu seiner Rettung eilen würde. Manchmal hörte er Leute, die draußen vorbeigingen, aber davon abgesehen war da nichts. Kein Zeichen von Rettung. Terry holte tief Luft und seufzte. Er schloss einen Moment die Augen und dachte an Red. Er brauchte etwas Trost und Red war das Einzige, an das er denken konnte.

„Beeil dich da unten!", rief James. Im Keller krachte etwas, gefolgt von Stille. „Hol das Seil und komm wieder hoch." Einen Moment später hörte Terry schwere Schritte auf der Treppe. Er riss sich zusammen und bereitete sich auf einen Kampf vor. „Worauf wartest du noch?" James drehte sich um und eine blaue Masse stürzte sich auf ihn. James wurde zu Boden gestoßen und Terry keuchte.

„Keine Bewegung!" Terry rührte keinen Muskel, während weitere Polizisten in den Raum stürmten. „Ist sonst noch jemand hier?"

Terry schüttelte den Kopf. „Nur James und der Mann im Keller." Polizisten schwärmten durch das Reihenhaus und durchsuchten jeden Raum, vom Keller bis zum Dachboden. Terry saß wie versteinert da. „Gesichert"-Rufe klangen durch das Haus, dann stürmte Red ins Wohnzimmer. Terry wusste nicht, was er tun sollte. Als Red zu ihm eilte, stand Terry auf und warf sich in seine Arme.

„Du hast mich zu Tode erschreckt", flüsterte Red in sein Ohr.

Terry fehlten die Worte, deshalb ließ er einfach den Tränen freien Lauf. „Sie wollten mich umbringen", brachte er schließlich hervor. „Der Kerl im Keller sollte etwas holen, um mich zu fesseln, und …" Seine Stimme versagte.

„Jetzt ist alles in Ordnung. Wir haben ihn in Gewahrsam, genau wie James."

„Wie?"

„Die meisten dieser Häuser hier haben einen Eingang, der von draußen in den Keller führt. So sind wir hereingekommen", erklärte Red. „Es tut mir leid, dass wir nicht früher hier waren. Es hat eine Weile gedauert, bis wir dich aufgespürt hatten. Letztendlich haben wir meinen alten Taurus vor dem Haus gesehen."

„Lavelle?", fragte Terry.

„Sie kooperiert", antwortete Red. Terry nahm an, dass er nicht mehr Informationen bekommen würde.

„Sie haben das Lieferprogramm benutzt, um die Drogen auszuliefern. Eine Frau ist damit verschwunden, sobald ich da war."

„Keine Sorge. Wir schnappen sie und alle anderen, die damit zu tun haben." Red blickte in Richtung Küche. James lag mit dem Gesicht nach unten auf dem Boden. Eine Pistole war auf ihn gerichtet.

„Ich will einen Anwalt", wiederholte er immer wieder.

„Sie bekommen einen", versicherte der Polizist, der ihm Handschellen anlegte. „Sie werden ihn brauchen."

Terry klammerte sich fester an Red. Er dachte nicht eine Sekunde daran, ihn loszulassen.

„Geht es ihm gut?", fragte Officer Cloud, als er näherkam.

„James hat mich ein paar Mal geschlagen, aber ihr wart da, bevor sie mich ernsthaft verletzen konnten." Der Gedanke an das, was James ihm angedroht hatte, ließ ihn erschauern. Er schloss die Augen und vergrub sein Gesicht in Reds Uniform, damit niemand sehen konnte, wie er die Fassung verlor. „Sie haben gesagt, sie würden … und dass … mich niemand finden würde." Terry zitterte, während Red ihn hielt. Ihm war vage bewusst, dass noch andere Personen im Raum waren, aber er klammerte sich nur an Red. „Du warst gerade rechtzeitig hier."

„Ich war außer mir", sagte Red in sein Haar.

„Er hat das halbe Revier auf die Suche nach Ihnen geschickt", erzählte Officer Cloud. „Ich habe schon immer gesagt, dass Red einen hervorragenden Feldwebel abgeben würde, und heute hat er es bewiesen. Er hat Himmel und Hölle in Bewegung gesetzt, um Sie zu finden."

„Das hast du?", fragte Terry und hob den Kopf von Reds Hemd.

„Natürlich habe ich das", flüsterte Red. Terry vernahm, wie sich jemand räusperte, und trat zögernd von Red zurück. „Warte hier. Wir müssen uns umsehen und so viele Beweise sammeln wie möglich."

„Ich hätte auf dich hören sollen", flüsterte Terry beschämt. „Ich habe darauf bestanden, das hier zu machen, obwohl du besorgt warst, und als

Lavelle mich gebeten hat, die zusätzlichen Lieferungen zu übernehmen, habe ich mir nichts dabei gedacht."

„Du hast es nicht wissen können."

„Wir hatten auch gerade erst den Zusammenhang erkannt", sagte Aaron. „Red hat sofort wie ein Besessener versucht, Sie zu finden. Er wusste, dass etwas nicht stimmt."

„Ich habe dich angerufen, aber du bist nicht rangegangen, und du hättest schon bei Tante Margie sein sollen, aber das warst du nicht."

„Die Überreste meines Handys liegen auf dem Küchenboden", sagte Terry und deutete hinter James, der immer noch auf dem Boden lag.

Terry ging langsam zur Küchentür. James hob den Kopf und starrte mit blitzenden Augen zu ihm auf. „Was willst du?", fauchte er.

„Ich schaue mir nur ein Stück Scheiße an", sagte Terry so ruhig, wie er konnte. „Ein Stück Scheiße auf zwei Beinen."

„Du bist nichts als ein Loch zum Ficken. Sonst bist du zu nichts zu gebrauchen. Gar nichts. Das warst du schon immer und das wirst du auch immer sein. Dafür wurdest du geschaffen. Ein warmes Loch zum Ficken!" Weitere Unflätigkeiten strömten aus James' Mund, was Terry wütender und wütender machte. Er hatte genug davon, dass dieses Arschloch ihn beleidigte.

Terry beugte sich hinunter und schlug James mit dem Handrücken mit aller Kraft ins Gesicht. Seine Hand tat weh und James' Wange rötete sich.

„Hey, er hat mich geschlagen. Ihr habt es gesehen", schrie James die Polizisten an. „Ich will Anzeige erstatten!"

Ein Officer drehte sich zu James und zuckte mit den Schultern. „Ich habe nichts gesehen, genauso wenig wie alle anderen hier. Also halten Sie den Mund, bevor wir der Anklage noch Widerstand gegen die Staatsgewalt hinzufügen."

Terry rieb seine Hand, während er sich umdrehte und wieder zu Red ging, der ihn mit weit aufgerissenen Augen und einem kaum wahrnehmbaren Lächeln anstarrte. Wahrscheinlich würde er Terry später für das, was er getan hatte, den Kopf waschen, aber es hatte sich einfach zu gut angefühlt.

„Wir sind so weit", sagte ein Polizist an der Tür. Der Officer neben James beugte sich hinunter und zog ihn grob auf die Füße.

„Mir ist scheißegal, was aus dir wird", sagte er. „Also benimm dich oder wir werden auf dem Weg zum Auto herausfinden, wie tollpatschig du sein kannst. Vielleicht sorgt eine Begegnung mit der Bordsteinkante dafür, dass du dein Maul hältst." Er drehte sich um und zwinkerte Terry zu. Der

Officer – Terry kannte seinen Namen nicht – führte James nach draußen. Die Tür schloss sich hinter ihnen und Terry hoffte von ganzem Herzen, dass das für den Rest seines Lebens das letzte Mal gewesen war, dass er diesen Kerl sehen musste.

„Ich hoffe, dass er in der Hölle schmort", sagte Terry zu niemand Bestimmtem.

„Wenn wir beweisen können, was wir vermuten, und ihn mit diesen Drogen in Verbindung bringen, dann wird er sich für einige Tode verantworten müssen", sagte Red. „Die Gerichte werden ihn nicht so leicht vom Haken lassen. Und sein gesamter Besitz wird konfisziert. Die Autos, das Haus, die 'hässlichen Kunstwerke'. Alles, was möglicherweise mit Drogengeld erworben wurde, wird verkauft und kommt den Gesetzeshütern der Drogendezernate zugute. Du siehst also, James ist am Ende, egal, wie man es dreht und wendet."

„Was meinst du?"

„Na ja, das Harrisburg PD durchsucht bereits sein Haus und seine Geschäftsräume. Die Lieferpläne und alles, was wir sonst noch herausgefunden haben, reichten dafür aus. Bestimmt finden sie genug, um ihm noch mehr vorzuwerfen als das, was wir schon haben. Auf die Art kann alles, was er besitzt, beschlagnahmt werden. Ihm bleibt nicht einmal der Dreck unter den Fingernägeln, wenn das alles vorbei ist."

„Das können die?"

„Jep." Red grinste. „Wie ich schon sagte, er wird nicht wissen, wie ihm geschieht. Alles, was er sich erhofft hat – Popularität, im Mittelpunkt zu stehen, schnelle Autos, das große Haus – wird weg sein. Auch wenn er auf Kaution freigelassen werden sollte, wird die Polizei von Harrisburg dafür sorgen, dass seine Konten und sein gesamtes Bargeld eingefroren werden. Dann wird er nicht in der Lage sein, einen Anwalt zu bezahlen." Red lächelte. „Ich muss noch etwas erledigen, außerdem braucht Aaron deine Aussage. Wenn wir fertig sind, bringe ich dich nach Hause."

Das klang wunderbar. Er wollte mit Red nach Hause gehen. Aber dann hielt er inne. Was, wenn Red meinte, dass er jetzt, da alles vorbei und er in Sicherheit war, in sein Appartement zurückkehren sollte? Schließlich was das sein Zuhause. „Das wäre schön." Er hielt es nicht für ratsam, Red an einem Tatort zu fragen, was er gemeint hatte. Er würde es früh genug herausfinden.

Red stand auf und berührte seine Schulter. Terry lächelte ihn an und rutschte an die Sofakante. „War Lavelle auch beteiligt?"

„Das wissen wir nicht", antwortete Aaron. Terry fragte sich, was wohl aus den Leuten werden würde, die sich wegen der Mahlzeiten auf sie verließen. „Aber wir werden es herausfinden. Wenn dem so ist, wird sie mit den anderen in Gewahrsam genommen werden. Wenn nicht, werden wir alles tun, was in unserer Macht steht, um sie zu beschützen. Sie hat einen guten Ruf in der Gemeinde, daher wollen wir nicht, dass sie in den Dreck gezogen wird, wenn sie unschuldig ist." Aaron schien ehrlich zu sein. Das wusste Terry zu schätzen. Lavelle war ein guter Mensch, da war er sich sicher. Es wäre schade, wenn sie involviert wäre. Er nahm an, dass sie schockiert war, dass jemand ihr gutes Werk als Tarnung für etwas so Schreckliches benutzt hatte, aber er musste die Polizei ihren Job machen lassen. Es wäre wirklich eine Schande, wenn er unrecht hatte.

Aaron setzte sich neben ihn. „Warum erzählen Sie mir nicht von Anfang an, was passiert ist?"

Terry erzählte alles, was ihm einfiel, von seiner Ankunft bei Lavelle bis zu dem Zeitpunkt, als die Polizei eingetroffen war. Er erzählte von den Drohungen und was James alles offenbart hatte. Er erzählte auch, was sie seiner Meinung nach mit ihm vorgehabt hatten, wenn seine Retter nicht rechtzeitig aufgetaucht wären. Als Terry geendet hatte, wiegte er sich leicht vor und zurück. Während er davon sprach, was James darüber gesagt hatte, wie wenig er ihm bedeutet hatte, fiel ihm das Sprechen schwer. „Was habe ich ihm getan, dass er mich so hasst?"

„Manche Menschen können nicht mit Zurückweisung umgehen, also werden alle Gefühle, die sie empfunden haben, zu Hass. Damit können sie leichter umgehen als mit dem Schmerz und dem Blick nach vorn. Wenn sie einen hassen, dann sind sie im Recht und man selbst im Unrecht. Die Dinge so zu sehen ist der einfachere Weg, dann muss man nicht davon ausgehen, dass man selbst einen Fehler gemacht hat. Das ist eine Form von Selbstschutz." Aarons Erklärung erschien logisch. „Und manche Menschen sind einfach Arschlöcher. Sie werden alles sagen, um einen anderen zu verletzen und ihre zerbrechlichen Egos zu beschützen. Ich denke, James gehört zur zweiten Kategorie."

Terry konnte ein flüchtiges Lächeln nicht unterdrücken. „Danke."

„Gern geschehen." Aaron erwiderte sein Lächeln. „Ich schreibe die Aussage auf. Wenn ich fertig bin, können Sie sie noch einmal durchgehen, damit die Details korrekt sind. Wir versuchen immer noch, alle Teile zusammenzufügen. Wir müssen zum Beispiel immer noch die Einbrüche in Ihr Appartement aufklären, also werden wir Ihre Hilfe wahrscheinlich noch brauchen."

„Ich werde mir Mühe geben", versicherte Terry. Allmählich fühlte er sich wie durch den Wolf gedreht. Es war nicht die Schuld der Polizei, aber langsam war er am Ende seiner Kräfte. „Ich will nur, dass das alles vorbei ist."

„Das wird noch eine Weile dauern. Die Ermittlungen können sich noch lange hinziehen, während wir alle Einzelteile zusammensetzen und unser Bestes tun, um die gesamte Organisation aufzudecken. Sie scheint sich über die gesamte Region zu erstrecken. Es könnte also eine Weile dauern. Dann folgt natürlich die Gerichtsverhandlung. Dort werden Sie wahrscheinlich aussagen müssen." Der Gedanke gefiel Terry überhaupt nicht. „Wir alle wollen die Operation schnell über die Bühne bringen, aber manchmal braucht die Gerechtigkeit eben ihre Zeit. Wir tun unser Bestes, damit James im Gefängnis bleibt und nicht auf Kaution freigelassen wird."

Daran hatte Terry nicht gedacht. „Ich weiß Ihre Bemühungen wirklich zu schätzen. Aber jetzt möchte ich nach Hause." Er brauchte etwas Vertrautes um sich.

„Selbstverständlich. Ich habe, was ich brauche. Wenn noch weitere Fragen aufkommen, weiß ich, wie ich Sie erreichen kann. Die anderen scheinen hier auch fertig zu sein, also kann Red Sie nach Hause bringen." Aaron stand auf, dabei knarrte seine Ausrüstung. Terry mochte das Geräusch, das diese Gürtel machten, wenn sie sich bewegten.

„Danke." Er blieb sitzen. So war er den Polizisten und Technikern nicht im Weg, die immer noch durch das Haus schwirrten. Er schenkte ihnen keine große Beachtung. Da sich auch niemand um ihn kümmerte, saß er einfach da und dachte nach.

„Schatz, können wir gehen?", fragte Red und riss ihn aus seinen Gedanken.

„Ja", flüsterte Terry. „Oh Mist … Ich habe Tante Margies Essen immer noch im Auto. Sie ist wahrscheinlich am Verhungern und wundert sich, wo wir sind."

„Ist schon in Ordnung. Wir halten irgendwo an und holen etwas, dann fahren wir zu ihr. Sie ist kein zartes Pflänzchen – sie wird es verstehen."

Terry stand auf. „Ich will nur, dass sie mich mag."

„Ich denke, das tut sie bereits. Sie hat mich ursprünglich dazu gebracht, nach dir zu sehen, weißt du noch? Sie hält sich für eine Kupplerin."

„Sie will nur, dass du glücklich bist." Terry drückte Reds Hand.

„Du machst mich glücklich." Red lächelte, dann verließen sie das Haus. „Du kannst mir entweder nachfahren oder wir holen das Auto später ab."

„Ich fahre zu deiner Tante und du holst etwas zu essen." Terry lächelte über Reds leises Knurren. „Es sind nur zwei Blocks." Er rollte mit den Augen. „Schön, fahr hinter mir her, damit du weißt, dass ich sicher dort ankomme, dann kannst du Essen holen. Ich bleibe bei deiner Tante und leiste ihr Gesellschaft." Das beschwichtigte Red. Terry schlängelte sich an den Polizeiautos vorbei zum Taurus. Er stieg ein und wartete, bis ein Wagen neben ihm auftauchte und er Red hinter dem Steuer erkannte. Dann fädelte er sich in den Verkehr ein und fuhr zu Margie. Er klopfte an ihre Tür und wartete, dass sie öffnete.

„Du bist es. Ich hatte mir schon Sorgen gemacht", sagte Tante Margie und trat zurück, um ihn hereinzulassen. Terry drehte sich um und winkte Red zu, bevor er eintrat. „Mein Magen fängt schon an, sich selbst zu verdauen."

„Das ist eine lange Geschichte. Red holt Abendessen. Er wird in ein paar Minuten zurück sein", erklärte Terry. Er schloss und verriegelte die Tür, bevor er Margie in ihren Sessel half.

„Ich nehme an, es ist etwas passiert. Seit einer Stunde fahren Polizeiautos die Straße auf und ab."

„Ja. Es hat sich herausgestellt, dass mein Ex der Drogenkönig von Central Pennsylvania ist. Er hat mich gefangen gehalten, bis Red aufgetaucht ist und mich gerettet hat." Terry sprach über Red wie über einen Superhelden aus einem Film, denn das war Red für ihn. Er war ein Held, Terrys persönlicher Held. Der Klang davon gefiel Terry. „Ich war an meinem vorletzten Stopp, also ist dein Essen im Auto kalt geworden. Red besorgt uns etwas Neues." Nicht, dass Terry sonderlich hungrig war.

„Du armer Junge", beruhigte sie ihn. „Setz dich und entspann dich. Versuch, es für einen Moment zu vergessen. Hier bist du in Sicherheit. Red wird bald zurück sein." Sie schlurfte in die Küche. „Ich mache dir einen Tee."

„Das ist nicht nötig."

„Unsinn. Nichts beruhigt die Nerven besser als eine schöne Tasse Tee."

„Du klingst wie meine Großmutter. Als ich ein Kind war, hatte sie immer eine Kanne Tee bereitstehen. Ihre Freundinnen kamen vorbei. Sie saßen zusammen mit Tee und Gebäck im Wintergarten. Es war etwas Besonderes, wenn ich sie besucht habe." Terry setzte sich auf das Sofa und überließ Margie ihrer Tätigkeit. Das war ihre Art zu helfen.

„Wieso das?" Sie füllte einen altmodischen Wasserkessel.

„Grandma hat darauf bestanden, dass ich mich für die Teestunde schick anziehe, dann durfte ich mich zu ihr und ihren Freundinnen an den großen Tisch setzen. Sie haben über alles und jeden geredet. Eigentlich war es nur Klatsch, aber das wusste ich zu der Zeit nicht. Es war wunderbar zu hören, was die Erwachsenen für wichtig hielten. Es war das Gleiche, was wir heutzutage für wichtig halten. Größtenteils, wer mit wem geschlafen hat, auch wenn das für die Damen ein richtiger Skandal war. Natürlich haben sie auch mit ihren Kindern angegeben oder sich über sie beschwert. Sie konnten so gemein sein."

„Die Menschen sind alle gleich. Die Zeiten mögen sich ändern, aber nicht die Menschen", sagte Tante Margie. „Sie verurteilen und reden immer noch über den anderen. Allerdings machen sie das heute über dieses Facebook-Dings, nicht mehr beim Tee." Der Kessel klapperte, als sie ihn auf den Herd stellte. Dann kam sie zurück und setzte sich in ihren Sessel. „Er pfeift, wenn das Wasser kocht."

Das hatte Terry auch immer bei seiner Großmutter gemocht. Dort waren die Dinge einfacher, wie aus einer anderen Zeit. Sie schienen langsamer als zu Hause. Es war schön, etwas Abstand zu dem Druck zu bekommen, den seine Eltern immer auf ihn ausgeübt hatten. Mist, er musste sie anrufen und ihnen von den neuesten Ereignissen berichten.

Er hörte einen Schlüssel im Schloss, dann öffnete sich die Tür. Red betrat mit zwei Tüten in der Hand das Haus. Er schloss die Tür hinter sich und stellte die Tüten auf die Anrichte. „Ich sehe, der Kessel ist aufgestellt."

„Selbstverständlich", sagte Tante Margie.

„Ich bereite alles vor, dann können wir essen." Red lächelte Terry an und der Knoten in Terrys Magen löste sich. Er hatte neben sich gestanden, seit er hier angekommen war, als würde er die Dinge durch die Augen eines anderen sehen. Es fühlte sich an, als sei das, was passiert war, jemand anderem geschehen. Er hatte noch nicht realisiert, dass er gegen seinen Willen festgehalten worden war. Das würde ihm bestimmt bewusst werden, wenn er am wenigsten damit rechnete.

Red deckte in der Küche den Tisch. Terry schaute ihm zu und seufzte. Red war ein gut aussehender Mann. Vielleicht nicht im herkömmlichen Sinne, doch er war fürsorglich. Das zeigte sich in seiner gesamten Art. Wie er den Tisch deckte, wie er seiner Tante beim Aufstehen half und sie zum Tisch führte. Terry folgte ihnen, dabei hielt Red ganz kurz seine Hand, bevor er sich hinsetzte. Diese einfache Berührung reichte aus, um hn zum Lächeln zu bringen.

„Alles wird wieder gut", versicherte Red ihm.

Terry wünschte sich wirklich, dass er das glauben könnte, denn Aaron hatte es so beschrieben, als würde es eine lange Zeit brauchen. „Es ist schwer, darüber nachzudenken."

„Dann lass es. Es ist ein Prozess, eins passiert nach dem anderen. Du musst dich nicht mit allem gleichzeitig befassen. Ein Schritt nach dem anderen."

„Na ja, ich gehe davon aus, dass ich immer wieder und wieder erzählen muss, was passiert ist."

„Ja, das wirst du. Aber wir werden die ganze Zeit bei dir sein. Ich habe so etwas schon mitgemacht und Aaron ebenfalls schon viele Male. Wir wissen, was passiert, und können dir helfen. Der Staatsanwalt wird dir auch behilflich sein. Er kennt die Vorgänge in- und auswendig." Red öffnete die Verpackungen mit dem chinesischen Essen und reichte sie herum. Er hatte genug für eine gesamte Armee besorgt ... schon wieder. „Es gibt nichts, worüber du dir Sorgen machen müsstest. Zuerst kommt die Bewährungsanhörung. Dafür wirst du nicht gebraucht. Das machen die Anwälte."

„Wie geht es jetzt weiter?"

„Nach dem Essen fahren wir nach Hause. Wir können dein Auto holen."

„Wird man es mir wegnehmen?"

Red seufzte. „Das ist eine gute Frage. Es ist wahrscheinlich, dass James es mit Drogengeld gekauft hat. Aber da es ein Geschenk war und du das nicht gewusst hast, kannst du es vielleicht behalten."

„Ich werde es verkaufen und einen Garagenverkauf organisieren, um alles loszuwerden, was ich von James bekommen habe. Ich will nichts mehr von ihm um mich haben." Terry stocherte in seinem Essen. Er aß ein paar Bissen, aber er war eigentlich nicht hungrig. „Ich habe zu viel von ihm angenommen."

„Die Polizei organisiert nächsten Monat einen großen Flohmarkt, wenn du interessiert bist. Sie nehmen Spenden von Haushaltsgegenständen und so weiter an. Der Erlös kommt an den Feiertagen bedürftigen Familien zugute."

„Perfekt. Ich packe alles zusammen, dann können sie es haben. Dann profitiert wenigstens jemand davon. Ich will nur, dass der Kram verschwindet."

Red legte unter dem Tisch eine Hand auf sein Bein und drückte es.

„Habt ihr beide schon Pläne gemacht, jetzt, da das Drama vorbei ist?", fragte Tante Margie. Red schüttelte den Kopf und Terry zuckte mit den Schultern. Sie hatten nicht über die Zukunft gesprochen, deshalb machte Terry sich Sorgen, was Red wohl wollte oder von ihm erwartete. „Hm …" Sie schüttelte den Kopf und wandte sich wieder ihrem Essen zu. „Manchmal seht ihr Männer einfach den Wald vor lauter Bäumen nicht."

Red lächelte und tätschelte ihre Hand, die voller Altersflecken war. „Wir waren damit beschäftigt, Terry in Sicherheit zu bringen. Wir beide haben noch keine Gelegenheit gehabt, darüber zu sprechen, was wir wollen." Red blickte ihn an. „Aber das werden wir."

Terry aß weiter, aber nach ein paar Bissen hatte er genug, auch wenn Tante Margie versuchte, ihn dazu zu bringen, noch etwas mehr zu essen. Nachdem Red sein Abendessen in typischer Red-Manier beendet hatte, also alles zu essen, was ihn nicht aß, räumten die beiden Männer auf und verabschiedeten sich. Terry fuhr mit Reds Auto nach Hause. Dort stellte er es in der Garage ab. Red parkte den Polizeiwagen und wartete auf ihn, während Terry die Garage abschloss.

Red nahm seine Hand und führte ihn zu der Bank im Garten. „Zu dieser Jahreszeit ist es toll hier. Die Abende sind warm genug, dass man draußen sitzen kann, ohne zu frieren, aber so kühl, dass man nicht schwitzt wie ein Schwein."

Terry nahm Platz. „Was willst du von mir, Red?"

„Was meinst du damit? Du hast gesagt, dass du mich liebst, und ich liebe dich. Ich …"

„Das ist meine ungeschickte Art zu fragen, ob du immer noch mit mir zusammen sein willst. Die Gefahr ist vorüber. James ist hinter Gittern. Ich bin jetzt in Sicherheit. Das hat uns zusammengebracht, also was passiert jetzt?"

„So habe ich das nicht gesehen." Red klang verletzt.

„So war es aber. Wir hätten uns nicht kennengelernt, wenn dieser ganze Mist mit James nicht gewesen wäre. Ich bereue nicht, dass wir zusammengekommen sind, nicht im Geringsten. Aber ich muss wissen, was du erwartest. Jeder Mann, mit dem ich je zusammen war, hat etwas von mir erwartet. Was James gewollt hat, habe ich erst realisiert, als es schon fast zu spät war." Terry rutschte näher. „Sag mir einfach, was du willst. Sag mir, was dich glücklich macht."

„Seit dem Unfall hatte ich nicht viel Glück. Ich habe gelernt, nicht zu viel vom Leben zu erwarten. Ich war glücklich, als ich an der Polizeiakademie angenommen wurde und ich war glücklich, als ich den Abschluss geschafft und meinen ersten Job bekommen habe. Ich liebe Tante Margie ..." Red wurde still und sein Blick wanderte von Terry zum Garten. „Ich rede nicht oft über meine Gefühle. Das interessiert doch niemanden. Also sage ich lieber gar nichts."

„Ich will hören, was du fühlst. Sonst kann ich es ja nicht wissen. Du verbirgst so viel hinter deinem ernsten Polizisten-Gesichtsausdruck. Aber für mich öffnest du dich und lächelst. Ich weiß, was das bedeutet, und dafür liebe ich dich. Es freut mich unheimlich, dass du mir vertraust und ich dir so viel bedeute, dass du mir zeigst, wer du wirklich bist."

„Dann möchte ich, dass du mein Freund wirst, mich liebst und vielleicht bei mir einziehst."

Terry legte den Arm um Reds viel muskulöseren, dabei spürte er, wie die Muskeln sich anspannten. „Das war doch nicht so schwer. Du brauchst keine Angst davor zu haben, mir zu sagen, was du willst. Ich will dasselbe. Ich muss eine neue Wohnung finden ..." Terry drückte Reds Arm. „Ich werde nicht bei dir einziehen, noch nicht jedenfalls. Dazu ist es noch viel zu früh. Wir müssen uns erst besser kennenlernen. Mit James und jedem anderen Typen vor ihm habe ich es überstürzt. Mit dir werde ich diesen Fehler nicht machen. Wir werden ausgehen, uns besser kennenlernen, dann können wir zusammenziehen." Terry lächelte Red an.

„Damit kann ich leben", stimmte Red zu. Sein Blick verdüsterte sich. Terry erschauerte und schluckte hart, denn er wusste, was dieser Blick bedeutete. „Hast du schon entschieden, ob du wieder trainieren willst?", wollte Red wissen. „Ich denke, du solltest es tun. Greif nach den Sternen und lass dir das von niemandem vermiesen."

„Ich würde es gerne tun, ja." Terry hatte viel darüber nachgedacht. Der Gedanke, sich wiederzuholen, was James ihm genommen hatte, war sehr verlockend. Red drehte sich zu ihm und nahm Terry in seine starken Arme. „Es spielt keine Rolle, ob du gewinnst, nur dass es dich glücklich macht. Ich werde dich immer unterstützen."

Terry liebte Reds Stärke. Er fühlte, wie sie ihn umfing, aber er liebte auch, wie zärtlich und fürsorglich Red war. Red konnte ihn leicht verletzen, aber er würde es nie tun.

„Gehen wir hinein", sagte Red.

Terry nickte und wäre aufgestanden, aber Red ließ ihn nicht los. „Du wolltest reingehen, oder?" Terry berührte Reds Lippen mit den seinen. „Außerdem ist da drinnen ein Bett und ich kann so laut sein, wie ich will." Red ließ ihn los und Terry stand auf. Red tat es ihm gleich, aber dann bückte er sich, hob Terry auf seine Schulter und trug ihn zum Haus. „Ist das wirklich nötig?"

„Nein", gab Red zurück, aber er ließ Terry trotzdem nicht wieder runter. Irgendwie schaffte Red es, die Tür aufzuschließen, dann trug er Terry die Treppe hinauf, bevor er ihn aufs Bett warf.

„Wolltest du jetzt den Höhlenmenschen spielen?", fragte Terry, während Red sich sein Hemd auszog und das gleiche mit seinen Schuhen vorhatte. Nach wenigen Sekunden stand ein nackter Höhlenmensch vor Terry.

„Himmel", fluchte Terry leise. Red zerrte an seinen Klamotten. Nachdem sein Hemd auf dem Boden gelandet war, bearbeitete Red eine Brustwarze mit der Zunge, während Terry Reds raue Wange streichelte. Der Rest seiner Kleidung gesellte sich zu der auf dem Boden, dann liebten sie sich – langsam, genüsslich und ausgiebig – bis spät in die Nacht. Mehr als einmal brachte Red ihn vor Vergnügen zum Wimmern und zum Schreien.

„Ich liebe dich, Red." Terry war glücklicher, als Worte beschreiben konnten. Er rollte sich auf die Seite und schaute Red an, dabei strich er mit den Fingern sachte über dessen Wange. „Du bist der schönste Mann, den ich je getroffen habe." Bevor Red anfangen konnte, mit ihm zu diskutieren, küsste er ihn, denn manchmal waren Worte einfach nicht genug.

EPILOG

TERRY ZOG seine Badehose an und traf sich mit Steve am großen Schwimmbecken. Steve brachte ihn zu seiner Bahn und Terry glitt ins Wasser. Nachdem er seine Schwimmbrille aufgesetzt hatte, schwamm er ein paar Bahnen, um seine Muskeln aufzuwärmen. Auf der letzten Bahn wurde er schneller. Er musste bereit sein. Als er am Ende des Beckens angekommen war, verließ er die angenehme Umarmung des Wassers und nahm das Handtuch an, das Steve um seine Schultern legte. Erst dann schaute er sich um.

Viele der anderen Männer trugen schicke Schwimmanzüge, die ihren gesamten Körper bedeckten. Terry schaute sie neidisch an, denn er konnte sich so einen Anzug nicht leisten. Sie waren viel zu teuer, also war er bei seiner Glücksbadehose geblieben. Sie war knallpink. Red mochte sie, und das war Grund genug, sie zu tragen.

„Kommt Red auch her?", fragte Steve.

„Er will es versuchen", antwortete Terry, dabei wanderte sein Blick automatisch zur Eingangstür.

„Er kommt bestimmt." Steve rieb seine Schultern, damit die Muskeln warm blieben.

Terry schluckte. „Das hoffe ich." Er tat das hier genauso sehr für Red wie für sich selbst. Terry hatte hart trainiert, dabei hatte Red ihn die ganze Zeit unterstützt. Er hatte seine Hingabe ertragen und ohne zu klagen ihre gemeinsame Zeit geopfert, damit Terry genug Zeit im Wasser verbringen konnte, um in Form zu kommen. Er schielte zu Tür, als eine vertraute, groß gewachsene Gestalt eintrat. Terry würde seinen Red, seinen Geliebten, Freund und Vertrauten, die wichtigste Person in seinem Leben, überall erkennen. Aber beim Anblick der beiden Personen, die Red folgten, fiel er fast ins Wasser.

„Geh hin und sag Hallo. Du bist in zehn Minuten dran." Steve klopfte ihm auf die Schulter und Terry eilte so schnell um das Becken herum, wie er konnte. Red kam ihm entgegen und nahm ihn in die Arme.

167

Terry erwiderte die freudige Umarmung, dann wandte er sich zu seiner Mom und seinem Dad.

„Ich dachte, ihr könnt nicht kommen." Nicht, dass er sich beschweren wollte. Sie waren beide berufstätig, da war es nicht einfach, das nötige Geld zusammenzukratzen und Urlaub zu bekommen.

Seine Mutter räusperte sich. Terry wusste, sie versuchte, nicht zu weinen … und war dabei, zu versagen. „Red hat uns angerufen. Er hat gesagt, er würde nicht zulassen, dass wir die Teilnahme unseres Sohnes an der Olympiaqualifikation verpassen." Seine Mutter drehte sich zu Red und schaute ihn an, wie Terry selbst es auch oft tat. Als wäre er ein Held. Terry umarmte seine Eltern, dabei wurden beide etwas nass, aber das schien sie nicht zu stören. Sein Dad hielt ihn fest, dabei spürte Terry, wie die Schultern seines Dads zitterten. Sein Dad weinte nie.

„Du solltest dich bereit machen. Wir suchen uns mit Red einen Platz." Die Augen seines Vaters waren tatsächlich feucht. Terry umarmte alle drei noch einmal kurz, bevor er wieder zu dem Wartebereich der Athleten eilte.

„Du schaffst das schon", sagte Steve, als er näherkam. „Mach dir keine Sorgen. Konzentriere dich auf jeden Vorlauf und gib in jedem einzelnen dein Bestes. Du musst heute nur zweimal ins Wasser und auch das nur, wenn du im ersten Vorlauf Erster oder Zweiter wirst. Wenn du das nicht schaffst, kommst du nicht weiter."

Terry wusste all das. Er wusste auch, dass er bis zum zweiten Vorlauf ein paar Stunden Zeit haben würde. Die Ausscheidungen im Freistil kamen zuerst dran. Das letzte Rennen war am Nachmittag, so hatten die Teilnehmer Zeit, sich zu erholen.

Er beobachtete den ersten Vorlauf und die Energie des anstehenden Wettkampfes durchdrang ihn. Terry war so bereit, wie er es nur sein konnte. Als sein Name aufgerufen wurde, nahm er seine Position ein und wartete auf den Startschuss. Sobald er erklang, sprang er ins Wasser, glitt einen Moment und machte dann die ersten Züge seines 400-Meter-Rennens. Terry fand seinen Rhythmus und durchschnitt das Wasser. Er fühlte sich gut und gab sein Bestes, um so schnell zu sein wie möglich. Ein paar Mal versuchte er, den Mann in der Bahn neben sich auszumachen, aber er konnte ihn nicht sehen. Terry kämpfte weiter. Er wusste nicht, ob er zurücklag oder führte. Er wusste nur, dass dies seine Chance war, seine einzige Chance, und er würde alles geben, um sie zu nutzen.

Am Ende der sechsten Bahn hätte er ewig so weiter machen können. Terry wurde noch schneller und gab alles, was er hatte. Bahn sieben war perfekt. Im Laufe der Zeit hatte er eine innere Stoppuhr entwickelt daher wusste er, dass er gut in der Zeit lag. Terry wendete zum letzten Mal und schwamm, als ginge es um sein Leben. Auf den letzten fünfzig Metern schien er nur so zu rasen.

Er berührte die Wand und schnappte nach Luft. Das Erste, was er hörte, waren die Schreie der Zuschauer. Er wusste nicht, wie er abgeschnitten hatte, bis er Reds Jubelschreie in der Menge ausmachen konnte. Es gab keinen Zweifel. Terry schaute auf die Anzeigetafel und sah, dass er den Vorlauf gewonnen hatte. Er stieß die Faust triumphierend in die Höhe, dann stieg er aus dem Becken und nahm ein Handtuch von Steve an.

„Das war unglaublich. Du warst uneinholbar. Die letzten hundert Meter waren die schnellsten."

Reds Jubel ließ nicht nach. Als Terry zu den Rängen schaute, sah er, dass seine gesamte Drei-Personen-Cheerleadertruppe aufgesprungen war. Terry winkte, dann schlang er sich das Handtuch um die Schultern. Er ging zu Red und seinen Eltern.

Tränen liefen über die Wangen seiner Mutter, der Gesichtsausdruck seines Vaters zeigte puren Stolz und Red, sein wunderschöner Held, stand da wie ein Fels in der Brandung. Der Ausdruck auf seinem bärtigen Gesicht war all die harte Arbeit wert. Für den Mann, den er liebte, hatte sich so viel geändert. Sein ordentlich getrimmter Bart verdeckte die meisten der Narben im Gesicht und die unsichtbare Zahnspange bemerkte Terry nur, wenn sie sich küssten. Aber die größte Veränderung war sein Lächeln, das sich jetzt sehr oft zeigte.

Red kämpfte sich zu ihm und umarmte ihn fest. „Du warst wunderschön. Ich bin vom Schreien ganz heiser." Für ihn war Red auch wunderschön, nicht wegen seiner äußerlichen Veränderung, sondern wegen der Freude und der Zufriedenheit, die er ausstrahlte. Wenn Red ihn hielt, dann hielt er auch sein Herz. Terry hätte nie damit gerechnet, dass ein so riesiger Mann es mit solcher Zärtlichkeit und Fürsorge behandeln würde.

RED BEOBACHTETE zusammen mit Terrys Eltern den Rest des Wettbewerbs. Wenn er konnte, kam Terry zu ihnen, aber meistens unterhielten sie sich zu dritt. Er hatte im Laufe des letzten Jahres viel Zeit mit ihnen verbracht und sie waren schnell zu Ersatzeltern für ihn geworden.

„Als er noch auf der Highschool war, habe ich ihn immer zu den Wettbewerben gefahren", erzählte Terrys Mutter. „Er war schon immer schnell, aber ich hätte nie damit gerechnet, dass er einmal an der Olympiaqualifikation teilnehmen würde. Habt ihr schon darüber nachgedacht, was ihr tun werdet, wenn er die Qualifikation schafft?"

„Ja. Dann fahren wir alle zusammen nach Rio." Red hatte keine Sekunde gezögert. Er würde dafür sorgen, dass sie miterleben würden, wie ihr Sohn sich mit den Besten der Welt maß. Terrys Eltern waren sprachlos, und das gefiel Red. „Wir müssen nur abwarten, ob er es ins Team schafft."

Schließlich war Terry wieder an der Reihe. Red rutschte an die Kante seines Sitzes. Eigentlich war er nicht der nervöse Typ, dafür war Terry zuständig, aber heute konnte er nicht still sitzen. Terry hatte ihm erzählt, wovon er als Kind geträumt hatte. Red wünschte sich, dass diese Träume wahr wurden. Er war nur noch ein Rennen davon entfernt.

Red sah zu, wie die Teilnehmer des Rennens vorgestellt wurden. Er würde Terry in seiner pinkfarbenen Badehose überall erkennen. Terry stieg auf den Startblock und schwang die Arme.

„Sieh dir den in Pink an", kicherte eine Frau. „Wie kann der bloß hier teilnehmen? Er ist kleiner als die anderen." Sie war gerade erst hereingekommen und hatte die anderen Vorläufe nicht gesehen.

„Kann schon sein, aber er sieht toll aus", stellte die junge Frau neben ihr fest und fächelte sich Luft zu. „Und seine Arme sind so lang. Du weißt doch, was man sagt …"

Red lächelte und hielt die Luft an, bis der Startschuss erklang. Dann war er auf den Beinen und brüllte aus voller Kehle. Die anderen Zuschauer drehten sich erstaunt zu ihm um, aber er ignorierte sie und beobachtete, wie das Pink sich durch das Wasser bewegte. Red konnte nicht erkennen, auf welchem Platz Terry lag. Manchmal schielte er zur Anzeigetafel, aber er wollte den Blick nicht von Terry abwenden, als könnte er ihm auf die Art Energie übertragen.

Während der achten Bahn wanderte Reds Blick ständig zwischen Terry und der Anzeigetafel hin und her. Terry war Kopf an Kopf mit zwei anderen Männern. Nur der Erste und der Zweite würden sich qualifizieren, während der Dritte noch bangen musste. Red feuerte Terry an, er schrie und stampfte mit den Füßen, bis die Ränge durch seinen Überschwang erzitterten. Die drei Männer berührten die Wand. Red wagte nicht hinzusehen, was passieren würde.

Terrys Mutter packte seinen Arm, dann drehte sie sich zu ihrem Ehemann und fiel ihm in die Arme, während sie beide auf und ab sprangen. Red wagte einen Blick auf die Anzeigetafel. „Baumgartner" stand in kräftigen Buchstaben ganz oben auf der Anzeige. Terry hatte nur mit Bruchteilen einer Sekunde Vorsprung gewonnen.

Red umarmte Terrys Eltern, dann trugen ihn seine Füße von den Rängen in die Nähe des Beckens. Er sah, wie Terry aus dem Wasser sprang und Steve umarmte, dann eilte er zu Red und warf sich in seine Arme. Dabei schwang er sein Handtuch wie eine Fahne. Red war egal, dass er vollkommen durchnässt wurde. Der Mann in seinen Armen hatte bereits seine wildesten Träume erfüllt, einfach, indem er Teil von Reds Leben war. Jetzt würde auch Terrys Traum wahr werden. Red schaute in Terrys Augen und küsste seinen Olympioniken.

LIEBE KOMMT AUF LEISEN
Sohlen

ANDREW GREY

Ein Titel der Sinne Serie

Sich um einen geliebten Menschen zu kümmern, der Krebs hat, ist hart. Dabei auf sich allein gestellt zu sein, ist noch härter – besonders wenn der geliebte Mensch ein Kind ist. Seit Ken Brightons Lebensgefährte ihn verlassen hat, hat Ken den Großteil seiner Zeit im Krankenhaus bei seiner Tochter Hanna verbracht und auf ein Wunder gehofft. Die mysteriösen Geschenke, die für Hanna wie aus dem Nichts auftauchen, waren zwar nicht die ersehnte Heilung, dafür bringen sie allerdings einen Funken Hoffnung in Hannas und sein schwieriges Leben – genauso wie Kens Nachbar, der ehemalige Sänger Patrick Flaherty.

In den letzten beiden Jahren konnte Patrick an nichts anderes denken als an das Leben, das er eigentlich führen sollte. Durch einen Unfall hat er seine Stimme verloren und seitdem fällt es ihm schwer, neue Menschen kennenzulernen. Doch in den letzten Monaten hat er viel Zeit damit verbracht, seinen Nachbarn dabei zu beobachten, wie er sich um sein krankes Kind kümmert. Als Patrick Ken kennenlernt, fängt er an, sich ein Leben mit ihm zu wünschen - ein Leben, von dem er sich nicht sicher ist, ob er es haben kann.

Ken erkennt erst, dass er sich verliebt hat, als es beim Kampf der Ärzte um Hannas Leben zu Rückschlägen kommt. Ken ist fest entschlossen, neu anzufangen – zusammen mit Patrick und Hanna. Die zurückhaltende Stille seines Nachbarn lässt Ken allerdings wundern, ob Patrick das Gleiche will.

www.dreamspinner-de.com

ANDREW GREY

7

SIEBEN
TAGE

Ein Titel der Sieben Tage Serie

Kann sich ein ganzes Leben an nur einem einzigen Tag völlig verändern? Was ist mit sieben Tagen?

Dies ist die Geschichte der sieben alles verändernden Tage in Evan Donaldsons Leben. Evan war ein Strichjunge, als Vater Valentin ihn dazu überredete, zur St. Bartholomäus Akademie zu kommen. Dieser Tag veränderte Evans gesamtes Leben. An diesem Tag traf er seinen Zimmergenossen, Clay Mueller, und an diesem Tag begann Evan, wieder zu leben. Aber Evans Leben sollte sich auch weiterhin immer wieder ändern – von Missbrauch über die erste Liebe, Trennung und gebrochene Herzen, bis hin zur Gründung seiner eigenen Familie. Und wann immer sich für Evan eine Tür schloss, öffnete sich gleichzeitig ein Fenster, und das Fenster war Clay.

Von jenem ersten Tag, an dem Evan wieder zu vertrauen lernte und sich zwischen ihm und Clay spontan ein tiefes Band knüpfte, folgt diese Geschichte den Drehungen und Wendungen ihrer Beziehung und blickt auf sieben, alles verändernde Tage und auf die wundersame Weise, wie sich in einem einzelnen, ausschlaggebenden Moment ein Schicksal ändern kann.

www.dreamspinner-de.com

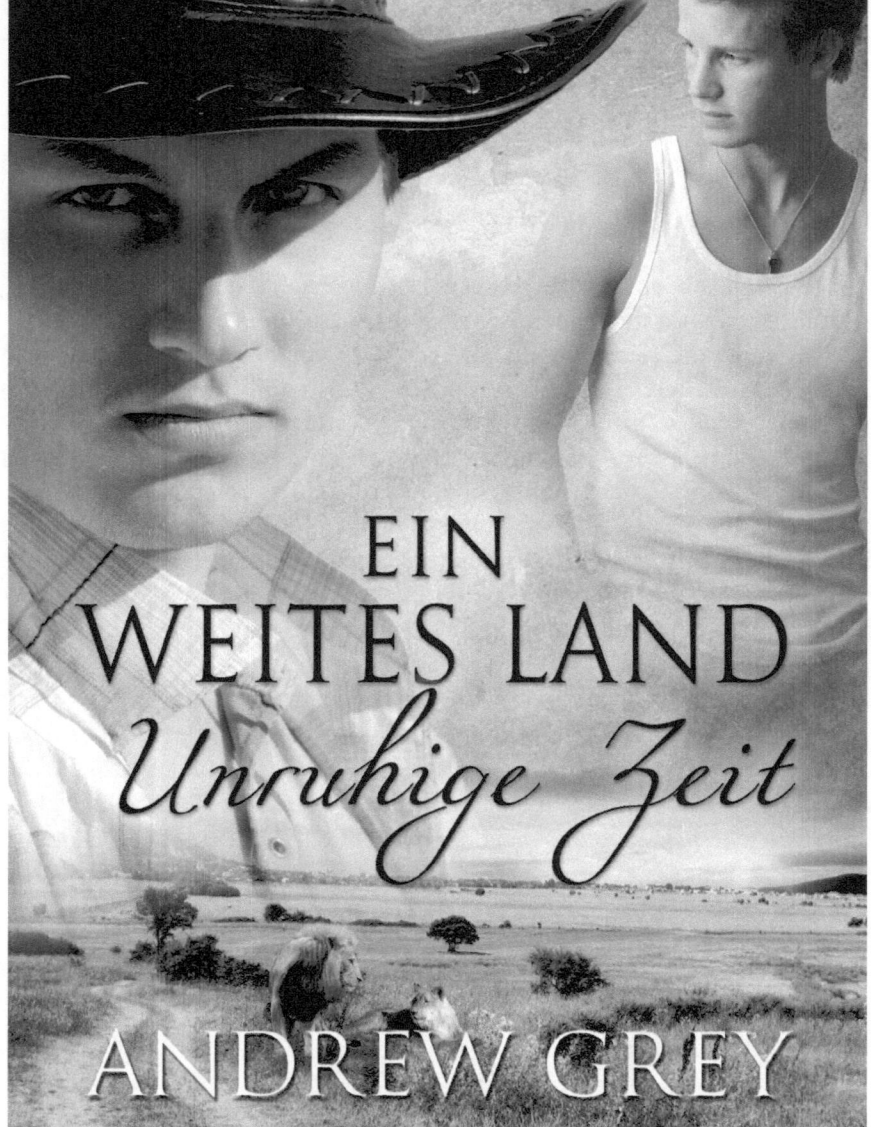

EIN
WEITES LAND
Unruhige Zeit

ANDREW GREY

Buch 1 in der Serie - Geschichten aus der Ferne

Nach einem Jahr an der Universität gibt Dakota Holden sein Medizinstudium auf und kehrt nach Hause zurück, um die elterliche Ranch zu übernehmen und sich um seinen Vater zu kümmern, der an Multipler Sklerose erkrankt ist. Aus Pflichtgefühl erlaubt sich Dakota nur eine Woche Urlaub im Jahr. Diese verbringt er meist an exotischen Orten und gönnt sich soviel Spaß, wie er nur ertragen kann. Während seines letzten Urlaubs, einer Kreuzfahrt, schließt er mit Phillip Reardon eine Freundschaft, die bald eine wichtige Rolle in Dakotas Leben spielt.

Als Phillip beschließt, Dakotas Einladung zu einem Besuch auf der Ranch anzunehmen, ist Dakota glücklich, ihn wiederzusehen und auch seinen Freund, den Tierarzt Wally Schumacher kennenzulernen, Ungeachtet Wallys Bedürfnis, den Wölfen zu helfen, die von Dakotas Männern gejagt werden, um die Rinder zu schützen, verbindet die beiden bald viel mehr als ein starkes, beiderseitiges erotisches Interesse. Doch irgendwann wird sich entscheiden müssen, ob das Hochland von Wyoming weit genug ist für Dakotas Rinder, Wallys Wölfe und ihre Liebe.

www.dreamspinner-de.com

EIN WEITES LAND -
Dunkle Wolken

ANDREW GREY

Buch 2 in der Serie - Geschichten aus der Ferne

Die benachbarten Farmen der Holdens und Jessups stehen sich alles andere als nachbarschaftlich gegenüber – Jefferson Holden und Kent Jessup hassen sich. Doch trotz des jahrzehntelangen Grolls seines Vaters, kann sich Haven Jessup nicht dazu durchringen, seine Nachbarn zu hassen. Erst recht nicht, nachdem ihn Dakota Holden während eines gewaltigen Sturms bei sich aufnimmt, und er Dakotas Freund, Phillip Reardon, kennenlernt.

Phillip akzeptiert Haven so wie er ist. Als Einziger sieht er hinter die Maske, die Haven benutzt, um sein Verlangen nach Männern zu verstecken. Doch ihre zaghafte Annäherung und ihre heimliche Beziehung stehen unter großem Druck. Sabotierte Zäune, verletzte Tiere, geschmacklose Pläne und Jessups Familiengeheimnisse, bedrohen Havens neu gefundenes Glück und seine Hoffnung auf eine Zukunft mit Phillip.

www.dreamspinner-de.com

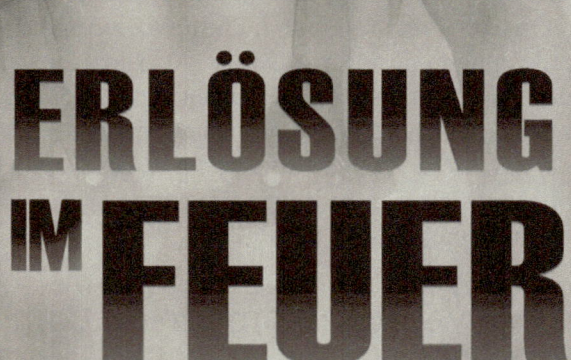

ERLÖSUNG IM FEUER

ANDREW GREY

Buch 1 in der Serie – im Feuer

Dirk Krause ist ein Mistkerl wie er im Buche steht. Er macht sich selbst das Leben zur Hölle und jeden in seiner Umgebung unglücklich. Als er während eines Brandeinsatzes verletzt wird, ist er sogar zum Krankenhauspersonal unausstehlich, und natürlich ist er niemanden aus seiner Einheit wichtig genug, um ihn zu besuchen.

Lee Stockton ist das neueste Mitglied auf der Feuerwache, das den undankbaren Job aufgebrummt bekommt, Dirk einen Blumenstrauß von den Jungs vorbeizubringen. Zu Dirks Überraschung durchschaut Lee ihn sofort und lässt sich nicht vergraulen. Lee ist fest entschlossen, Dirk zu helfen, diese Arschloch-Attitüde aufzugeben und nicht alle von sich zu stoßen. Als ihre Streitereien schließlich im Bett enden, stellt sich die Frage, ob dieses Feuerwerk über einer möglichen Beziehung erstrahlt oder am Ende nur Asche zurückbleibt.

www.dreamspinner-de.com

ANDREW GREY wuchs im Westen von Michigan auf, mit einem Vater, der es liebte, Geschichten zu erzählen und einer Mutter, die es liebte, sie zu lesen. Seitdem hat er überall im Land gelebt und die Welt bereist. Er hat einen Master-Abschluss von der University of Wisconsin-Milwaukee, aber ist mittlerweile ein Vollzeitschriftsteller. Andrews Hobbys sind das Sammeln von Antiquitäten, Gartenarbeit und sein benutztes Geschirr überall im Haus stehen zu lassen, außer in der Spüle (besonders, wenn er schreibt). Er fühlt sich gesegnet mit einer Familie, die ihn akzeptiert, fantastischen Freunden und dem liebevollsten Ehemann der Welt, der ihn in allem unterstützt. Zurzeit lebt Andrew im wunderschönen, historischen Carlisle, Pennsylvania.

Besucht Andrews Webseite unter: www.andrewgreybooks.com oder mailt ihm unter: andrewgrey@comcast.net.

Von ANDREW GREY

Cowboys im Zahmen Osten
Feuer und Wasser
Liebe kommt auf leisen Sohlen
Sieben Tage

GESCHICHTEN AUS DER FERNE
Ein weites Land – Miteinander
Ein weites Land – Dunkle Wolken
Ein weites Land – Unruhige Zeit

IM FEUER
Erlösung im Feuer
Gestählt im Feuer

Veröffentlicht von DREAMSPINNER PRESS
www.dreamspinner-de.com

www.ingramcontent.com/pod-product-compliance
Lightning Source LLC
Chambersburg PA
CBHW022155240626
47153CB00007B/2666